ALDA MONICO

# Das Geheimnis der Kurtisane

*Buch*

Venedig, zweite Hälfte des sechzehnten Jahrhunderts: Beim berühmten Turnier auf dem Campo San Stefano hat der Herzog von Ferrandina einen spektakulären Sieg errungen. Zusammen mit dem venezianischen Patrizier Fantino Diedo feiert er ausgelassen beim großen Ball im Casino. Zu fortgeschrittener Stunde beleidigt der mittlerweile gänzlich betrunkene Herzog zwei Damen: die Edelfrau Modesta Michiel und Veronica Franco, eine bildhübsche Kurtisane und kluge Dichterin. Der Herzog verspottet Veronica in einem Lied und behandelt Modesta wie eine Hure. Daraufhin greifen die beiden Edelmänner Marco Giustinian und Zorzi Contarini zu den Degen, denn sie fühlen sich dazu verpflichtet, die Ehre der beiden Damen zu verteidigen.

Just in diesem Moment bläst ein kräftiger Windstoß alle Kerzen aus, und der Ballsaal des Casinos ist völlig dunkel. Als die Kerzen peu à peu wieder angezündet werden, erkennt man langsam zwei Gestalten, die am Boden liegen: Es sind Fantino Diedo und der Herzog von Ferrandina, beide schwer verletzt; der Herzog stirbt wenig später. Sofort geraten die beiden Edelmänner Marco und Zorzi in Verdacht und werden verhaftet. Veronica, die in Marco verliebt ist, und Luisa, die Wirtin der »Osteria della Cerva«, die ihr Herz Zorzi geschenkt hat, ermitteln auf eigene Faust, um den wahren Schuldigen zu finden. Das Motiv für die Tat scheint schon bald klar zu sein: Liebe, gekränkte Eitelkeit und Rache. Aber die wahren Hintergründe bleiben Veronica und Luisa zunächst verborgen …

*Autorin*

Alda Monico wurde in Venedig geboren, wo sie Sprachwissenschaften studierte. Die Autorin, die in Rom und Venedig lebt, schreibt für diverse italienische Zeitschriften. »Das Geheimnis der Kurtisane« ist ihr erster Roman.

Alda Monico

---

# Das Geheimnis der Kurtisane

Roman

Aus dem Italienischen von
Katharina Schmidt

GOLDMANN

Die Originalausgabe erschien 2005
unter dem Titel »Delitto al casìn dei nobili«
bei Casa Editrice Corbaccio, Mailand.

*Umwelthinweis:*
Alle bedruckten Materialien dieses Taschenbuches
sind chlorfrei und umweltschonend.

1. Auflage
Deutsche Erstveröffentlichung April 2006

Umschlaggestaltung: Design Team München
Umschlagfoto: gettyimages/The Bridgeman Art Library
BH · Herstellung: Str.
Redaktion: Vera Thielenhaus
Satz: IBV Satz- und Datentechnik GmbH, Berlin
Druck und Bindung: GGP Media GmbH, Pößneck
Printed in Germany
ISBN: 978-3-442-46266-7

www.goldmann-verlag.de

# PROLOG

Der vordem so ansehnliche und stolze Mann lag auf dem Rücken. Sein mit changierendem Samt bekleidetes Bein krümmte sich unter dem mächtigen Körper, die rechte Hand umklammerte ein blutbesudeltes Kurzschwert. Von den Lippen, die sich zu einem stummen Schrei verzogen hatten, rann ein Faden Blut. Seine gebrochenen Augen schienen ein paar fliegende Putten an der bemalten Decke anzustarren, die eine allegorische Figur mit Blumengirlanden umwanden, eine anmutige, üppige junge Frau, die in flatternde Schleier gehüllt war. Eine ihrer pausbäckigen, rosigen Putten sah hinunter, genau in die weit aufgerissenen, leblosen Augen des Mannes. Es wirkte beinahe, als wollte sie ihre Girlande fallen lassen, um damit das Blut auf dem venezianischen Stuckboden und den starren, verzweifelten Blick zu verhüllen. Nur eine Ader pochte noch am Hals des reglosen Verwundeten, der nicht mehr in der Lage war, sich zu wehren. Unter seinem zurückgebogenen Kopf breitete sich langsam eine dunkle Blutlache aus.

Nichts bewegte sich in dem großen Raum, als wäre alles zu einer Momentaufnahme erstarrt; dennoch war es nicht eigentlich still. Ein heftiger Wind rüttelte an den großen, mit Blei eingefassten Scheiben, der Regen rauschte heftig dagegen, und die Wellen klatschten an das Ufer und warfen zwischen den Pfählen die aberdutzend Schiffe herum, die die Gäste zu dem glänzenden Fest gebracht hatten, das so tragisch enden sollte. Neben dem Sterbenden kauerte ein weiterer junger Mann auf dem Boden und hielt sich mit den Händen sein verletztes Bein. Um sie herum verharrten die prunkvoll gekleideten Gäste des Festes regungslos und schauten bestürzt auf den Boden zu ihren Füßen, wo die Blutlache mittlerweile fast bis an ihre Brokatschuhe reichte. Sie konnten die Tragödie noch nicht fassen und suchten nach Worten, mit denen sie sich und anderen erklären konnten, was hier eigentlich geschehen war.

In der Osteria della Cerva, dem Gasthof zur Hirschkuh, bemerkte man nur deswegen, dass der Tag anbrach, weil einige Gäste hereinkamen, Gärtner und Boten, die sich nach den ersten Mühen ihres anstrengenden Tages stärken wollten, nach dem Entladen der Steigen mit Obst, Gemüse und Fisch von den *caorline*, mit Rudern betriebenen Lastkähnen, und den kleinen Booten. Tageslicht drang um diese Zeit noch nicht durch die schmalen Fenster zur Straße herein.

Die Wirtin Luisa schüttete einen hellen, golden funkelnden Wein in den großen Krug. Die Öllampen an den Balken rauchten zwar kräftig, erhellten den großen Raum mit dem Steinfußboden aber nur spärlich.

Bortolo, der Gehilfe des Wirtshauses, ging mit zwei Körben *bussolai* – typisch venezianischen Kringeln aus Zwiebackteig – und warmen Brötchen von einem Tisch zum anderen. Der stämmige Junge kam vom Land, sein Gesicht war breit und hellhäutig, seine Augen wirkten immer ein wenig erstaunt. Er redete nie von sich aus, nur, wenn er gefragt wurde, antwortete er mit ein paar knappen Worten, die er gerade so herausbrachte; doch seine Bewegungen waren flink, präzise und harmonisch. Nie tat er einen Schritt zu viel, und auf diese Weise gelang es Bortolo, einen Haufen Arbeit zu verrichten, ohne je hektisch zu wirken. Er verteilte Schüsseln und Gläser, stapelte schweigend Teller übereinander, genauso schnell und sicher wie ein Jongleur, und nie ließ er etwas fallen, wie die Besitzerin des Gasthofes zufrieden bemerkte.

Witzige Bemerkungen, Flüche und ein gelegentliches Aufstöhnen schwirrten durch die stickige, verrauchte Luft des Wirtshauses, aber an diesem Morgen hatte Luisa keine Lust, sich wie üblich an den Gesprächen ihrer Gäste zu beteiligen. Sie war noch schläfrig und hatte schlechte Laune, weil sie ihr warmes Bett hatte verlassen müssen, und der Gedanke daran, dass in der Küche noch zwei Steigen Sardinen darauf warteten, von ihr geputzt und gebraten zu werden, machte es nicht besser.

»Komm her, Luisa, zier dich nicht, komm, setz dich fünf Minuten zu mir«, drängte sie Checo. Der Fischer von der Insel Burano versorgte die Osteria della Cerva jeden Tag für wenig Geld mit gutem, frischem Fisch; ebenjenes Geld gab er dann in der Regel fast vollständig für ein paar kleine Gläser Wein aus, die in Venedig *ombra* hießen.

»Siehst du denn nicht, dass ich beschäftigt bin?«, antwortete Luisa stirnrunzelnd, stellte den Krug hin und trocknete sich ihre Hände an der himmelblauen Schürze ab, die sie sich um ihre schlanke Taille gebunden hatte.

»Fürchtest du dich etwa davor, das bisschen Fisch zu putzen? Ich mache das für dich und entgräte dir die Sardinen auch noch, mein Schatz, wenn ich nur ein bisschen bei dir bleiben darf!«

»Ach wirklich? Und wer schneidet die Zwiebeln für mich? Dabei fließen mir wieder die Tränen wie ein Springbrunnen, und dann habe ich die ganze Woche geschwollene Augen«, antwortete Luisa ungnädig, überlegte aber insgeheim schon, wie viel Zeit sie sparen konnte, wenn sie Checos Angebot annahm, und dass sie den Fischer als Lieferanten und Kunden sich wohl besser gut gewogen hielte.

»Na dann komm, Checo, setz dich hier neben mich. Wenn du mir mit dem Fisch hilfst, gebe ich dir einen Topf voll *sardele in saòr* mit aufs Boot und dazu eine Flasche Wein.«

Bortolo wurde gleich losgeschickt, um einen Eimer Salzwasser aus dem nahen Kanal zu holen. Den brachte er zusammen mit einem Küchenbrett aus dickem Eichenholz und den Messern. Checo und Luisa setzten sich nebeneinander. Sie häutete und zerkleinerte die Zwiebeln, die frisch von der Insel Vignole eingetroffen waren, er entfernte den Sardinen Köpfe, Eingeweide und Flossen.

Allmählich drang das Tageslicht durch die Fenster, deshalb löschte Bortolo die rauchenden Lampen, während der größte Teil der Gäste sich laut verabschiedete und zum Rialtomarkt zurückkehrte, wo jetzt die ersten Hausfrauen und Bediensteten der Patrizierhäuser eintrafen.

»Hast du schon von dem Turnier gehört, das man auf dem Campo San Stefano veranstalten will? Anscheinend sind bedeutende Herrschaften wegen des Festes gekommen und haben so viel Gefolge mitgebracht, dass die gesamte Stadt voller Leute ist. Man findet in keinem Gasthaus mehr Platz, sogar die Wirtshäuser und die Privatzimmer sind voll«, erzählte Checo, während er flink sein Messer kreisen ließ.

»Natürlich habe ich davon gehört, Checo, hier bekomme ich doch alles mit, jede Neuigkeit wird mir früher oder später erzählt – meist früher«, meinte Luisa. »Der

Herzog von Ferrandina ist auch gekommen. Er gilt als der große Favorit für das Turnier, anscheinend gewinnt er sie alle. Außerdem ist er ein bedeutender Herr, den man in ganz Europa kennt. Als er ankam, ist der Doge ihm entgegengegangen, um ihn zu empfangen. Sein Knappe war gestern hier und wollte von mir Informationen über alles, was in der Stadt los ist. Er hat mich nach dem besten Etablissement gefragt, wo man die schönsten Seiden und anderen Stoffe kaufen kann, und sogar, wo Veronica Franco wohnt. Die kennt man in der ganzen Republik Venedig, die große Hure, und sogar außerhalb.«

»Das glaube ich dir, Luisa«, erwiderte Checo. »Ich habe sie nur einmal zufällig einen Augenblick lang gesehen, während sie in einer Gondel an mir vorüberfuhr; sie trug ein Kleid aus Goldbrokat und war so schön, dass ich die ganze Nacht von ihr geträumt habe.«

Luisa schwieg einen Moment lang, ein wenig verärgert, dass Checo in ihrer Gegenwart so von einer anderen Frau schwärmte, dann wechselte sie unvermittelt das Thema und rief: »Bortolo, stell die *farsora* aufs Feuer!« Während Bortolo die schwere Pfanne aus schwarzem Eisen vom Haken nahm und aus einem Tonkrug, der neben der Feuerstelle stand, Öl hineingoss, nahm Luisa ein Säckchen Mehl, warf die geputzten Sardinen hinein und schüttelte alles kräftig. Bortolo schürte die Glut, und sobald das Öl zu rauchen begann, legte Luisa die Fische mit flinken, präzisen Bewegungen nebeneinander in die Pfanne. Die Sardinen brieten zischend, und der Widerschein der Flammen hob den Honigton der bloßen Arme der schönen Wirtin hervor und das feurige Rot der langen Haare. Checos dunkle Augen glühten leidenschaftlich, als er sie von Kopf bis Fuß betrachtete: »Du bist auch so schön, Luisa«, sagte er seufzend. »Warum hast du mich nicht gern?«

»Aber sicher habe ich dich gern, das weißt du doch, aber bis jetzt habe ich noch keine Lust zu heiraten, Kinder zu bekommen und für den Rest meines Lebens einen einzigen Mann zu bedienen«, antwortete Luisa und klang dabei so ungeduldig, als hätte sie das schon allzu oft sagen müssen. »Jetzt bediene ich natürlich auch, aber das tue ich für mich. Wenn ich älter bin, werde ich es mir vielleicht anders überlegen.« Geschickt drehte sie mit einer Hand die Sardinen in der Pfanne um und griff mit der anderen nach einem Gläschen kühlen Weins, das ihr Bortolo diensteifrig reichte. Danach nahm sie die Sardinen aus der Pfanne, breitete eine Schicht in einer großen, flachen Tonschüssel aus und eine weitere auf einem Sieb aus Eisendraht. Sie gab die geschnittenen Zwiebeln in die Pfanne mit dem brutzelnden Öl, legte einen Deckel darauf und schob die Pfanne auf eine Ecke des Feuers, damit die Zwiebeln ganz langsam schmorten und weich wurden.

Plötzlich wurde die Tür zur Osteria weit aufgerissen. Memo, der Gondoliere, kam herein und brachte einen Schwall frischer Luft mit. »Los, Luisa, beeil dich, deck schnell den Tisch und hol das Beste, was Küche und Keller zu bieten haben. In Kürze wird der Herzog von Ferrandina mit seinem ganzen Gefolge zu dir kommen. Ich habe ihn gerade eben am Riva del Carbòn abgesetzt, und er hat mir erzählt, dass er Gutes über deine Osteria gehört hat. Ich habe ihm bestätigt, dass deine Osteria bestimmt die schönste und sauberste von ganz Venedig ist, genau wie ihre Wirtin, habe ich gesagt, die zweifellos die schönste und freundlichste Wirtin der ganzen Stadt ist. Das möchte ich mir persönlich ansehen, hat er gemeint und jetzt darfst du mich nicht blamieren!« Im Flug griff er sich sein *ombra*, das ihm Bortolo, flink wie immer, eingegossen hatte, und setzte sich mit einem Seufzer der Erleichterung.

»Ihr kommt mir ja gerade recht, du und dein verdammter Herzog! Gerade jetzt musst du ihn mir herbringen, wo ich diese *sardele in saòr* fertig kochen muss. Merkst du denn nicht, dass die ganze Osteria nach gebratenem Fisch stinkt wie die übelsten Kneipen im Rialtoviertel? Konntest du mir nicht früher Bescheid geben, dann hätte ich wenigstens etwas Besonderes gekocht und hier alles ordentlich hergerichtet, du Hundesohn, ja, genau das bist du! Meinetwegen könnt ihr euch alle zum Teufel scheren, du und dein Herzog, und wenn das nicht reicht, auch noch sein Gefolge!«

»Luisa, bitte, stell dich nicht so an. Eigentlich tue ich dir einen Gefallen, der da ist ein großer Herr und zahlt gut. Wenn er jeden Tag mit seinem Gefolge herkommt, kannst du eine schöne Menge Dukaten beiseitelegen. Außerdem habe ich ihn dir nicht gleich bis vor die Tür gebracht, sondern bin vorher hergekommen, um dir Bescheid zu geben. Jetzt muss ich ihn erst abholen und hierher bringen; das dauert noch ein paar Stunden, bis er hier sein wird.«

Luisa schnaubte verärgert, aber sie war besänftigt und begann schnell damit, alles zu planen: »Geh nur, Checo, jetzt ist es auch für dich Zeit, zum Rialto zurückzugehen. Wer verkauft sonst deinen Fisch? Bortolo, los, fang an zu putzen, feg den Boden, wisch die Tische ab, leg die Leinentischdecken auf und verteil Kissen auf den Bänken.«

Danach wusch sich Luisa schnell ihre noch von den Zwiebeln geröteten Augen mit dem kühlen Wasser aus einem der Kupfereimer, die über einem langen Waschbecken aus Stein hingen, ordnete sich so gut es ging die Haare, band sie oben auf dem Kopf zu einem Knoten zusammen und wechselte die Schürze.

»Verdammter Mist, die Sardinen!« Blitzschnell begoss sie die inzwischen goldbraunen, weichen Zwiebeln mit reichlich Essig. Dann gab sie eine Schicht davon auf die gebratenen Sardinen und fügte je eine Hand voll Sultaninen und Pinienkerne hinzu. So machte sie weiter, bis sie alle Sardinen und Zwiebeln aufgebraucht hatte, und bedeckte dann alles mit Essig, den sie zuvor in der gleichen Pfanne erhitzt hatte.

Die Osteria della Cerva strahlte vor Ordnung und Sauberkeit. Alle morgendlichen Gäste waren zu ihren Booten oder an ihre Marktstände zurückgekehrt, als sich am Vormittag die Tür öffnete und der Herzog in all seinem Glanz eintrat. Er war groß und kräftig, äußerst elegant gekleidet, trug ein buntes Brokatwams, Hosen aus rotem Atlas und weiße, mit Schleifen verzierte Strümpfe. Mit ihm kam sein Gefolge: Einer hielt die Tür für ihn auf, damit er hereinstolzieren und prahlen konnte wie ein Hahn auf dem Hühnerhof, ein anderer polierte ihm die Schuhe mit den Silberschnallen, jemand stellte ihm vorsorglich den am bequemsten und stabilsten aussehenden Stuhl hin. Luisa brachte einen untadeligen Knicks zustande – der nur dadurch ein wenig beeinträchtigt wurde, dass ihr zu hastig zusammengenommener Haarknoten sich halb auflöste – und sagte: »Eure Dienerin, Herr Herzog, was darf ich Euch bringen?«

Der große Raum hatte sich mit dem Gefolge des Herzogs gefüllt, als Bortolo mit den Weinkrügen aus dem Keller kam. Dort hielten sie die Krüge in einem großen Korb kühl, den sie an einem Seil in den Brunnen hinunterließen.

»Wirtin«, sagte der große Herr mit der Höflichkeit eines wahren Edelmanns, »etwas zu trinken und einen *magnareto*, eine Kleinigkeit zu essen für mich, meine Männer.

für den Gondoliere, der so weise und erfahren war, uns hierherzuführen, und für Euch, wenn Ihr die Güte haben wollt, uns Gesellschaft zu leisten.«

»Euer Wunsch ist mir Befehl, Herr Herzog. Wären Euch eine Schüssel Moschuskraken, einige Fangschreckenkrebse und ein paar kleine Tintenfische vom Rost recht? Da wären auch noch frischgebackenes Brot, es ist noch warm, und eine Pfanne mit kleinen Artischocken, wenn Eure Hoheit die mag.« Im Hintergrund verteilte Bortolo, so still und effizient wie immer, schon mal die kleinen Gläser mit dem Wein.

Inzwischen schien die Sonne durch die Fenster herein und funkelte ebenso auf den Gläsern aus Murano, dem blassgelben Wein, den blankpolierten Kupfereimern und weißen Tischdecken aus besticktem Leinen wie auf den kupferroten Haaren der Wirtin und den bunten Gewändern der Gäste. Der düstere Gastraum hatte sich wie durch ein Wunder verwandelt und zeigte sich zu Luisas großer Befriedigung von seiner besten Seite.

Der Herzog hatte sich neben sie gesetzt und machte ihr Komplimente über ihr Aussehen, die gemütliche Atmosphäre des Raums und die exzellente Qualität der einfachen Speisen und Getränke, die Bortolo auf weißen, mit Petersiliensträußchen und Zitronenvierteln garnierten Platten servierte.

Luisa lachte und fühlte sich geschmeichelt, vergaß jedoch darüber nicht, mit einem halben Auge zu überprüfen, ob alles in Ordnung war, alle Gäste bedient wurden (»Ich danke dir, Gott, dass du mich Bortolo hast finden lassen!«) und die Tür. Schließlich durfte keiner von ihren weniger vertrauenerweckend aussehenden Gästen hereinkommen, der sie und ihre Osteria in den Augen dieses großen Herrn blamieren könnte.

Stattdessen betraten jetzt gerade zwei genauso einzigartig wirkende Persönlichkeiten wie der Herzog den Raum. Ganz bestimmt handelte es sich um Patrizier und nicht um Träger vom Markt oder Bootsführer, und doch unterschieden sie sich in ihrem Auftreten sehr deutlich vom Herzog. In der Osteria schienen sie sich durchaus heimischer zu fühlen als in einem Palazzo, und ließen auch keinerlei übertriebenen Hochmut oder Stolz erkennen. Obwohl diese Leute sicher die angenehmen, die luxuriösen Aspekte des Lebens kannten, schienen sie auch mit dessen schwierigeren Seiten wohl vertraut. Der Ältere von beiden trug den herrlichen roten Damastumhang eines Edelmannes über der Schulter – der allerdings zerknittert und mit Flecken übersät war. Sein Besitzer hatte sehr fein gezeichnete Gesichtszüge und äußerst lebhafte, schwarze Augen, die unter die Oberfläche von Menschen und Dingen zu blicken schienen. Sein dunkler Bart war reichlich mit Grau durchsetzt und hing ihm üppig auf sein Spitzenhemd herab, von dem sich eine schwere, erstklassig gearbeitete Goldkette abhob. Der andere Mann war jünger und sorgfältiger gekleidet, obwohl seine Kleidung von minderer Qualität war. Er sah gut aus, ein spöttisches Lächeln umspielte seinen ein wenig weichen Mund, und sein Blick funkelte amüsiert.

Luisa ging auf die Herren zu und begrüßte sie herzlich wie Stammgäste: »Signor Pietro, Signor Maffio, zu Diensten!«, dann wandte sie sich dem Herzog zu und stellte ihm die Neuankömmlinge lächelnd vor: »Der erlauchte Signor Pietro Aretino und der edle Maffio Venier, Dichter.«

»Euer Ruf eilt euch voraus, verehrte Herren«, sagte der Herzog und lud die beiden freundlich ein, sich an seinen Tisch zu setzen.

»Ist euch ebenfalls ein *ombra* angenehm, verehrte Herren?«, fragte Luisa.

»Kommt, einen Krug Wein für meine Gäste!«, donnerte der Herzog, und dann gab Maffio Venier ein paar seiner Verse zu Gehör:

Nie lass vom Wein ich, besonders wenn er gut,
Nie mehr erfüll mein Denken leerer Wahn,
Nie mehr vergifte Ehrgeiz mir das Herz,

was alle Anwesenden mit Gelächter und Beifall aufnahmen.

Die drei vertieften sich sofort ins Gespräch, aber trotz ihrer Neugier gelang es Luisa nur, ein wenig vom ersten Teil der Unterhaltung zu erlauschen – überwiegend die vielen einleitenden Höflichkeitsfloskeln. Dann musste sie gehen und Bortolo beim Servieren und beim Vorbereiten der Platten helfen. Zu schade, der Rest des Gesprächs hätte sie bestimmt interessiert: Die Männer redeten über Veronica Franco, die wunderschöne, gebildete Kurtisane, die zu dieser Zeit für reiche Fremde zu einer der Hauptattraktionen von Venedig gehörte. Heinrich III., der König von Frankreich, hatte auf seinem Rückweg vom Kreuzzug ihretwegen sogar Station in Venedig gemacht, nur um sie kennen zu lernen und sich mit ihr zu vergnügen.

Der Herzog war seit einigen Tagen in Venedig, hauptsächlich, um an dem Turnier teilzunehmen, das am übernächsten Sonntag auf dem Campo San Stefano in Anwesenheit des Dogen und der Blüte des venezianischen Adels stattfinden sollte. Ein weiterer Grund für seine Anwesenheit war jedoch auch die Neugier auf die schöne Veronica, von der alle so schwärmten – und mit der viele sich bereits auf ein ihr vertrautes und auch ihm nicht ganz unbekanntes Schlachtfeld gewagt hatten: das Bett. Deshalb hatte er die beiden Freunde zu sich an den Tisch gebeten, denn er wusste, dass sie Veronica gut kannten, und wollte mit ihrer Hilfe ein Treffen arrangieren. Allerdings war der Herzog hier auf die beiden schlimmsten Lästermäuler von Venedig gestoßen, von ganz Europa vielleicht, zumindest was Pietro Aretino betraf. Wie der Zufall so wollte, hatte sich Veronica kürzlich des schönen Maffio entledigt, der für einige Zeit ihr Liebhaber gewesen war. Und wenn sie es auch auf sehr anständige Art und Weise getan hatte, so hatte dieser ihr das doch übel genommen. Und zu den käuflichen Mädchen, die in Pietro Aretinos Haus ein und aus gingen und meist nur für kurze Zeit seine großzügige Gunst genossen, hatte Veronica nie gehören wollen.

Soviel erzählten die beiden Männer über die schöne Kurtisane, zahlreiche mehr oder minder erfundene Geschichten, ausgeschmückt mit erregenden und zugleich widerlichen Einzelheiten, dass der Herzog erstaunt zögerte und hin- und hergerissen wurde zwischen dem Wunsch, die schöne Veronica zu treffen, und einem gewissen Unbehagen. Maffio Venier zitierte derweil genüsslich den Anfang seines letzten Werkes:

Veronica, du Hure ohnegleichen,
Franco ist gleich verschlagen, schlau, schlaff und verwelkt,

mager, schimmlig verfault, die ärgste
Schlampe,
die von Castello übers Ghetto bis Dogana lebt.

Die Frau, ein Ungeheuer in menschlicher Gestalt,
besteht aus Kitt, Gips, Pappe, Leder nur und Holz.
Dunkles Gespenst, pockennarbiges Ungeheuer,
ein Krokodil, ein Greif, ein Strauß, 'ne alte Mähre.

Den Herzog beeinflusste die Heftigkeit dieser Schmährede zwar, allerdings nicht in dem Sinne, in dem es der Verfasser beabsichtigt hatte. Denn diese Worte enthüllten tiefen Hass, und es war sehr unwahrscheinlich, dass sie mit der Wirklichkeit übereinstimmten – selbst wenn sie nicht so weit von dem Bild abgewichen wären, das ihm alle anderen von Veronica Franco gezeichnet hatten. Deshalb behielt sich der Herzog vor, die Dame erst kennen zu lernen und dann zu urteilen. Er war nicht leicht zu beeindrucken. Sicher hatte der Verlust einer solch bezaubernden Frau Maffio zutiefst getroffen, und es war dann seine Enttäuschung gewesen, die eine so boshafte und scharfe Reaktion ausgelöst hatte. Eine Enttäuschung, die schmerzte wie eine offene Wunde, so dass Maffio sie unter der spöttischen Maske des Scherzes verbergen musste.

Der Herzog wechselte das Thema, fragte Pietro und Maffio, welche Feste und Empfänge für diesen Zeitraum in Venedig geplant waren. Die beiden Freunde unterrichteten ihn ganz genau davon, nicht ohne anschließend zu versichern, dass man in jedem Palazzo der Stadt stolz sein würde, ihn als Gast begrüßen zu dürfen.

Zum Schluss lud Pietro Aretino den Herzog für den

gleichen Abend zum Essen in sein Haus ein. Er versprach, ihm seine besten Freunde vorzustellen, berühmte Künstler, die sein Haus und die Stadt Venedig mit ihrer Anwesenheit ehrten. Den Maler aus Pieve di Cadore, Tiziano Vecellio, den Architekten Jacopo Sansovino und außerdem Angela, genannt »La Zaffetta«, seinen Schützling, seine derzeitige Kurtisane. Und zum Ausgleich für Maffios Werk zitierte er seine Verse zu Ehren Angelas – die aber, ehrlich gesagt, um einiges banaler klangen als die seines Freundes:

> Wisst ihr, was die Seelen
> Der Verdammten quält?
> Dass ihnen auf Erden der Anblick Angelas fehlt.
> Nur die Sehnsucht und der Blick
> Auf unser großes Glück,
> und keine Hoffnung, sie je zu sehen,
> peinigt sie zu jeder Zeit
> mit ewigem Leid.
> Könnten sie ihren Anblick wohl genießen,
> würde die Hölle zum neuen Paradiese.

Obwohl er nicht ganz von dem wahren Wert seiner neuen Bekannten überzeugt war, nahm der Herzog die Einladung an, denn er wusste, dass Aretino bei den wichtigsten Persönlichkeiten Venedigs in gutem Ansehen stand. Allerdings hielt er sich die folgenden Tage für weitergehende Erkundungen in der bunten Welt der venezianischen Kurtisanen frei. Dann verließ er mit den beiden Freunden die Osteria, nicht ohne sich vorher herzlich von Luisa verabschiedet und ihr lässig ein schönes Trinkgeld aus blanken Scudi auf den Tisch gelegt zu haben. Lärmend schloss sich das Gefolge dem Herzog an, und als sie alle die Osteria verlassen hatten, herrschte für einen Augenblick eine geradezu unnatürliche Stille in dem großen Raum – wie wenn der Vorhang gefallen ist und bevor der Applaus beginnt.

Lucieta kam vom Markt zurück, eine volle Einkaufstasche in jeder Hand und einen Korb auf dem Kopf balancierend. Trotz des Gewichtes hielt sie den Rücken kerzengerade und schritt flink und entschieden voran. Misstrauisch schaute sie sich mit ihren hellen, ein wenig ängstlich dreinblickenden Augen um und schaffte sich mühsam Platz in der lauten, sich drängenden Menge, die die Rialtobrücke bevölkerte. Sie war noch ein Kind gewesen, als sie aus den Bergen des Friauls nach Venedig gekommen war, um Arbeit zu finden, und stand jetzt in Diensten Veronica Francos, der schönsten und berühmtesten Kurtisane von Venedig. Und trotz Lucietas zarten Alters verrichtete sie verschiedene Aufgaben im Hause Franco, die zeigten, dass man ihr vertraute. Sie war ein verständiges Mädchen und lernte schnell. Sie ging einkaufen und kannte sich mit den Preisen aus. Sie brachte die betrügerischen Händler auf dem Rialto immer dazu, ihr das richtige Wechselgeld herauszugeben, obwohl die es natürlich bei ihr versuchten, da sie noch so jung war und jeder sehen konnte, dass sie erst vor kurzem aus den Karnischen Alpen nach Venedig gekommen war. Sie hatte sich sogar das Vorrecht erworben, Veronica beim Waschen, Ankleiden und Parfümieren zu helfen, sie auf ihren Spaziergängen zu begleiten und den vielen Liebhabern der schönen, unbeständigen Kurtisane geheime Botschaften zu überbringen. Manchmal tröstete sie ihre Herrin auch in schwierigen Momenten und teilte ihre Geheimnisse und Ängste. Lucieta empfand Bewunderung und vollkommene Hingabe gegenüber Veronica, eine kindliche Liebe, die deshalb aber nicht weniger intensiv und leidenschaftlich war. Diese Liebe füllte sie vollständig aus und ließ keinen Raum für andere Wünsche oder Gedanken.

Lucieta bahnte sich mühsam einen Weg durch die Menge. Auf der Brücke drängten sich alle möglichen Straßenverkäufer. Ein junger Mann hielt einen Stapel bedrucktes Papier in der Hand und rief: »Eine *gazeta*, nur eine *gazeta*, dann kennt ihr alle Neuigkeiten aus Venedig! Alles, was in der Stadt geschieht, geschehen ist oder geschehen wird! Ihr könnt auf diese frischen Nachrichten nicht verzichten, die ich für euch habe! Sie sind frischer, als das Gemüse hier auf dem Markt. Alles, was ihr wissen wollt und was man euch noch nicht erzählt hat, für nur eine *gazeta*!« Lucieta blieb stehen, gab ihm eine dieser *gazetas*, die ungefähr soviel wert waren wie zwei Soldi aus dem Veneto, und nahm das Blatt, um es ihrer Herrin mitzubringen. Es kam ihr gar nicht in den Sinn, es selbst anzuschauen, zumal sie nicht richtig lesen konnte, nur, wenn sie sich sehr viel Mühe gab. An der Ecke der *fondamenta*, der Uferstraße am Fuß der Brücke, stand ein Mann aus Burano mit einer großen, dampfenden Steingutschüssel und pries seine achtarmigen Tintenfische in nahrhafter Brühe an. Ein Stück weiter unten hatte sich ein anderer Fischer eine improvisierte Kochstelle eingerichtet, eine Pfanne daraufgestellt und bot den Passanten nun gegen ein geringes Entgelt ganz frische, frittierte *marsioni*, kleine Fische, männliche Butterkrebse und kleine Krabben. Lucieta ging auch an ihm vorbei, ohne stehen zu bleiben, doch sie ließ den Blick umherschweifen und nahm all die verschiedenen Bilder in sich auf, die sich ihr boten, spitzte die Ohren, um in diesem babylonischen Stimmengewirr die verschiedenen Dialekte und Sprachen unterscheiden zu können. Sie versuchte zuzuhören und alles zu verstehen, alles zu lernen und wie ein Schwamm in sich aufzusaugen, was um sie herum geschah.

Unter der Rialtobrücke fuhren große und kleine Boote vorüber, Gondeln jeder Form und Größe, mit Bootsführern, die sich in Gesichtszügen und Kleidung deutlich unterschieden. Man konnte die rauen Gesichter und muskulösen Schultern der Istrier und Kroaten beobachten, dunkelhäutige, äußerst geschickte Nordafrikaner in leuchtenden, bunten Gewändern, Schwarze, die aus Ebenholz geschnitzt zu sein schienen, gekleidet in die vielfarbigen Livreen der Patrizierhäuser.

Lucieta überquerte den Campo San Bortolomio, wandte sich nach links, ging an der Rückseite des Fontego dei tedeschi entlang, des Handelshauses der Deutschen, und blieb dort stehen, um die farbenprächtigen Fresken zu bewundern, mit denen es geschmückt war. Sie kannte den Namen des Malers, der sie geschaffen hatte, hatte ihn im Haus ihrer Herrin aufgeschnappt. Er hieß Tiziano Vecellio, aber alle nannten ihn nur Tizian, und er kam aus den gleichen Bergen wie sie. Die Bilder an der Vorderseite des Gebäudes, die man von der Brücke aus bewundern konnte, stammten hingegen von seinem Lehrer Giorgio da Castelfranco, genannt Giorgione. Schweren Herzens riss sie sich von dem Anblick los und ging über die Brücke, um dann bei San Cancian in eine enge Gasse einzubiegen, in der sich der Eingang zum Hause Franco befand. Es handelte sich um ein neues Gebäude aus roten Ziegelsteinen, das zwischen dem Canale Grande und dem *rio*, einem schmaleren Kanal, lag. Man betrat zuerst einen kleinen Garten an der Rückseite des Hauses, der an beiden Seiten von hohen, mit Glyzinien überwucherten Steinmauern begrenzt wurde.

Lucieta ging von dort aus in den Flur, dessen Fußboden ein Schachbrettmuster aus weißem und rotem veronesischem Marmor zeigte, stieg die breite Treppe aus istrischem Kalkstein hinauf, durchquerte den großen Empfangsraum, von dem Türen in verschiedene andere Räume führten, und brachte ihre Einkäufe in die Küche.

Veronicas Mutter Paola saß am Tisch und bestickte für ihre Tochter Ärmel mit winzigen, bunten Glasperlen aus Murano. Solche Ärmel konnte man nach Belieben an die Kleidung heften und wieder abnehmen, ein sehr wichtiges Accessoire der neuesten Damen- und Herrenmode. Ein und dasselbe Kleid sah mit üppig bestickten Ärmeln vollkommen anders aus, und so konnte man es zu verschiedenen Gelegenheiten tragen. Manche dieser Ärmel waren überaus kostbar. Veronica besaß einige für festliche Anlässe, die mit kleinen Perlen und Gold bestickt waren, oder mit Edelsteinen auf Spitzen aus Burano. Die Ärmel, die Veronicas Mutter gerade bestickte, waren für den *listòn* bestimmt, den täglichen Spaziergang auf der Piazza San Marco. Dort ging man hin, um sich zu zeigen, sich bewundern und beneiden zu lassen, um alle wichtigen Leute zu treffen, stehen zu bleiben und zu plaudern oder neue Bekanntschaften zu schließen. Jeder kam früher oder später auf die Piazza San Marco und die angrenzende Piazzetta zu einem Spaziergang unter den wohlwollenden Augen des Löwen von San Marco und des gutmütigen Drachen von San Tòdaro.

Paola war knapp über vierzig, galt damit als alte Frau und wurde nur noch für geeignet angesehen, die Kupplerin für ihre schöne Tochter zu spielen. In ihrem stolzen und aufrechten Körper konnte man allerdings noch zahlreiche Spuren ihrer einstigen Schönheit entdecken, die sie an Veronica vererbt hatte. Eine Schönheit, die auch bei Paola nicht vollkommen verschwunden, sondern eher verblasst war, und nicht mehr offen zur Schau gestellt wurde. Paola trug ihre langen blonden Haare, die nur mit wenig Grau durchzogen waren, in einem Knoten auf dem Hinterkopf festgesteckt, ihre Schultern waren breit und knochig, ein unförmiges Kleid aus verblichenem blauem Baumwollstoff verhüllte ihren Körper und ließ nur die faltige Haut des Halses und des Dekolletees frei. Doch ihre grünen Augen strahlten hell, ihr großer, üppiger Mund war immer bereit zu lächeln. Paola kümmerte sich um den gesamten Haushalt, sie nahm Veronicas Einkünfte entgegen und verwaltete sie; denn wenn man ihrer Tochter das Geschäftliche überlassen hätte, hätte diese sich, unbedacht wie sie war, in schönen Worten und Gedichten bezahlen lassen, oder sie hätte den Liebhabern, die sie am meisten schätzte, sogar noch Geschenke gemacht. Nur weil ihre Mutter gut aufpasste, beschränkten sich diese Geschenke meist auf Sonette und Balladen.

Schon als Kind hatte Veronica eine große Leidenschaft für das Lernen und besonders für die Dichtkunst gezeigt: Einen erheblichen Teil ihrer Zeit verbrachte sie lesend und schreibend, dazu sang sie noch und spielte mehrere Instrumente. Ihre Gedichte waren allseits bekannt und geschätzt. Ihre Konversation zeugte von Bildung und war amüsant, und auch aus diesem Grund suchten Edelleute, Literaten und Künstler ihre Gesellschaft. Ihr großzügiger, stolzer Charakter wehrte sich dagegen, eine finanzielle Gegenleistung für etwas zu verlangen, das sie doch am liebsten freigebig verschenkt hätte, er drängte sie sogar dazu, ihre bevorzugten Liebhaber zu beschenken.

Noch immer schmerzte Paola Veronicas Geschenk an König Heinrich, der während seines Aufenthaltes ihr Kunde gewesen war: ein schönes Porträt von ihr, das Jacopo Robusti gemalt hatte, den man scherzhaft Tintoretto nannte und von dem man sagte, auch ihm würden bald der Ruhm und die Ehren eines Tizian zuteil.

Allerdings musste sie zugeben, dass der König sich ebenfalls mehr als großzügig und freigebig gezeigt hatte, um die Gesellschaft der süßen, gebildeten und künstlerisch so begabten Veronica aufzuwiegen. Und so hatte sie doch mehr bekommen, als sie ihm gegeben hatte. Selbst, wenn man außen vor ließ, dass der königliche Besuch Veronicas Ansehen so gesteigert hatte, dass Paola ihre ohnehin schon gesalzenen Preise noch einmal erhöhen konnte, die sie – mit aller angemessenen Höflichkeit – von Edelleuten wie auch von reichen deutschen Kaufleuten verlangte. Zumindest, wenn man den Verleumdungen dieser Schlange Maffio Venier Glauben schenkte.

»Stell die Einkäufe nur hierher, ich räume sie weg, und geh auf die Dachterrasse, Veronica sitzt dort und lässt sich die Haare in der Sonne trocknen; sie wartet darauf, dass du ihr hilfst«, sagte Paola zu Lucieta. Ein Lächeln erhellte die markanten Gesichtszüge der jungen Frau. Sie stellte die Körbe auf dem großen Tisch ab und rannte zu einer kleinen Tür. Ihre Füße steckten in den niedrigen Samtpantoffeln mit Sohlen aus gepressten Lumpen, die noch heute *furlane* heißen. Lucieta lief so schnell in Richtung der Dachterrasse aus altem Holz, dass ihre Füße auf dem Weg nach oben kaum die Holzstufen der Treppe berührten. Oben saß Veronica auf einem Schemel, gekleidet in eine Tunika aus leichtem weißem Musselin.

Lucieta hielt die Terrasse für einen magischen Ort. Von hier oben aus konnte man rote Ziegel, Schornsteine, Wolken und flügelschlagende Tauben sehen. Hier und da wuchsen zwischen den Dächern Kuppeln und Glockentürme empor. Ihre Silhouetten hoben sich klar vor dem Himmel mit seinen zarten, ineinander verlaufenden Farben ab. Schaute man hinunter, dann sah man die Boote, die auf dem Canale Grande fuhren. Die grün und golden schimmernden kleineren Kanäle wirkten von hier oben wie eine Spielzeuglandschaft, und die Bootsführer und die Gondolieri auf dem Kanal hörte man rufen: »*Aooo, va' de longo*«, was auf Venezianisch soviel bedeutet wie: »Los, geh zur Seite!«

Und an diesem magischen Ort sah Veronica in ihrer weißen, im Wind flatternden Tunika und mit ihren blassgoldenen Haaren, die ihr über die Schultern bis zur Taille fielen, für das Mädchen aus dem Friaul aus wie eines der Wunderwesen, von denen die alten Frauen abends im Stall erzählt hatten, als sie noch ein kleines Kind war. Feen, die nahe der schimmernden Oberfläche eines Alpensees oder auf rosigen Berggipfeln wohnen. Lucieta kannte sonst nur die grobschlächtigen Frauen aus ihrer Heimat, die sich in

Kleider aus grober Wolle hüllten und auf ihren Schultern Kiepen voll mit Holz trugen.

»Wie gut, dass du da bist, Lucieta«, sagte Veronica mit ihrer sanften, ein wenig heiser klingenden Stimme. »Ich habe auf dich gewartet, damit du mich kämmst.« Sie nahm das Blatt mit den Neuigkeiten, das Lucieta ihr reichte, setzte sich auf, und Lucieta kämmte ganz langsam ihre dichten, lockigen Haare durch. Dabei hob sie jede Strähne einzeln hoch und ließ sie in der Sonne trocknen, damit sie noch heller und glänzender wurde. Währenddessen las Veronica ihr vor: »Am Sonntag, dem 17. Juno, wird ein schönes, äußerst prächtiges Fest mit Lanzenstechen und Waffengängen auf dem Campo San Stefano stattfinden. Es werden anwesend sein der verehrte Messere Alvise Pisani, Bischof von Padua, Abt Bibiena Fiorentino und der Herzog von Ferrandina, der Sohn des verstorbenen Marchese von Tripalda, der in direkter Linie von Skanderbeg abstammt, ein tüchtiger Turnierkämpfer, dazu Freund und Hauptmann von Kaiser Karl V.«

Lächelnd sagte Veronica: »Wir werden uns das Turnier ansehen, Lucieta! Ich will dich dorthin mitnehmen. Diesen Herzog von Ferrandina möchte ich gern kennen lernen. Es heißt, er sei ein sehr schöner Mann, stark und tüchtig an den Waffen und äußerst galant zu Frauen! Alle glauben, dass er das Turnier gewinnen und keiner in der Lage sein wird, ihn im Kampf zu besiegen.«

Lucieta schwieg und hörte Veronicas sanfter Stimme wie immer zu, als sei es liebliche Musik, gleichgültig, was sie sagte. Dabei ließ sie die seidigen Haare ihrer Herrin durch ihre Finger gleiten und massierte ihr sanft den Kopf. Ein merkwürdiges Gefühl, eine Art angenehmes

Kribbeln, durchzuckte von ihren Fingerspitzen aus ihren ganzen Körper, lief an ihren Schultern und Armen herunter, schnürte ihr den Magen zu, gelangte schließlich bis zu ihrem glatten Jungmädchenbauch, der sich verkrampfte, und zog ihr die kräftigen, schlanken Schenkel zusammen. Erschöpft und schwach blieb Lucieta zurück. Sie beugte ihren Kopf, als würde sie von einer übermächtigen Kraft dazu getrieben, und verbarg ihr Gesicht in den fließenden, blonden Haaren in ihren Händen, ohne dass Veronica es bemerkte.

»Komm, Lucieta, ich glaube, jetzt sind sie trocken«, sagte Veronica nach einer Weile und fuhr sich mit den Händen durch die Haare, »gehen wir in mein Zimmer, du musst mir helfen, mich anzukleiden und zu parfümieren.« Lucieta nickte und folgte Veronica in ihr kühles, im Halbschatten liegendes Zimmer, das von einem großen Bett mit einem Damastüberwurf beherrscht wurde. An der Zimmerdecke flackerten lebhafte Sonnenreflexe, die von der glatten Wasseroberfläche des Kanals zurückgeworfen wurden, und durch das Fenster hörte man ganz leise das Wasser gegen die Steinstufen am Ufer klatschen und das düstere Gurren der Tauben.

Veronica ließ die Tunika fallen und schüttelte den Kopf, so dass die glänzenden Haare sich wie ein Strahlenkranz um sie herum ausbreiteten. Ihre Schönheit erfüllte den Raum gleich zweifach, denn auch der große Spiegel aus Muranoglas zeigte ihr Bild. Der kleine Kopf mit den großen, leuchtend grauen Augen, die weit auseinander lagen, erhob sich königlich auf einem langen, eleganten Hals. Ihr Busen war voll und prall, die Taille schlank, die Hüften rundeten sich sanft über den wohlgeformten Schenkeln.

All diese Einzelheiten vereinten sich in vollkommener Harmonie, die aus der jungen Frau ein Meisterwerk der Natur machte. Wie geblendet sah Lucieta sie an.

Veronica legte sich mit dem nackten Bauch auf die weiße Bettdecke. Sie nahm die Flasche mit dem parfümierten Öl vom Nachttisch und hielt sie Lucieta hin, die sich ein wenig davon in die zitternden Handflächen goss, um den weichen, biegsamen Körper ihrer Herrin zu massieren. Wie Paola es sie gelehrt hatte, begann sie ganz langsam an den Füßen und den Knöcheln, massierte dann mit langen, liebevollen Bewegungen die schlanken Beine hinauf, knetete kräftig Veronicas Pobacken und ihren Rücken.

»Sehr gut, Lucieta, genau so ist es gut. Wie schön deine Hände sind, so warm und stark, sie machen, dass es mir sofort besser geht und ich mich entspannen kann.« Die Massage tat ihre Wirkung: Veronica räkelte sich vor Wohlbehagen wie eine schnurrende Katze.

Und wie eine Katze drehte sie sich auf den Rücken und streckte die Hände spielerisch in die Luft. Mit einer geschickten Bewegung löste sie das Taschentuch, das Lucietas Haare bedeckte. Die glatten Strähnen, die die Farbe von Herbstblättern hatten, umrahmten das Gesicht des Mädchens und ließen es weicher erscheinen – als Lucieta aus ihrem Dorf im Friaul gekommen war, hatte ihr Paola aus Angst vor Ungeziefer die Haare ganz abgeschnitten und ihr den Kopf gründlich mit einer Tinktur aus Pyrethrum eingerieben, aber inzwischen waren die Haare wieder ein wenig nachgewachsen. Mit einer weiteren schnellen Bewegung löste Veronica die Bänder der Kattunschürze und lachte über Lucietas jähe Bestürzung und ihren ungeschickten Versuch, die Schürze sofort vom

rin hin und versuchte, die Zärtlichkeiten zu erwidern. Sie streichelte ihre Schultern, den Hals, die Arme. Das Mädchen brachte kein Wort heraus, aber sein Blick und das atemlose Keuchen, das aus dem halbgeschlossenen Mund kam, sagten mehr als tausend Worte. Veronica nahm ganz sanft Lucietas Hände und legte sie auf ihren Busen.

Paola war die Treppe hinaufgegangen, um die Wäsche zu bringen, die sie eben genäht hatte. Sanft stieß sie die Tür mit der Schulter auf, drehte sich um und blieb wie angewurzelt stehen, als sie die beiden jungen Frauen sah, die sich nackt auf dem Bett umarmten. Noch sanfter als zuvor schloss sie die Türflügel wieder, und in ihrem tiefen Seufzer mischten sich Ungeduld und Erleichterung: »Na sieh mal, was dieses Mädchen anstellt. Sogar das muss ich mir ansehen. Da gibt es all diese Männer, die nichts anderes wollen und sie dafür noch gut bezahlen würden! Aber wenigstens besteht nicht die Gefahr, dass sie davon schwanger wird!«, sagte sie sich. Paola kehrte in die Küche zurück und legte den Stapel Wäsche auf einem Stuhl ab. Dann band sie sich die Schürze um und begann, den Fisch zu säubern, den Lucieta gekauft hatte.

Es handelte sich um kleine Tintenfischchen, die man als Salat zubereitete. Mit erfahrenen Bewegungen entfernte Paola Augen und Münder, dann tauchte sie die Tiere zwei- oder dreimal in kochendes Wasser. Die herunterhängenden Fangarme wellten sich wie Veronicas Haare. Danach ließ Paola die Tintenfischchen in die Pfanne gleiten. Sie war nervös, als hätte sie eine schlimme Vorahnung, als zerrte irgendeine Drohung an ihren Nerven. Ab und zu sah sie zur Tür, als warte sie auf jemanden oder etwas, das Gefahr bedeutete.

Lustlos nahm sie einen Lorbeerzweig in die Hand, riss die Blätter ab und gab sie in einen flachen Topf, in dem sie anschließend die Scheiben eines *asià*, eines Glatthais, ausbreitete. Sie gab ein wenig zerdrückten Knoblauch hinzu, hackte mit einem Messer mit glatter, massiver Klinge Petersilie auf einem schweren Eichenholzbrett und verteilte sie über dem Fisch. Dann fügte sie ein wenig Salz und Pfeffer hinzu, geriebenes Brot, Öl und ein Glas Weißwein, deckte das Ganze zu und stellte den Topf auf eine Ecke des Herds, damit alles auf kleiner Flamme kochte. Ein leichtes, nahrhaftes Essen, das Veronica, ihre heißgeliebte Tochter und ihre beste Investition, kein Gramm zunehmen lassen würde.

Nachdem sie gemeinsam die Osteria verlassen hatten, schlugen Pietro Aretino und Maffio Venier dem Herzog vor, die Piazza San Marco zu besuchen, um sich dort die wunderbare Uhr des Turms und die neue Loggetta am Campanile anzusehen, ein Werk von Pietros Freund, dem Architekten Sansovino.

Sie gingen durch die *mercerie* mit ihren zahllosen Läden und sagten dem Gondoliere, er solle am Ufer der Piazzetta wieder zu ihnen stoßen, damit sie nach dem Spaziergang bequem in der Gondel zurückfahren konnten. »Wenn wir dort sind, müssen wir darauf warten, dass die Uhr zur vollen Stunde schlägt«, sagte Pietro, der die Rolle des Fremdenführers übernommen hatte, »die Uhr ist nämlich so gebaut, dass sich zur vollen Stunde ein Türchen auf der Seite des Altars öffnet, auf dem die Madonna mit ihrem Kind im Arm thront. Dort kommt ein Engel heraus, der eine vergoldete Trompete in der Hand hält, und hinter ihm die Heiligen Drei Könige. Sie tragen kostbare Gewänder und bringen Geschenke für das Jesuskind. Wenn der Engel vor der Jungfrau Maria steht, setzt er die Trompete an, die drei Könige heben zum Zeichen der Verehrung mit der rechten Hand ihre Kronen vom Kopf, und mit der linken bieten sie dem göttlichen Kind in goldenen Gefäßen kostbare Geschenke aus dem Morgenland an.

Dann kehren alle in einer Reihe durch die kleine Tür auf der entgegengesetzten Seite in die Uhr zurück. Diese Arbeit ist wirklich das Werk eines großen Genies, und sie ist wunderschön. Dann muss ich Euch noch andere bemerkenswerte Dinge zeigen, wenn sie auch nicht so wertvoll sind wie die Uhr oder die Loggetta des Glockenturms von San Marco. Letztere wurde für Gespräche der Patrizier untereinander geschaffen und ist mit großartigen Einlegearbeiten aus Marmor verziert. Und dann gibt es noch den Erzengel Gabriel, der mit Plättchen aus vergoldetem Kupfer geschmückt ist und von der Spitze des Campanile aus die Stadt beschützt.«

Der Herzog hörte ihm interessiert zu und sah sich bei jedem Schritt um, so sehr faszinierten ihn die vielen Wunderwerke Venedigs. Er hatte schon viel darüber gehört, und dies war oft mit so viel Begeisterung vorgetragen worden, dass er schon gedacht hatte, die Reisenden würden übertreiben; aber jetzt ergriff ihn ein ebensolches Staunen und ebensolche Bewunderung für die unzähligen großartigen Bauten, die die Stadt zierten und deren Fassaden sich im Wasser der Kanäle spiegelten. Bei ihrem Spaziergang zur Piazza San Marco strahlte die Sonne vom Himmel herab. Die Mosaiken über den Türen der Basilika glänzten, und ihre Kuppeln hoben sich deutlich von dem tiefblauen Himmel ab, der die leuchtenden Farben der Figuren auf dem goldenen Hintergrund noch hervorhob. Die eleganten Bogengänge des Amtssitzes der Prokuratoren, der Vermögensverwalter der Republik Venedig, verliehen der Piazza eine so ausgeprägte räumliche Tiefe, dass die Kirche San Giminiano im Hintergrund in weiter Ferne zu stehen schien.

Der Herzog und seine Begleiter schlossen sich einer kleinen Menschenmenge an, die, den Blick nach oben gerichtet, auf das Erscheinen der Heiligen Drei Könige wartete. Als die kleine Prozession mit Gesten der Verehrung an der wohlwollend lächelnden Madonna vorbeizog, wurde das Schauspiel mit Bewunderungsrufen aufgenommen. Danach betraten die drei Männer die Basilika von San Marco. Halbdunkel hüllte sie ein, dazwischen blitzten immer wieder die Mosaiken in den Kuppeln auf. Dicht gedrängte Figuren in leuchtenden Farben, die schon die kleinste der Kerzen erstrahlen ließ, die den Innenraum der Basilika schwach erleuchteten, so wie auch jeder Sonnenstrahl, der den Weg durch die bunten Fenster fand. Der Boden unter ihren Füßen bestand aus bunten Steinen, die eine wunderbare Tierwelt abbildeten: Pfauen, Adler und andere Tiere in mehrfarbigen Mosaikrahmen beeindruckten den Betrachter durch ihre unendliche Vielfalt über alle Maßen.

Als sie das erholsame Halbdunkel der Kirche wieder verließen, kniffen sie die Augen zusammen, um sich gegen das grelle Sonnenlicht zu schützen. Auf dem Weg zur Loggetta blieb der Herzog noch einmal stehen und sah hinauf, um den Erzengel zu betrachten, der dort auf der Spitze in der Sonne glänzte, als hätte man ihn im Flug angehalten – eine geradezu überirdische Erscheinung. Da bemerkte er einen Käfig, der auf halber Höhe an einer der Wände des Campanile hing und in dem ein übel zugerichtetes, abgemagertes, unglaublich schmutziges Etwas saß, das kaum noch wie ein Mensch aussah.

»Und was ist das?«, fragte der Herzog, neugierig geworden, seine großzügigen Gastgeber.

»Das ist die *cheba*«, erklärte ihm Maffio Venier bereitwillig. »Diese Strafe ist hier in Venedig den Menschen vorbehalten, die fluchen. Sie werden in einen Käfig eingeschlossen und bleiben Tag und Nacht hier draußen, allen Unbilden des Wetters ausgesetzt, entweder für einen bestimmten Zeitraum oder manchmal sogar ihr ganzes Leben lang. Mit einem Korb, der an einem Seil heruntergelassen wird, versorgt man sie mit Wasser und Brot. Der Mann, den Ihr hier seht, ist ein Priester, er heißt Agostino und gehört zur Pfarrei Santa Fosca. Er ist dazu verurteilt worden, bis Ende September hier zu hängen. Dass ein Priester bestraft wurde, weil er geflucht hat, hat die Fantasie des Volkes so beschäftigt, dass darüber sogar ein Lied geschrieben wurde, obwohl manche erzählen, es stamme von dem Verurteilten selbst. Es heißt ›Klagelied Pré Agostinos im Käfig‹ und geht so:

Sie reichen mir das Essen durch ein Loch,
Und bei dem Wasser, das ich statt Wein bekomme,
Beklage ich (zu Recht), was ich verbrochen.

Am meisten schmerzt es mich, dass morgens und
Abends, mittags und zu jeder Tagesstunde
Die Kinder nach mir schreien: He, Pater Agostino!

Manchmal kreischen sie so unerträglich,
Dass ich mein Wasser auf sie lasse,
Um meinem Leide Linderung zu verschaffen.«

Der Herzog brach in Gelächter aus und mit ihm Pietro Aretino und das gesamte Gefolge. Jedenfalls machten sie einen großen Bogen um die *cheba* und ihren erbarmungswürdigen Inhalt. Derweil verfluchte Pré Agostino sein Schicksal, den Käfig und den Campanile, an dem er hing: »Verfluchter Campanile, auch du wirst fallen, eines Tages wirst du fallen! Alle Venezianer sollen sehen, wie du auf die Schnauze fällst!«

Der Herzog hatte sich zu den Stufen begeben, die zum Eingang der Loggetta führten, wo sich schon einige reich gekleidete Patrizier versammelt hatten, um ihn zu begrüßen, aber Pietro rief ihn zu sich: »Einen Moment noch, ich muss Euch noch etwas Besonderes zeigen!«, und er brachte ihn zur Tür, die in die Sakristei von San Marco führte. Dort wies er stolz auf einen Bronzekopf, der aus einem der Türflügel hervorragte. Er zeigte Pietro selbst, und auch diesen hatte sein Freund Sansovino geschaffen: »So habe ich über meine literarischen Werke und Tizians Gemälde hinaus Unsterblichkeit erlangt. Und kommende Generationen werden sich immer an Pietro Aretino erinnern müssen!«

Jemand klopfte ausdauernd an die Tür des Hauses Franco. Paola trocknete sich die Hände an ihrer Schürze ab und eilte hinaus, um zu öffnen. Bepi, der Gondoliere und Mädchen für alles im Haus, hatte verschiedene Besorgungen zu erledigen, außerdem musste er eine Partie Zypernwein abholen, der am gleichen Morgen mit einem großen Lastkahn angekommen war, und Lucieta hatte Veronicas Zimmer noch nicht verlassen.

»Verehrte Herren«, sagte Paola und knickste kurz, dann ließ sie die beiden jungen venezianischen Adligen eintreten, zwei Freunde und Kunden Veronicas, Giovanni Da Mosto und Bartolomeo Gradenigo. »Kommt herein und macht es euch bequem. Seid ihr gekommen, um Veronica zu sehen? In diesem Haus seid ihr jederzeit willkommen«, erklärte Paola und führte sie in den geräumigen Empfangsraum, der den Mittelpunkt des ersten Stocks bildete und von dem die Türen der anderen Zimmer ab-gingen.

Der Boden aus *pastelòn*, einer venezianischen Terrazzoart, war mit bunten Teppichen aus dem Nahen Orient bedeckt, an den Wänden standen türkische Diwane mit vielen bunten Kissen. In der Mitte des Raums hing ein Leuchter aus mundgeblasenem Muranoglas über einem großen Tisch aus Eichenholz. Durch ein elegantes dreibogiges Fenster, das auf den Garten blickte, fiel ein beruhigendes Licht, das durch die Blätter der Kletterpflanzen gefiltert wurde.

Die jungen Männer kamen herein und begrüßten Paola herzlich. Sie setzten sich ungezwungen auf die Diwane und man merkte ihnen an, dass sie hier schon lange ein und aus gingen. Angeregt unterhielten sie sich miteinander, lachten und blinzelten einander zu, während Paola – völlig unnötigerweise – aufräumte. Sie schüttelte Kissen auf und bot den Männern Süßigkeiten und Wein an, um ihr Gespräch belauschen zu können.

»Wir müssen mit Veronica reden«, begann Da Mosto. »Wir haben etwas, das wir ihr zeigen wollen, es wird ihr zwar nicht gefallen, aber es ist gut, wenn sie davon weiß, und es wird sie bestimmt interessieren.«

Auch Paola gefiel nicht, was sie dort hörte, es ließ ein paar unangenehme Komplikationen erahnen, aber sie hatte nicht den Mut, die Herren direkt zu fragen: In ihren Augen war sie kaum mehr als eine Dienerin, obwohl sie eigentlich das gesamte Haus führte und vor allem das Geld verwaltete. Personen eines bestimmten Ranges aber redeten nur mit Veronica.

»Geduldet euch noch einen Augenblick«, sagte sie, »ich gehe sofort zu ihr, um euch anzumelden und zu sagen, dass ihr hier wartet, weil ihr mit ihr reden wollt. Allerdings muss sie sich noch ankleiden und herrichten, und ihr kennt ja Veronica, und wisst, wie sie ist, das dauert immer ein wenig.«

Doch Gradenigo, ein hübscher junger Mann, groß und temperamentvoll, hielt es nicht mehr länger aus, er wollte die pikante Neuigkeit, die sie mitbrachten, unbedingt loswerden: »Seht hier, Signora Paola«, sagte er und gab ihr einen jovialen Klaps auf den Hintern: »Seht nur, was diese Schlange Maffio Venier geschrieben hat«, und er begann laut vorzulesen: »Veronica, du Hure ohnegleichen …«

Paola hörte ihm stumm zu. Wut und Abscheu hatten ihr die Sprache verschlagen. Sie wurde abwechselnd rot und blass, dann rief sie: »Heilige Mutter Gottes, dieses Zeug wollt ihr doch nicht etwa Veronica zeigen!« Giovanni Da Mosto, der im Aussehen und Benehmen ein wenig feiner wirkte als sein Freund, gab zu bedenken: »Signora Paola, wenn nicht wir ihr es zeigen, die wir ihre Freunde sind, wird es bestimmt jemand anderer tun, und wer weiß, wie der es anstellt … Da diese Unverschämtheit nun mal im Umlauf ist, erfährt sie es besser von uns. Ihr wisst doch auch genau, dass man in Venedig unmöglich etwas geheim halten kann, alle mischen sich überall ein und verbreiten es so schnell wie möglich. Besonders gern, wenn es Bosheiten sind oder Grausamkeiten wie diese. Außerdem hat Maffio sich nicht damit begnügt, dieses Pamphlet nur zu schreiben, nein, er bringt es auch noch jedem seiner Bekannten zu Gehör, und davon hat er viele.«

Paola senkte den Kopf und rang die Hände. »Gebt es mir«, sagte sie dann mutlos und traurig und ging zum Zimmer ihrer Tochter. Dieser eine solche Demütigung beibringen zu müssen, empfand sie selbst als demütigend.

Veronica lag noch auf dem Bett und ruhte sich aus. Ein kleines, zufriedenes Lächeln kräuselte ihre leicht geröteten Lippen.

Lucieta räumte auf. Sie war ganz rot im Gesicht und atmete schwer, trug aber schon wieder ihr Taschentuch auf dem Kopf, und ihre Schürze war perfekt gebunden. Paola zögerte einen Moment, aber als ihre Tochter, die ihre Verwirrung schon bemerkt hatte, sie fragte, was los sei, reichte sie ihr das Papier und brachte kein Wort heraus, da die Angst ihr die Kehle zuschnürte.

Ein paar Minuten vergingen, dann öffnete sich eine der Türen, die in den Hauptraum führten, in dem die beiden Männer saßen. Veronica stürmte hinein, sie trug noch immer die weiße Tunika, die ihr als Morgenmantel diente. Ihre Augen waren halb geschlossen und die Zähne gebleckt wie bei einer wütenden Katze. Ohne die Freunde zu begrüßen, zischte sie hasserfüllt: »Ich bringe ihn um, diesen feigen, unverschämten Erfinder von unglaublichen Verleumdungen, diese Wasserratte, diesen Wurm, diesen Sohn einer großen Hure, diese geifernde, stinkende Kakerlake, diesen Bandwurm soll der Schlag treffen, diesen Misthaufen, denn nichts anderes ist er!« Ihre Mutter beobachtete sie missbilligend; bisher hatte sie sich immer auf das untadelige Benehmen der gebildeten und feinen Veronica verlassen können. Doch die beiden jungen Männer amüsierten sich über Veronicas Verhalten. Sie ermunterten sie noch weiter zu Beschimpfungen und boten ihr ihre Hilfe dabei an, einen Racheplan gegen diesen Verräter zu entwerfen.

Im Hintergrund, halb verborgen hinter der Tür, aus der ihre Herrin gekommen war, stand Lucieta. Fassungslos hörte sie zu und traute ihren Ohren nicht. Sie fühlte, wie das Blut in ihren Schläfen hämmerte und sie vom Hals aufwärts eine tiefe Röte überzog. Wie konnte man nur solche Gemeinheiten und Lügen über dieses überirdisch schöne Wesen erzählen, über Veronica, die soviel Zärtlichkeit und Ekstase spendete. Lucieta fasste es nicht, dass menschliche Bosheit soweit gehen konnte.

Nachdem Veronicas erste Wut verflogen war, zeigte der Trost ihrer Freunde Wirkung, die ihr versicherten, niemand würde Maffios Verleumdungen irgendeine Beachtung schenken. Aber da sie genau wusste, dass die ganze Stadt herzlich über dieses gemeine Spottgedicht lachen würde, ließ die Kurtisane sich von Lucieta Papier, Feder und Tinte bringen, um Veniers schändliche Verse abzuschreiben. Dann schickte sie die beiden Männer fort, nachdem sie ihnen versichert hatte, sich ihrer Hilfe zu bedienen, um sich gegen die Anklagen und den Spott zu wehren, mit denen Maffio sie an den Pranger gestellt hatte. Aber vorher müsse sie noch genau überlegen, was zu tun sei. Ganz bestimmt wolle sie ihn im wahrsten Sinne des Wortes dafür bezahlen lassen.

Sobald die beiden das Haus verlassen hatten – sie hatten noch einmal ihren Unwillen über das gemeine Schriftstück und ihre Freundschaft und Verehrung für Veronica bekundet –, legte diese ihren Kopf auf die Schulter der Mutter und fing an zu weinen. Lucieta stand noch immer regungslos hinter der Tür, Tränen der Wut rollten über ihre geröteten Wangen.

Im gleichen Moment öffnete sich die Tür, und Bepi brachte den Zypernwein herein, den er geholt hatte. Er blieb kurz in der Tür stehen und beobachtete verwirrt die drei erschütterten Frauen, die – nachdem kein geschwätziger Fremder mehr feststellen konnte, wie erfolgreich seine Enthüllungen gewesen waren – ihren Tränen freien Lauf ließen. Bepi stellte schnell das Eichenfässchen auf dem Küchentisch ab, aber noch bevor er fragen konnte, was passiert war, wurde er schon mit einer Welle energischer Befehle überschüttet.

»Du öffnest niemandem die Tür!«, wies Paola ihn an.

»Geh und such mir sofort den besten Fechtlehrer von ganz Venedig und bring ihn hierher!«, schrie Veronica. »Und wenn du schon unterwegs bist, dann kauf mir ein Stück blaues Tuch, etwas Musselin und zwei Degen.«

»Tochter, was hast du vor? Was hast du dir nur in den Kopf gesetzt?« Paola drehte sich um und sah Veronica besorgt an.

»Sag nichts, Mutter, ich weiß genau, was ich tun muss«, antwortete Veronica mit zusammengebissenen Zähnen. »Zuerst fordere ich ihn zum Kampf mit dem Degen.« Danach zog sie sich in ihr Zimmer zurück und ließ die arme Paola einfach so stehen. Die bekam vor Erstaunen ihren Mund nicht wieder zu und fand vor Bestürzung keine Worte. Nervös fing Veronica an zu schreiben, um den ungerechten Verseschreiber mit seinen eigenen Waffen zu schlagen. Sie brachte etwas zu Papier und zerriss es, schrieb wieder und zerriss es. Bedeckte das Papier mit Klecksen und Korrekturen, weinte ab und zu vor Wut, weil sie nicht die richtigen Worte fand, um diesen hinterhältigen Angriff zurückzuschlagen, der sie trotz ihrer kämpferischen Reaktion tief getroffen hatte. »Ich hasse ihn, ich hasse ihn«, sagte sie immer wieder. »Ich möchte ihn tot sehen!«

Paola machte sich immer größere Sorgen, wagte es aber nicht, etwas zu sagen. Lucieta wirkte wie versteinert und nahm ihre häuslichen Pflichten mit mechanischen Bewegungen wieder auf. Bepi ging, um seine Aufträge auszuführen, und hütete sich zu pfeifen, bis er draußen war. Ihn erwarteten ein schöner Spaziergang durch die Stadt und ein paar Pausen in einer Osteria, wo er eine saftige Geschichte zu erzählen hatte.

Von seinem Gefolge, Freunden und neugierigen Venezianern umgeben, hatte der Herzog von Ferrandina den Campo San Stefano erreicht und begutachtete dort äußerst sorgfältig den Ort des Turniers.

Der Platz war groß; an der Rückseite wurde er vom Seitenschiff der gleichnamigen Kirche begrenzt, an den beiden Schmalseiten des Platzes bildeten die Fassaden der Palazzi den Hintergrund. Am Tag des Turniers würden hier von Fenstern und Balkonen bunte Brokattücher herabhängen, geschmückt mit den Wappen und Abzeichen der adligen Familien, die hier wohnten. Die schönsten und bekanntesten Damen Venedigs würden hinausschauen und sich in ihren festlichen Gewändern zeigen, um zum einen den tapferen Sieger zu ehren und ihm zu applaudieren und zum anderen die Verlierer mit Schmähungen zu überhäufen.

Der Herzog lächelte selbstsicher und leicht verächtlich, während er sich umsah, hatte dabei das strenge Urteil und die scharfen Zungen der Venezianer aber noch gut im Gedächtnis. Am besten verließ er sich nicht zu sehr auf die eigenen, unbestreitbaren Fähigkeiten, sondern versuchte lieber, keinen Fehler zu begehen und sich so gewissenhaft und genau wie möglich auf den Kampf vorzubereiten.

Der Campo war mit Gras bedeckt, ein gepflasterter

Weg für die Fußgänger umgab ihn auf allen Seiten. Auf diesem Weg – auch diesen nannte man *listòn* –, ging man spazieren, und im Karneval flanierten hier die Masken. Schreiner und Zimmerleute waren bei der Arbeit, sie zogen Gerüste und Treppen für die Tribünen hoch, auf denen der Doge und seine Würdenträger dem Turnier zuschauen würden. Es versprach, ein prunkvolles Ereignis zu werden, an das man sich noch Jahre später erinnern würde. Schon saßen Maler an den Seiten des Platzes und hielten den Bildhintergrund fest, auf dem sie dann an dem bewussten Tag schnell die Körper der Kontrahenten und der Zuschauer skizzieren würden, um sie später in ihren Werkstätten auszuführen, damit die vielen Teilnehmer oder Zuschauer, die es danach verlangte, ein sichtbares Zeugnis von diesem Ereignis mitnehmen konnten.

Der Herzog schätzte grob, wie viel Anlauf sein Pferd, ein prachtvoller weißer Lipizzaner und ein gehorsames und schnelles Tier, haben würde. Der Hengst war so präzise in seinen Bewegungen wie ein Tänzer, er folgte auf den Meter und die Sekunde genau dem kleinsten Schenkeldruck. Der Herzog versuchte auch, die Kraft und die Zeit abzuschätzen, die er brauchen würde, um den Gegner zum vernichtenden Stoß genau vor die Tribüne des Dogen zu bringen. Er würde diesen hochmütigen Venezianern, die glaubten, sie seien überall die Besten, schon zeigen, wozu er fähig war.

Eine atemlos geführte Unterhaltung in seinem Rücken lenkte ihn ab. Ein Mann aus dem Volk, seiner Kleidung nach vielleicht ein Gondoliere, war zu dem Fechtlehrer getreten, den der Herzog ausgewählt hatte, um sich auf das Turnier vorzubereiten. Bastiano Bellotto galt zurzeit als der vielleicht Beste in der ganzen Stadt. Er hatte den Herzog begleitet, um ihm die Schwierigkeiten und Möglichkeiten zu erklären, die der Kampfplatz bot, und ihm mit seiner Erfahrung zur Seite zu stehen. Jetzt wendete er sich ein wenig ärgerlich dem Gondoliere zu, um ihm zu sagen, er solle ihn in Ruhe lassen, solange er mit dem Herzog hier weilte, und später zu ihm nach Hause kommen, wenn er ihn wirklich so dringend sprechen müsse. Doch der Gondoliere blieb hartnäckig, wenn auch auf sehr höfliche Art und Weise: »Ich bitte Euch, Meister, meine Herrin will Euch sofort sehen, sie hat nicht die Absicht, auch nur eine Minute zu warten. Wenn Ihr sie kennen würdet, würdet Ihr mich verstehen. Es tut mir leid, Euch zu stören, aber um Himmels willen kommt mit, sie ist außer sich, die Signora Veronica!«

Als der Fechtlehrer den Namen hörte, riss er die Augen weit auf vor Erstaunen und sagte lächelnd: »Wirklich *die* Veronica, Veronica Franco, möchte mich sehen? Mit allem Respekt, hochverehrter Herr Herzog, wenn Ihr mich entlasst und nicht mehr für die Besichtigung des Platzes braucht, dann verabschiede ich mich und komme morgen in aller Frühe für die gewohnten Übungen zu Euch.«

Der Herzog drehte sich überrascht um, er war es nicht gewohnt, dass untergeordnete Personen sich plötzlich selbst entließen. Sie hatten abzuwarten, bis er sie verabschiedete, wenn es ihm gefiel: »Um wen geht es hier bitte? Wer ist diese Veronica, von der der Mann da erzählt? Ist es vielleicht die Franco, und wenn ja, was will sie von Euch?«

»Euer Gnaden müssen entschuldigen, dieser Mann hat nur erzählt, dass Veronica Franco mich sehen will, und wenn soviel Anmut und Schönheit mir die Ehre erweisen, mich sofort sprechen zu wollen und mich keine höhere Macht zurückhält, dann eile ich. Wenn Euer Gnaden also die Güte haben würden, mich zu entschuldigen …«, sagte Bellotto. Die Aufregung darüber, dass ihn die schöne Veronica zu sich rief, hatte ihn einen Moment von seiner Aufgabe im Dienste des Herzogs abgelenkt, auf die er eigentlich sehr stolz war, und hatte ihn sein gewöhnlich gutes Benehmen vergessen lassen. Allerdings war es sehr unklug von ihm, die Möglichkeit außer Acht zu lassen, dass der große Mann ihm grollen würde. Der Herzog war schließlich daran gewöhnt, dass seine Wünsche immer über allem anderen standen. Zum Glück erwies er sich in diesem Fall als großzügig, nein, er amüsierte sich sogar darüber, dass dieser Haudegen ihm plötzlich untreu wurde.

»Geht nur, geht. Es ist nur gerecht, dass Mars zu Venus eilt, wenn sie ihn ruft«, sagte der Herzog, der inzwischen die Überzeugung gewonnen hatte, dass das Terrain des Schauplatzes ihm entgegenkam. Er setzte seinen Gang auf dem *listòn* fort und wusste genau, welche Neugier seine Anwesenheit erregte.

Auf den blumengeschmückten Balkons verfolgten einige Damen aufmerksam jede Bewegung des Herzogs, sprachen untereinander darüber, tauschten von einem *pèrgolo* zum anderen Beobachtungen und stießen schrille, kleine Entzückensschreie aus: »Er ist wirklich ein schöner Mann, seht nur, diese Schultern! Und die Haltung. Seine Augen sind wie Samt.« – »Und schau, wie elegant, was für ein prächtiges Gewand!« – »Die Kette aus Dukatengold, die er um den Hals trägt, ist ein Geschenk von

Kaiser Karl V.!« – »O ja, man sieht, dass der Kaiser einen Goldschmied seines Vertrauens hat, um seinen Schützlingen Ketten zu schenken. Tizian, dem Maler, hat er eine ganz ähnliche geschenkt, so zufrieden war er mit seinem Porträt.« – »Und er, der Herzog, ist ein Freund des Kaisers, sie waren gemeinsam im Krieg.« – »Was für ein Körperbau und wie er geht. Er wirkt wie der Herr des Campo San Stefano!« – »Was ist Meister Bellotto zugestoßen, dass er so plötzlich weggelaufen ist, als würde er verfolgt? Wer war denn dieser Gondoliere, der ihn geholt hat? Kennst du ihn?« – »Tja, ich weiß nicht, er trug keine Livree, aber ich glaube, ich habe ihn schon irgendwo gesehen, nur erinnere ich mich nicht mehr, wo …«

Während der Herzog höchst zufrieden mit sich und dem Aufsehen war, das seine Anwesenheit erregte, und seinen Spaziergang in aller Ruhe fortführte, setzte sich einer der traditionellen Mechanismen Venedigs in Bewegung: die *ciàcola,* ein Gemisch aus Nachforschungen, Spekulationen sowie dem Sammeln und Austauschen von Informationen, die dann anschließend ausführlich gedeutet wurden. Gemeinschaftlich wurde eine Geschichte zusammengetragen, die dann unterwegs durch Diener und Patrizier, Händler und feine Damen immer weiter ausgesponnen werden würde. Man würde sie von Mund zu Mund weitertragen und im Vertrauen Freunden zuflüstern. Dann würde man sie mit saftigen Details ausschmücken, zum Entzücken der Zuhörer, die sie wieder anderen weitererzählten und diese wieder anderen, bis eine Geschichte in die Legenden Venedigs einginge, in der sich selbst die handelnden Personen nicht mehr wiedererkennen würden. Und die sie ihren Söhnen und Enkeln dennoch als eine tatsächliche Begebenheit weitererzählen konnten, die die Chronik der Familie bereichern und ihr Ehre machen würde.

Bepi hatte Bastiano Bellotto bis zur Tür des Hauses Franco begleitet, und während Letzterer von den Frauen herzlich begrüßt wurde, hatte der Gondoliere vorgebracht, er müsse sich um andere Aufträge kümmern. Dann war er schnell um die nächste Straßenecke gebogen und hatte den Weg Richtung San Bortolomio und Riva del Carbòn eingeschlagen. Als er die Osteria della Cerva erreicht hatte, beschloss der Gondoliere, dass es jetzt Zeit für eine Pause sei. Er hatte sich ein *ombra* und eine Runde *ciàcole* verdient. Also ging er hinein.

Zu dieser Stunde war die Osteria fast leer, und Luisa und Bortolo hatten sich an einen Tisch gesetzt, um sich nach der vielen Arbeit des Vormittags ein wenig auszuruhen und zu stärken. Bepi setzte sich neben sie und begann zu plaudern. Das Thema, das die Gemüter an diesem Tag am meisten bewegte, war natürlich das nächste Turnier, das viele Leute aus den benachbarten Städten nach Venedig locken würde. Luisa versprach sich einen saftigen Umsatz und dachte schon darüber nach, was sie für diesen großen Tag alles noch vorbereiten musste. Danach kam das Gespräch unausweichlich auf den Herzog von Ferrandina, den großen Favoriten des Turniers. Bepi prahlte damit, er hätte ihn vor kurzem auf dem Campo San Stefano getroffen, und rühmte sein Aussehen und seine Stärke.

»Aber auch ich kenne den Herzog und zwar recht gut«, erwiderte Luisa darauf. »Er ist nämlich heute Morgen hier gewesen, hat bei uns etwas getrunken und gegessen und war so zufrieden, dass er gesagt hat, er käme wieder. Er war mit Maffio Venier und Pietro Aretino da, ganz zu schweigen von seinem Gefolge. Die haben meine ganze Osteria gefüllt, da blieb kein Tisch mehr frei. Er ist ein großer Herr und sehr freundlich. Er hat mir einen Haufen Komplimente gemacht, für das Essen, den Wein, die Osteria, auch wie freundlich wir ihn aufgenommen haben. Er war von allem begeistert.«

Luisa genoss es ungeheuer, das publik zu machen, was in ihren Augen ein wichtiges Ereignis, ein Erfolg für ihre Osteria und natürlich auch für sie selbst war. Und was für ein Erfolg war das, wenn nur sie und Bortolo davon wussten? Außerdem sagte Bortolo nie etwas, mit ihm zu reden, hieß seinen Atem zu vergeuden, da konnte man genauso gut mit einem Stuhl oder einem Polentalöffel sprechen. Dieser Bepi kam ihr da mehr entgegen. Zumal man mit den Gondolieri Freundschaft pflegen musste, sie erfuhren immer eine Menge, auch das Geheimste und Interessanteste, und waren Meister darin, etwas weiterzuverbreiten. Außerdem bestand immer die Möglichkeit, dass sie zahlungskräftige Gäste brachten.

Nach dem Herzog und seinem Gefolge kam ihr Gespräch noch auf andere Themen, um schließlich bei dem wichtigsten Ereignis des Tages zu landen. Das war es jedenfalls für Bepi, ein Ereignis, dem außerdem noch etwas außerordentlich Geheimnisvolles anhaftete und das somit ein fruchtbarer Boden für tausend Vermutungen war. Bepi fing an zu erzählen, aber schon, als er nur sagte, dass er jetzt in Veronica Francos Diensten stehe, unterbrach ihn Luisa sofort mit Entzückensschreien.

»Du musst mir so viel erzählen! Sag bloß, du warst schon ihr Gondoliere, als der König von Frankreich sie besucht hat? Wie war er?«

»Nein, nein, ich bin noch nicht lange bei ihr, zu dieser Zeit hatte sie noch keine eigene Gondel. Doch seit der König von Frankreich abgereist ist, lebt sie in großem Stil, wie eine feine Dame. Sie ist umgezogen, jetzt wohnt sie in diesem Haus, das fast schon ein kleiner Palazzo ist und an den Canale Grande grenzt. Sie hat sich eine Gondel gekauft und mich als Diener und Gondoliere eingestellt und noch ein Mädchen aus dem Friaul, das der Alten bei der Hausarbeit hilft. Und was für Kleider sie sich hat nähen lassen! Sie sieht wie eine Königin aus, mit ihr kann sich nicht einmal die Tochter des Dogen vergleichen. Dabei ist sie eine gute Herrin, das will ich nicht leugnen, keine von denen, die die Nase hoch tragen. Man merkt, dass sie weiß, was es heißt, arm zu sein und sich irgendwie seinen Lebensunterhalt verdienen zu müssen. Sie sieht mich nicht an, als sei ich ein Möbel, ein Stück Holz, wie das diese feinen Damen tun, die glauben, du seist nicht einmal ein Mensch. Außerdem ist sie schön, so wunderschön, es ist ein Vergnügen, sie anzuschauen. Die einzige Katastrophe ist ihre Mutter, eine Harpyie, ein Geizkragen, sie achtet auf jeden Soldo und hat Falkenaugen. Ihr entgeht nichts.«

»Heilige Jungfrau, ich habe vergessen, die Bohnen für heute Abend aufzusetzen! Lauf schnell und hol sie, Bortolo, während wir hier sitzen, können wir sie enthülsen«, rief Luisa plötzlich, dann wandte sie sich sofort wieder

Bepi zu, der es gar nicht abwarten konnte, weiter von dem Durcheinander zu erzählen, das er heute im Haus vorgefunden hatte, und von den geheimnisvollen Aufträgen, die er bekommen hatte.

»Ich habe keine Ahnung, was vorgefallen sein könnte, aber meine Herrin, die Ärmste, hatte rote Augen, und das ist schade bei diesen schönen Augen, und sie stieß ständig Verwünschungen gegen Signor Maffio Venier aus, der früher immer zu ihr kam. Sie müssen sich gestritten haben, denn ich habe ihn nicht mehr bei ihr gesehen. Er besucht sie schon seit einer Weile nicht mehr.«

Bortolo, der mit dem Sack Bohnen aus Lamòn zurückkam, beteiligte sich zu Luisas großer Überraschung an der Unterhaltung: »Vielleicht weiß ich, was geschehen ist. Signor Maffio war heute Morgen auch hier, er sprach mit dem Herzog, als ich Wein und Speisen servierte. Er hat ihm ein Gedicht vorgelesen, das er verfasst hat. Darin ging es um Signora Veronica, und er ließ kein gutes Haar an ihr, beschimpfte sie aus vollem Herzen, so unvorstellbar schlimm, das muss man gehört haben. Verspottet und beleidigt hat er sie, aufs Gröbste. Vielleicht hat jemand der Signora Veronica davon erzählt oder ihr das Gedicht zu lesen gegeben. Ich wette, sie ist wütend geworden!«

»Sie hat mich geschickt, um den Fechtlehrer zu holen, Stoff sollte ich kaufen und zwei Degen! Heilige Mutter Maria, was kann sie sich nur in den Kopf gesetzt haben? Jetzt muss ich aber gehen, und zwar schnell, ich bin spät dran und muss noch das Tuch kaufen. Auf Wiedersehen, Wirtin, alles Gute, Bortolo«, sagte der Gondoliere, stand auf und machte sich auf den Weg zu dem Stoffgeschäft am nahen Campo San Bortolomio, um dort einzukaufen.

Bortolo brühte Schweinefüße, Schweineohren und Schwarte ab und häutete sie. Die sollten zusammen mit den Bohnen gekocht werden. Luisa füllte einen großen Topf mit Wasser und hängte ihn an die Kette über dem brennenden Herdfeuer. Sie steckte einige getrocknete Nelken in eine Zwiebel, schnitt die geschälten Kartoffeln und Karotten sowie den Sellerie und Rosmarin, die zu den Bohnen kamen, und wandte sich neugierig an Bortolo: »Du hast mir nichts über dieses Gedicht gesagt, wie ging es denn?«

»Herrin, daran erinnere ich mich nicht, aber es begann so: ›Veronica, du Hure ohnegleichen…‹, und darauf folgte ein ganzer Rosenkranz Beleidigungen, er warf ihr alles Mögliche an den Kopf, so vulgäre, gemeine Dinge, wie ich sie noch nie gehört habe, man schämte sich schon beim Zuhören. Und die anderen lachten darüber!«

Nachdenklich warf Luisa alle Zutaten in den Topf. »Wer weiß, was die Franco vorhat… aber wenn ich sie wäre, würde ich diesen Lumpen nicht einfach so davonkommen lassen. Hoffen wir, dass Bepi bald wiederkommt und uns erzählt, was weiter geschieht.«

Doch ein paar Tage vergingen, ohne dass etwas geschah: Memo zufolge war der Herzog vollauf damit beschäftigt, sich mit Meister Bellottos Hilfe auf das Turnier vorzubereiten. Zwischen zwei Kämpfen streifte er fasziniert und neugierig durch Venedig, ging in Wirtshäuser wie in Patrizierhäuser, die ihm ihre Türen weit geöffnet hatten und einander darin überboten, ihn zu prunkvollen Festen einzuladen. Bepi war nicht wieder aufgetaucht, um wie üblich sein Gläschen Wein zu trinken. Offensichtlich war er zu sehr mit dem Aufruhr im Hause Franco beschäftigt... und so ging das Leben in der Osteria della Cerva seinen üblichen ruhigen Gang.

Bis zum großen Tag war es kaum mehr als eine Woche, ganz Venedig redete von dem Ereignis. Der Nachmittag war halb vorüber, die Osteria gefüllt mit Bootsführern, Händlern, Seeleuten und Männern aus dem Volk, die über die Vorbereitungen für das festliche Turnier plauderten, das auf dem Campo San Stefano stattfinden sollte. Man nahm Wetten auf den Sieger an, besiegelte sie mit einem Handschlag und einem Spucken auf den Boden. Die meisten erklärten den Herzog zum Favoriten, ein paar Leute wagten es auch, auf ein paar junge, eher unbekannte Kämpfer zu setzen, von denen sie sich einiges versprachen und die man schon in unbedeutenderen, aber nicht weniger schwierigen Turnieren in Venedig und Umgebung gesehen hatte.

Während sich die Gäste angeregt unterhielten, hatte keiner gemerkt, dass ein junger, mittelgroßer Mann hereingekommen war. Seine Augen und sein Haar waren schwarz, und er wirkte gequält und unglücklich. Die feinen Gesichtszüge, sein stolzer Blick, die Selbstsicherheit, mit der er sich bewegte, alles an seiner Erscheinung ließen in ihm sofort den Patrizier erkennen. Dafür sprachen auch seine ausgesuchte Kleidung, der beiläufige, gebieterische Ton, mit dem er etwas zu trinken bestellte, und die abweisende Art, mit der er sich an einen Ecktisch zurückzog und an niemanden ein Wort richtete.

Der Neuankömmling starrte finster in sein Glas Wein, als existiere der Rest der Welt nicht für ihn. Erst als ein anderer junger Patrizier wie ein Windstoß hereinstürmte, ging ein Ruck durch ihn. Der zweite junge Mann musste ungefähr im Alter des ersten sein, wirkte aber größer und stattlicher. Auf seinem breiten, pockennarbigen Gesicht erschien ein jungenhaftes Lächeln, seine langen Haare fielen ihm über die Schultern.

»He, Zorzi!«, rief ihn der Mann am Tisch und winkte ihm, er solle sich zu ihm setzen.

Die Stammgäste hatten um den ungewöhnlichen, traurig wirkenden Besucher einen respektvollen Abstand gelassen, deswegen konnte sein Freund sich problemlos neben ihm niederlassen.

»Auch für mich ein Gläschen, Wirtin«, rief der Neuankömmling lächelnd und sah sich um. »Was ist denn passiert, Marco, dass du so finster dreinblickst? Du siehst aus, als sei dir eben ein Ziegel auf den Kopf gefallen.«

Luisa erkundigte sich inzwischen leise, wer die beiden Herren seien. Ein Gondoliere kannte sie, hatte sie oft zu Festen ins Casìn dei Spiriti gebracht, das im Norden auf die Lagune hinausging, gegenüber der Insel Murano, und das von den jungen Patriziern, Intellektuellen und Künstlern besucht wurde, die die Stadt in Scharen bevölkerten. So konnte er Luisa mitteilen, dass es sich um zwei Sprösslinge der ältesten Familien Venedigs handelte, die Dogen und tapfere Heerführer zu ihren Vorfahren zählen konnten: Marco Giustinian und Zorzi Contarini waren Busenfreunde, die mehr als einen gemeinsamen, feucht-fröhlichen Streifzug durch das reiche, amüsierwillige Venedig hinter sich hatten. Ohne Zweifel würden sie in Zukunft von sich reden machen und die höchsten Ämter der Republik bekleiden, wenn sie einmal die Leidenschaften und Launen der Jugend ausgelebt hatten.

Marco Giustinian, so fügte der Gondoliere hinzu, war der aktuelle Liebhaber und Favorit der schönsten und verführerischsten Kurtisane Venedigs, jener Veronica Franco, die in aller Munde war und über die man sich das Beste und das Schlimmste erzählte. Der junge Giustinian hatte sich Hals über Kopf verliebt und litt sehr darunter, dass er die geliebte Frau nicht ganz für sich allein haben konnte. Er lief durch Venedig und forderte jeden zum Duell, der es wagte, ihre Schönheit zu schmähen oder auch nur ironisch zu lächeln, wenn Marco begeistert ihren Geist und ihre Bildung lobte, die sie neben ihrer Schönheit, Eleganz und Vornehmheit auszeichneten. Eine Lobrede, die sich jeder anhören musste, dem er begegnete. Marco brachte mit ihr ein Vermögen durch, und obwohl seine Familie genug Land in der Marca Trevigiana besaß, um sich das leisten zu können, war der alte Alvise Giustinian verärgert. Wenn Marco sich nicht besann und nicht aufhörte, sich lächerlich zu machen, würde er seinen überspannten Erstgeborenen zugunsten seines zweiten Sohnes Matteo, der ernsthafter und verantwortungsvoller war, enterben.

Luisa hörte gern zu und unterbrach den Redeschwall des Gondoliere nur ab und zu mit einer passenden Frage. Wie ein großer Teil der Venezianer war es ihr Hauptvergnügen, mit großem Interesse alle Geschichten und Skandale der Familien zu verfolgen, die am meisten im Licht der Öffentlichkeit standen.

»Warum sie wohl zu mir gekommen und nicht auf die andere Seite des Kanals gegangen sind, in die Osteria del Sturiòn im Rialtoviertel, wo alle jungen Patrizier hingehen?«, fragte sie sich laut, und der Gondoliere hatte sofort eine Antwort darauf parat: »Weil jeder weiß, dass der Herzog von Ferrandina zu dir gekommen ist. Und jetzt wollen ihn alle nachäffen und es ihm gleichtun, denn er gilt in diesen Tagen hier in Venedig als der interessanteste Mann, er wird von fast allen bewundert und nachgeahmt. Er hat dich in Mode gebracht, Luisa! Aber du wirst sehen, wenn er das Turnier auf dem Campo San Stefano verliert, wird man ihn keines Blickes mehr würdigen, und alle werden wieder in die Osteria del Sturiòn gehen oder in eine andere Osteria, die dann in Mode ist, weil vielleicht ein Cousin des Dogen sie besucht hat.« Woraufhin Luisa ein schnelles, eindringliches Gebet für den Turniersieg des Herzogs sprach.

Ohne bemerkt zu haben, dass sie im Zentrum der allgemeinen Aufmerksamkeit standen, unterhielten die beiden Männer sich. Das heißt, eigentlich redete nur Marco, und

Zorzi hörte ihm geduldig zu, versuchte lediglich hin und wieder, ihn zu beruhigen.

»Verstehst du, Zorzi, sie hat mich nicht einmal sehen wollen, sie hat mir von ihrer Mutter ausrichten lassen, sie habe zu tun und wolle niemanden sehen, als wäre ich irgendjemand. Was hat sie denn so Wichtiges vor, dass sie mich nicht einmal einen Moment lang empfangen kann, noch einen deutschen Kaufmann mit Geld wie Heu oder vielleicht diesen Herzog von Ferrandina, von dem alle Welt spricht, als wäre er der Große Khan? Aber so kann ich nicht leben, sie kann mich nicht behandeln, als wäre ich irgendjemand, ich liebe sie nämlich wirklich, obwohl sie manchmal ein kopfloses Huhn ist.«

Luisa spitzte unauffällig die Ohren und blieb in der Nähe des Tisches, um den beiden Wein einzuschenken, sobald ihre Gläser leer waren. Zorzi bemerkte die Aufmerksamkeit der Wirtin und auch ihre attraktive Erscheinung: Zerstreut hörte er sich die Klage seines Freundes an und bewunderte indessen Luisas schöne weiße Arme und wie elegant sie wirkte, wenn sie sich ab und zu die Haare zurechtzupfte. Er hoffte, sie beeindruckt zu haben, und nahm sich vor, bei passenderer Gelegenheit ohne seinen Freund wiederzukommen, um ihr ein wenig den Hof zu machen. Inzwischen versuchte er, Marco zu trösten und ihm zu erklären, die schöne Veronica hätte schon einen Grund für ihr plötzlich launenhaftes Verhalten, und morgen würde sich bestimmt alles aufklären.

Das Ganze dauerte lange, sie tranken ein *ombra* nach dem anderen. Gäste kamen und gingen, die Bohnen waren gar und verströmten ihren Duft. Bortolo trug Teller und Gläser auf und nahm sie wieder mit, in der Osteria hörte man Geplauder und Gelächter, Löffel kratzten über Teller, und Geschirr klapperte.

Marco hörte nicht mehr auf zu trinken und zu klagen: »Sie will mich nicht einmal morgen sehen, das hat sie mir von ihrer Mutter ausrichten lassen. Es ist schon ein Glück, dass ich es nicht durch ihre Magd oder ihren Gondoliere erfahren musste: Komm in einer Woche wieder, im Moment habe ich zu viel zu tun, ich habe keine Zeit, das waren ihre Worte! Was hat sie denn bloß zu tun? Ich halte es nicht aus, sie eine Woche lang nicht zu sehen! Wie soll das gehen? Wenn ich sie nur einen Tag nicht sehe, dann quäle ich mich und werde verrückt vor Eifersucht!«

»Denk nicht weiter darüber nach«, beharrte Zorzi. »Vielleicht schreibt sie an einer ihrer Balladen und möchte sich nicht ablenken lassen, oder sie hat einen Pickel auf der Nase und möchte sich deshalb niemandem zeigen. Wer weiß schon, was Frauen so durch den Kopf geht! Sonntag besuchen wir gemeinsam das Turnier, das wird dich ein wenig ablenken, und abends gehen wir dann ins Casìn dei Nobili auf Murano, dort gibt es ein großes Fest. Ich habe Modesta Veniero versprochen, dass wir sie begleiten, ihr Ehemann hat keine Lust, dorthin zu gehen, weshalb er gesagt hat, er müsse zu seinem Landgut reisen, um dort nach dem Rechten zu schauen. Der amüsiert sich doch nur, wenn er Kühe und Getreide sieht, aber nicht bei Festen und Tänzen. Du wirst sehen, auf dem Fest werden wir bestimmt deine schöne Veronica treffen, und dann kannst du mit ihr sprechen und dir erklären lassen, was ihr eingefallen ist, und außerdem mit ihr tanzen, soviel du magst.«

Schließlich leerte sich die Osteria ein wenig, und Luisa machte sich daran, die letzten betrunkenen Gäste hinauszukomplimentieren, die protestierten und um noch ein Gläschen bettelten, nur eines noch, ein letztes. Marco und Zorzi verabschiedeten sich ebenfalls, überaus höflich, wobei Zorzi Luisa liebevoll anlächelte und versuchte, ihr die Hand zu küssen, die sie eilig zurückzog und an ihrer Schürze abwischte. Dann sammelten sie und Bortolo das Geschirr ein und stapelten es in einer Waschbütte. Sie wischten die Tische mit einem Tuch ab und sahen einander mit einem zufriedenen, erleichterten Seufzer an. »Für heute sind wir endlich fertig. Das war ein guter Tag, wir können zufrieden sein, und vor allem können wir jetzt schlafen gehen.« Schnell aßen sie noch einen Teller Bohnen, wobei sie nahe an der langsam verlöschenden Glut saßen und nur die nötigsten Worte wechselten über das, was am nächsten Tag gekauft und vorbereitet werden musste. Bortolo hängte einen großen Kessel mit Wasser über die restliche Glut, damit es am nächsten Morgen lauwarm war. Das würden sie zum Waschen und Putzen hernehmen. Langsam gingen sie die Treppe hinauf und sagten einander müde lächelnd Gute Nacht.

Nachdem sie sich auf ihrem Bett ausgestreckt hatte, wälzte sich Luisa unruhig hin und her, während sie über die Neuigkeiten des Tages nachgrübelte. Sie war ein wenig aufgeregt, hatte aber auch ein ungutes Gefühl, als warnte sie etwas vor einer bevorstehenden Gefahr. Sie hielt den Atem an und lauschte. Die absolute Stille der Nacht wurde nur vom fast unhörbaren Geräusch des Kanals durchbrochen, dessen Wasser gegen die Steinstufen des Ufers klatschte, eine Bewegung unmerklich wie ein Luftzug, hauchzart und unvorhersehbar. Etwas Weiches landete auf ihrem Bett, kuschelte sich an sie heran und fing sofort an zu schnurren. Luisa belächelte ihre sonderbare Verwirrung und streichelte die Katze. Sie schloss die Augen, und im Halbschlaf sah sie das männliche, offene Gesicht Zorzis und sein ehrliches Lächeln vor sich. Er gefällt mir, dachte sie ganz ruhig, während sie einschlief.

Wieder war ein neuer Tag angebrochen, und die Sonne strahlte über den Dächern Venedigs. Der Morgen war wolkenlos, und die prächtigen Farben der Stadt leuchteten in der klaren Luft wie Muranoglas. Im ruhigen Wasser der Kanäle spiegelten sich die bunten Fassaden der Palazzi ebenso wider wie die kapriziösen Flugbahnen der Tauben. Als ein Boot vorbeikam, brachen sich die Sonnenstrahlen mit hellem goldenem Schein auf den kleinen Wellen, die das Ruder hervorrief.

Lucieta ging die Treppe zur Dachterrasse hinauf. Sie trug einen Korb mit Wäsche, die sie aufhängen musste, und blieb einen Augenblick wie gebannt stehen, um die Berggipfel am Horizont zu betrachten. In der klaren Morgenluft wirkten sie sehr nah, als würden sie direkt hinter der Lagune aufragen und einen Kranz um die Stadt bilden. Die höchsten Gipfel waren mit Schnee bedeckt, der strahlend weiß in der Sonne leuchtete; weiter unten breiteten sich Wälder aus, die sich in den zarten Farben der Ebene verloren, bis sie in das Blau der Lagune eintauchten. Lucieta fühlte, wie sich ihr die Kehle zuschnürte: Wo waren die Bäume und die Wiesen geblieben, die früher zu ihrem Leben gehört hatten und die heute zwischen Stein und Wasser, Wasser und Stein verschwunden zu sein schienen? Wo waren die sanften Abhänge, auf denen sie vor kurzem noch gespielt hatte, so grün und mit Blumen bedeckt? Sie hatten sich in Flächen aus roten Ziegeln verwandelt, Flächen voller Schornsteine, nur ab und zu unterbrochen von der regelmäßigen Form einer Dachterrasse. Doch die Luft war hier genauso ruhig und frisch wie in den Bergen, und das Licht, das auf magische Weise jeden Dachziegel, jedes Stück Holz, jeden Schornstein verzauberte, diese Luft und dieses Licht waren die Luft und das Licht ihrer Kindheit und riefen ein Gefühl der Freude in ihr hervor, das sie ohne einen besonderen Grund erfüllte.

Von unten rief eine Stimme nach Lucieta, worauf sie eilig die nasse Wäsche auf die Seile hängte, die zwischen dem Holzgerüst der Terrasse gespannt waren. Dann lief sie die Treppe hinunter. Veronica erwartete sie schon im großen Hauptraum des Hauses. Sie trug enge Hosen, die unterhalb des Knies zusammengebunden wurden, eine gepolsterte Samtjacke und darunter ein weiches Batisthemd. Die Haare hatte sie zu einem strengen Zopf zusammengenommen, der im Nacken von einem mit kleinen Perlen durchsetzten Haarnetz zusammengehalten wurde. In der Hand hielt sie einen Degen aus Damaszenerstahl. Sie sah einfach wunderbar aus: Lucieta blieb wie bezaubert in der Tür stehen und starrte sie fasziniert an.

»Wie sehe ich aus? Schnell, zieh dich ebenfalls um, du sollst schließlich mit mir fechten lernen. Ich benötige jemanden, mit dem ich üben kann. Signor Bellotto kann schließlich nicht den ganzen Tag hierbleiben, gerade jetzt, wo er mit dem Herzog arbeitet… Ich kann es kaum erwarten, gut genug fechten zu lernen, um diesen dreckigen Schurken Maffio herauszufordern und ihn zu töten, wenn mir das gelingt.«

Auf dem Sofa lag die gleiche Kleidung, die Veronica trug, noch einmal für Lucieta, und daneben blitzte ein Degen auf. Lucieta nahm die Kleider auf und ging wortlos hinaus, um sich umzuziehen, während der Fechtlehrer, der im selben Moment gekommen war, Veronica mit Verbeugungen und Handküssen überschüttete.

»Seid Ihr wirklich sicher, Herrin, dass Ihr fechten lernen wollt? Das ist doch etwas für Männer; wie ist es Euch nur in den Sinn gekommen, kämpfen zu wollen wie ein Mann, ausgerechnet Euch, die Ihr so schön seid, dass Ihr nur mit einem Finger winken müsst, und jeder Mann käme angerannt und wäre noch froh darüber, für Euch in den Kampf ziehen zu dürfen.«

Veronica schüttelte stirnrunzelnd den Kopf, dann sagte sie entschieden: »Maestro, ich weiß genau, was ich vorhabe. Sorgt Euch nicht. Wenn ein Mann fechten lernen kann, dann kann das auch eine Frau. Es ist immer besser, wenn man sich selbst zu helfen weiß, anstatt auf Männer angewiesen zu sein, denn auf die kann man sich letztlich nicht verlassen. An einem Tag wollen sie unbedingt für dich kämpfen, und am nächsten ist alles vorbei, und dann musst du dir selbst helfen, obwohl du ihnen vertraut hast. Lasst uns sofort anfangen, ich habe keine Zeit zu verlieren.«

Während der Fechtlehrer sich daranmachte, ihr zu zeigen, wie man den Degen hielt, die Füße setzte und die Beine bewegte, beobachtete Bepi das Geschehen heimlich und fasziniert durch die halbgeschlossene Tür. Er genoss den völlig ungewohnten Anblick – und besonders genoss er die Vorfreude darauf, im Anschluss alles in der Osteria zu erzählen.

Paola saß derweil in der Küche und putzte die Artischocken. Dabei brummte sie vor sich hin: »Ich möchte nicht einmal sehen, was die da drinnen anstellen. Diese seltsame Tochter, niemand kann sie dazu bringen, ihre Meinung zu ändern, wenn sie sich etwas in den Kopf gesetzt hat. Aber diesmal ist es wirklich ein Wahnsinn, schlimmer, als alles vorher.« In der Zwischenzeit zupfte sie die harten Blätter um die Artischockenböden ab, entfernte die stacheligen Spitzen, schnitt die Stiele und die anderen harten Teile ab und all das so energisch, als befände sich ihr ärgster Feind in ihren Händen, dieser schändliche Dichter, der es gewagt hatte, ihre kostbare Tochter so unverschämt zu verhöhnen. Dann beträufelte sie jede Artischocke mit einer halben Zitrone und warf sie in den Tontopf. Bei dem Gedanken daran, in welche Gefahr sich ihre Tochter begab, kamen ihr die Tränen. Mit welcher Verbissenheit sich Veronica auf dieses Duell vorbereitete. Sogar Männerkleidung hatte sie für sich und Lucieta anfertigen lassen und den besten Fechtlehrer von ganz Venedig verpflichtet. Paola widmete sich beharrlich ihren alltäglichen Aufgaben. Sie hackte Knoblauch und Petersilie, tat ein wenig davon mit etwas Salz in jede Artischocke, verteilte das Gemüse in einer mit Wasser und Öl gefüllten Form, deckte diese zu und setzte sie aufs Feuer, während ihr Kopf unaufhörlich arbeitete, versuchte, einen Ausweg aus dieser Situation zu finden, der gleichzeitig die gedemütigte Veronica zufrieden stellen und den Verantwortlichen dafür aus Venedig vertreiben könnte. Sollte sie ihn vielleicht der Verschwörung gegen die Republik und des Verrats bezichtigen? Doch der Rat der Zehn berücksichtigte keine anonymen Beschuldigungen mehr, und wenn sie den Dichter unter ihrem eigenen Namen angezeigt hätte – und das beabsichtigte sie ganz gewiss nicht –, hätte sie irgendeine Begründung liefern müssen. Und wie hätte diese schon lauten können? Dieser Verräter behielt seine giftigen Pfeile schließlich jenen vor, die sich nicht dagegen wehren konnten; ganz bestimmt richtete er sie nicht auf den Dogen oder andere wichtige Persönlichkeiten der Serenissima.

Lucieta hatte sich inzwischen für die Fechtstunde umgezogen. Als sie den Raum wieder betrat, drehten sich Bellotto und Veronica zu ihr um und starrten sie an, überaus erstaunt angesichts ihrer Verwandlung: Die schüchterne Dienerin aus dem Friaul war verschwunden, und an ihrer Stelle stand ein aufrechter, gelenkiger und kräftiger junger Mann, dessen scharf geschnittene Gesichtszüge nur durch seine große Jugend gemildert wurden. Die kurzen Haare umrahmten gerade eben sein lächelndes Gesicht, seine geschmeidigen, lockeren Bewegungen wurden nicht mehr von Röcken, Hauben und Schürzen behindert. Lucietas Hand hielt den Degen, als habe sie nie im Leben etwas anderes getan, und ihre Augen leuchteten vor Begeisterung.

»Lucieta!«, rief Veronica überwältigt, lief um sie herum und musterte sie bewundernd von Kopf bis Fuß. »Du siehst vollkommen aus in dieser Kleidung. Gib es zu, es macht dir Spaß, einen jungen Mann zu spielen. Und was für ein schöner junger Mann du bist!« Der Fechtlehrer applaudierte, er konnte es einfach nicht fassen. Vor ihm standen zwei äußerst vielversprechende Schülerinnen, und die Begeisterung und Schönheit der beiden jungen Frauen würden seine Arbeit noch viel angenehmer machen als üblich. Beide bewegten sich geschmeidig und sehr bewusst, zeigten Kraft und Ungezwungenheit und versprachen, schnell zu lernen und erfahrene Degenfechterinnen zu werden, die vielen Gegnern Paroli würden bieten könnten.

Der Fechtunterricht entwickelte sich gerade zur vollsten Zufriedenheit des Lehrers und seiner Schülerinnen, als Paola hörte, wie jemand ausdauernd an die Tür klopfte. Bepi war draußen und polierte liebevoll die Messingteile seiner Gondel, deshalb trocknete sich Paola schnell die Hände an ihrer Schürze ab und ging zur Tür. Sie hatte schlechte Laune und war bereit, jeden Störenfried zu verjagen, egal, um wen es sich dabei handelte.

Es war der junge Gradenigo. Er wollte wissen, ob es etwas Neues gab. Hatte Veronica gehandelt, nachdem man ihr Maffio Veniers Machwerk zu lesen gegeben hatte? Nachdrücklich redete er auf Paola ein, die ihm zwar mit ihrem Körper den Weg versperrte und ihn nicht vorbeiließ, aber eigentlich nichts lieber wollte, als mit irgendjemandem über ihre Probleme zu reden. Ganz besonders mit diesem jungen Patrizier, für den sie schon immer eine Schwäche gehabt hatte, da er ihr stets höchst willkommene Aufmerksamkeit und Beachtung geschenkt hatte. Gerne hätte sie sich von ihm trösten lassen.

»Verehrter Herr, es tut mir leid, aber meine Lippen sind versiegelt. Ich darf nichts sagen, verstehe ja nicht einmal, was hier vorgeht, und vor allem begreife ich nicht, was meine Tochter, diese Wahnsinnige, vorhat. Im Moment will sie niemanden sehen, sie redet mit keinem Menschen. Sie schreibt und schreibt – und lernt fechten. Habt Ihr so etwas je zuvor gehört? Wir werden sehen, was dabei herauskommt, aber ich habe keine Ahnung, ob ich irgendwann wieder irgendetwas begreifen werde.«

Der junge Mann blieb hartnäckig und machte keine Anstalten, sich zu entfernen; im Gegenteil: »Ach kommt, Signora Paola, Ihr könnt mich doch nicht einfach so fortjagen. Ich bin immer nicht nur ein Freund Veronicas gewesen, sondern auch der Eure. Ich bin doch nicht gekommen, um zu klatschen oder mich daran zu ergötzen, Euch in Schwierigkeiten zu sehen, nein, ich bin hier, weil ich Euch zugetan bin, euch beiden. Außerdem bin ich ein Mann und bestimmt nicht aus Holz ...«, während er das sagte, streckte er die Hände aus und knetete Paolas feste Hinterbacken. »Wisst Ihr, Signora Paola, ich muss Euch etwas gestehen. Ja, es stimmt, Veronica ist eine wahre Blume, aber Ihr seid auch nicht zu verachten. Ihr müsst schön gewesen sein, vielleicht noch schöner als Eure Tochter, und auch jetzt seid Ihr noch ein ansehnliches Weib. Lasst uns einen Moment in Euer Zimmer gehen, meine Paoletta, und habt ein Herz für einen armen Jungen, der nichts lieber möchte, als Eure Röcke zu lüpfen und in Euch einzudringen.« Mit diesen Worten umarmte er sie und schob sie durch die Tür.

Paola war so überrumpelt, dass sie nicht wusste, was sie tun sollte. Und so duldete sie diesen Überfall einerseits peinlich berührt, andererseits auch geschmeichelt darüber, dass sie als Objekt der Begierde noch mit ihrer Tochter konkurrieren konnte. Schwach und ermattet fühlte sie sich plötzlich, während sie spürte, wie der harte Männerkörper sich an sie presste, wild entschlossen, in sie einzudringen. Fast ohne es zu bemerken, wich sie atemlos in die Eingangshalle zurück und zog den jungen Mann, der sich weiter an sie presste, die Stufen hinauf bis zu der Tür in das kleine Zimmer auf halber Treppe. Dort schlief sie, um jederzeit die Kontrolle darüber zu haben, wer dieses Haus betrat und verließ. Sie schüttelte den Kopf, hörte nicht auf protestieren: »Ihr seid ja verrückt, was tut Ihr da, zu so etwas bin ich doch zu alt, Bartolomeo«, und wich mit diesen Worten auf das grobe Lager zurück, wo sie sich seufzend fallen ließ. Dann sagte sie: »Schließ die Tür, aber sei leise, damit uns niemand hört.« Im nächsten Augenblick hatte sich der junge Mann auf sie gestürzt und bemühte sich redlich, Bänder zu lösen und Röcke zu heben, während sie ihn betastete und überall gierig streichelte. Mit zugeschnürter Kehle berührte Paola Schenkel, die so hart waren wie Baumstämme, und umklammerte dann so heftig die Taille des jungen Mannes, als wäre er ihre einzige Rettung, ihr letzter Halt am Rande des Abgrunds. Als sie das heftig geschwollene Glied des Patriziers an ihren Schenkeln pochen fühlte, verschlug es ihr den Atem. Sie öffnete die Beine, während Bartolomeo ihr ins Ohr flüsterte: »Was hast du für ein schönes, saftiges Loch, altes Mädchen, so angenehm und warm, ich könnte ewig darin bleiben. Komm, überlass mir deine Brüste, ich will sie drücken, komm, komm, meine Schöne.« Dann drang er mit aller Kraft in sie ein, und jeder seiner Stöße war von einem Schrei begleitet, der sich mit Paolas animalischem Stöhnen vermischte. Schließlich ließ er sich keuchend auf sie fallen und barg sein Gesicht an ihrem üppigen, weichen Busen.

Immer noch fassungslos ließ Paola es zu, dass Gedanken und Gefühle in ihrem verwirrten Kopf durcheinanderwirbelten. Sie schwankte zwischen Bestürzung und dem körperlichen Wohlgefühl, das sie nicht verbergen konnte. Am liebsten wäre ihr gewesen, er wäre auf ihr liegen geblieben; sie wollte immer weiter seine Berührung genießen, seinen entspannten Körper – aber die Vorstellung, jemand anderer könnte merken, was geschehen war, erschreckte sie zu sehr, erschreckte sie fast ebenso sehr wie ihre Gefühle, die sie sich nicht genau erklären konnte.

»Geh jetzt, geh fort, und pass auf, dass dich niemand sieht.«

Sie ließ den jungen Mann nicht aus den Augen, während er seine Kleidung ordnete und mit einem Lächeln und einem Winken zum Abschied durch die Tür schlüpfte. Dann stand sie, immer noch verwirrt, mühsam auf und lief in die Küche, wo die Artischocken inzwischen schon am Boden des Topfes anzubrennen drohten.

Und als Veronica und Lucieta den Fechtlehrer verabschiedet hatten und lachend und erhitzt in die Küche kamen, um jede ein Glas Wasser mit ein wenig *mistrà* zu trinken – einem Anislikör, der die Flüssigkeit milchig und duftend werden ließ –, vergaß Paola sogar, über ihre Verrücktheiten und die absolut skandalöse Männerkleidung zu murren und über all das Geld, das sie gekostet hatte.

An diesem besonders sonnigen Morgen hatte sich auch Luisa ein wenig Ruhe gegönnt: Sie hatte Bortolo hinunter in die Osteria geschickt und war mit einem Eimer auf die Dachterrasse gegangen, um sich die Haare zu waschen, ein wenig Henna hineinzugeben und sie dann in der Sonne zu trocknen. Nun saß sie auf einem kleinen Schemel, schaute sich um und genoss die frische, milde Morgenluft. Sie kämmte ihre langen Haare und wickelte sie Strähne für Strähne um den Finger, damit jedes einzelne Haar genug Sonne abbekam. Dabei dachte sie über die Ereignisse der letzten Tage nach und über die Menschen, die in dieser Zeit in ihre Osteria gekommen waren.

Inzwischen stand der Tag des Turniers unmittelbar bevor, und Luisa war sehr enttäuscht, dass sie nicht hingehen konnte. Aber an diesem Sonntag würde ihre Osteria gut gefüllt sein, sicher kamen auch Leute von außerhalb. Wenn sie ihr Lokal schloss, entging ihr ein gutes Geschäft. Und sie konnte Bortolo unmöglich allein die ganze Arbeit machen lassen. Außerdem, so überlegte sie, würde sie niemals einen Platz auf den Tribünen oder den Rängen bekommen, die alle den Adligen vorbehalten waren, und inmitten der Menschenmenge, die sich an den Rändern des Platzes drängte, würde sie so gut wie nichts sehen. So tröstete sie sich damit, dass nach dem Kampf viele Leute in ihre Osteria kommen und über das Turnier reden würden. Jede noch so kleine Einzelheit würden sie berichten, und das gefiel ihr: Die Beschreibung des Ereignisses aus verschiedenen Perspektiven würde ihr den besten Überblick über das gesamte Turnier geben, und das, ohne dass sie ihre Osteria verlassen und sich im Gedränge herumstoßen lassen musste.

Sie dachte gerade darüber nach, was sie alles für diesen großen Tag zubereiten würde und was sie noch einkaufen musste, als sie hörte, wie Bortolo sie vom unteren Treppenabsatz rief: »Luisa! Komm schnell! Die Osteria ist schon voller Leute! Es sind auch edle Herren hier, und alle fragen nach dir.«

Luisa stand schnaubend auf und streckte behaglich die Arme über den Kopf. Lebewohl Sonne, wenigstens für heute: Eilig flocht sie sich die Haare, die jetzt die leuchtende Farbe der Kupfereimer in der Küche angenommen hatten, rollte den Zopf auf dem Kopf zusammen und umwand ihn mit einem bunten Seidenband.

Sobald sie in den großen Raum der Osteria hinuntergestiegen war, wurde sie von lauten, begeisterten Rufen empfangen, und witzige Bemerkungen und Komplimente über ihre Frisur flogen durch den Raum. Luisa schaute sich hastig um, antwortete auf die Begrüßungen und lächelte über die wohlwollenden Scherze. Und bemerkte sofort mit großer Zufriedenheit, dass Zorzi Contarini unter den Anwesenden war. Er saß dort in Gesellschaft eines großen, gut aussehenden jungen Mannes mit dunklen Augen und der Ausstrahlung eines Patriziers, obwohl er sehr einfach, fast grob gekleidet war. Vielleicht beruhte seine Wirkung darauf, wie selbstsicher er sich bewegte, wie er mit seinen glühenden Augen den Menschen direkt ins Gesicht sah, wie er sich an Contarini wandte, als würden sie einander sehr gut kennen. All dies ließ sein schmuckloses Wams und die Hosen aus grober Baumwolle vergessen. Außerdem verrieten ihn das feine Leder und der gute Schnitt seiner Schuhe, sowie der reich verzierte Dolch, den er am Gürtel trug.

Während Luisa schnell eine Runde zwischen den Tischen drehte, den einen begrüßte, sich bei einem anderen für ein Kompliment bedankte, versuchte sie, etwas über den Fremden in Erfahrung zu bringen, aber niemand kannte den neuen Gast. Es musste sich um jemanden von außerhalb handeln, der nach Venedig gekommen war, um dem Turnier beizuwohnen oder um Geschäfte zu machen. Wenn Contarini ihn als Ebenbürtigen behandelte, konnte es bestimmt nicht irgendein Mann aus dem Volke sein, obwohl der junge Zorzi dafür bekannt war, sich oft unter die einfachen Leute zu mischen, immer auf der Suche nach neuen, aufregenderen Erlebnissen, als sie ihm sein eigener Stand bot.

Luisa ging zu den beiden und fragte lächelnd, ob sie alles hätten, was sie wünschten, und ob sie ihnen irgendwie dienen könne. Sie beugte sich über den Tisch, um Wein einzuschenken, und Zorzi versenkte mit sichtlichem Vergnügen seinen Blick im tiefen Ausschnitt ihres türkisblauen Kleides.

»Jetzt musst du dich nur noch ein wenig zu uns setzen, weiter brauchen wir nichts, Luisa, als dass du uns etwas Gesellschaft leistest. Wie schön du heute bist, es ist eine Freude, dich anzusehen, verweigere uns das nicht, geh nicht gleich fort.«

Aber Luisa bemerkte einen Funken Ungeduld in den dunklen Augen von Zorzis Begleiter, deshalb entschuldigte sie sich anmutig: »Hochverehrter Herr, nichts könnte mir größeres Vergnügen bereiten, als mich ein wenig zu Euch zu setzen, aber Ihr seht, ich habe sehr viel zu tun. Ein ander Mal tue ich es gern. Eure Dienerin.« Sie entfernte sich mit wehenden Röcken und setzte ihre Runde unter den Gästen fort, brachte einen Pokal Wein, einen Teller Krebse oder Moschuskraken. Zorzi folgte ihr mit den Augen. Die schöne Wirtin faszinierte ihn immer mehr. Und auch sie warf dem jungen Mann manchen Blick zu, während sie sich in dem Teil des Raumes bewegte, der als Küche und Vorratskammer für die zahlreichen Tische diente. Allerdings versäumte sie es dabei nicht, mit den anderen Gästen schlagfertige Bemerkungen und Höflichkeiten auszutauschen. Insgeheim bewunderte sie seine athletischen Schultern, die klaren Gesichtszüge und die blauen Augen, die immer wieder aufleuchteten, während er sich lebhaft mit seinem Begleiter unterhielt.

»Es sieht tatsächlich so aus, als gefiele ich ihm«, dachte Luisa, als sie den interessierten Blick des jungen Patriziers bemerkte, und dieser Gedanke freute sie sosehr, wie schon lange nichts mehr. Sie war es gewohnt, von ihren Gästen Komplimente zu bekommen, oftmals auch sehr grobe. Das störte sie fast immer, weil es für sie noch eine zusätzliche Last bedeutete, sich gegen die gewiss nicht galanten Annäherungsversuche von Bootsführern und Händlern zu wehren. Aber etwas an Zorzis Art, sie liebevoll lächelnd anzusehen, zog sie nur allzu sehr an. Auch in diesem Moment verfolgten seine Augen jeden ihrer Schritte, ihre wiegenden Hüften, ihren anmutigen, flinken

Bewegungen, mit ehrlicher und bewundernder Aufmerksamkeit, während er gleichzeitig weiter dem jungen Mann neben ihm höflich sein Ohr lieh.

Und in der Tat, Zorzis Interesse an der schönen Wirtin der Osteria, das er seit ihrer ersten Begegnung verspürte, wuchs mit jedem Mal, da er wiederkam, um sie zu sehen. Erstaunt bemerkte der Jüngling, dass es sich dabei nicht um die einfache körperliche Anziehung handelte, die er oft gegenüber jungen Frauen von niederem Stande empfand, sondern um aufrichtige Bewunderung. Außerdem quälte ihn die Neugier, zu erfahren, was diese schöne Frau dachte und empfand, die ununterbrochen damit beschäftigt war, ihren Lebensunterhalt zu verdienen, und das immer mit einem Lächeln auf den Lippen, eine Frau, die sich so lebhaft dafür interessierte, was in ihrer Umgebung geschah, und regen Anteil daran nahm. Was für ein Gegensatz zu den jungen Töchtern der Freunde und Bekannten seiner Eltern, vornehme Edelfräulein, die eingesperrt in prunkvollen Patrizierpalästen aufwuchsen, ohne jede Möglichkeit, die Welt draußen kennen zu lernen, aufgezogen allein mit Klatsch, guten Manieren und ebenso strengen wie sinnlosen Regeln. Sie erinnerten ihn an die braven, sterilisierten Hauskatzen, die sich sosehr von den streunenden Katzen unterschieden, die Häuser und Gassen Venedigs von den Wasserratten befreiten. Von Natur aus bevorzugte er die Letzteren, obwohl Erstere – gut genährt, sauber und anmutig – manchmal auch sehr angenehm sein konnten. »Früher oder später muss ich eine von ihnen heiraten«, fiel Zorzi ein, aber er verdrängte diesen Gedanken. Er wollte schließlich nicht den Faden in diesem immer komplizierter werdenden Gespräch verlieren.

Der junge Mann, mit dem er sich unterhielt, stammte aus einer guten Familie aus Mantua und war, wie er Zorzi anvertraute, nach Venedig gekommen, um vom Herzog von Ferrandina Genugtuung zu erhalten. Dieser hatte die Tugend seiner Schwester Benedetta geschändet und sie dann weinend und wahrscheinlich schwanger sitzen gelassen. Und so war Giacomo d'Armer zum Herzog gegangen, um mit ihm zu reden. Der aber war wenig geneigt gewesen, sich seiner Verantwortung zu stellen, und hatte ihn hochmütig weggeschickt wie einen lästigen Bittsteller. Bestürzt hatte der junge Giacomo Trost und Rat bei seinem venezianischen Freund gesucht, unterstützt von zahlreichen Gläsern unvermischten Weins, der bekanntlich zwar keine Probleme löst, aber Schmerz und Wut leichter ertragen lässt.

Zorzi riet seinem Freund, sich an den Avogadòr der Republik Venedig zu wenden, um Gerechtigkeit zu erlangen, aber Giacomo erwiderte nicht grundlos, der Avogadòr würde weder willens noch in der Lage sein, Schritte gegen einen Edelmann zu unternehmen, der kein Bürger Venedigs, sondern ein Gast war, und zwar ein bedeutender und geschätzter Gast. Außerdem wollte er die Angelegenheit mit seiner Schwester nicht öffentlich machen, und es war schon schwierig genug, sie in Mantua geheim zu halten.

»Ich möchte ihn zum Kampf herausfordern! Ich melde mich zum Turnier an, und dort wird er mir dann dafür bezahlen, indem ich ihn vor dem Dogen und all den Damen Venedigs, die ihm schöne Augen machen, Staub fressen lassen werde, diesen eitlen Affen!«, sagte er, während Zorzi, der die Stärke und die Geschicklichkeit des Herzogs im Kampf bedachte, versuchte, ihn davon abzubringen. »Das endet damit, dass du blamiert und geschlagen heimkehrst«, sagte er, ohne die ebenfalls gar nicht so unwahrscheinliche Möglichkeit zu erwähnen, dass Giacomo überhaupt nicht mehr heimkehrte.

Luisa lief weiter von einem Tisch zum anderen und schnappte hier und da einen Gesprächsfetzen auf, denn nach ein paar Gläsern Wein und in der Hitze des Gesprächs waren die Stimmen immer lauter geworden. Sie wartete ab, in der Hoffnung, der junge Fremde würde vor Zorzi gehen, damit sie ein wenig bei ihm verweilen könnte. Aber sie hatte kein Glück. Irgendwann verließen die beiden gemeinsam in angeregtem Gespräch die Osteria.

Zorzi begleitete Giacomo bis zur Tür der Osteria del Sturiòn auf der anderen Seite der Rialtobrücke, während er weiter versuchte, ihn zu beruhigen und ihn dazu zu bringen, sein Vorhaben aufzugeben. Aber der verwirrte und in seiner Ehre verletzte Jüngling beharrte auf seinen Racheplänen. Nach der Weigerung des Herzogs, die Verantwortung für die Folgen seines Leichtsinns zu übernehmen, sah er keinen anderen Ausweg.

Am Ende verließ der junge venezianische Edelmann Giacomo nur ungern und ging nachdenklich seines Weges. Große, weiße Wolken schwebten hoch am Himmel vorüber, der in zarten Farben leuchtete und in dem die Tauben ihre zufällig wirkenden Bahnen zogen. Auf dem Campo San Giacometo predigte ein Geistlicher von einer hölzernen Kanzel, die jener auf dem Markusplatz genau nachempfunden war. Zorzi blieb einen Augenblick stehen, um die bedrohlichen Vorhersagen über eine zukünftige Bestrafung der Sünder anzuhören – eine Kategorie, in die dem Prediger zufolge anscheinend fast alle Menschen fielen, mit Ausnahme vielleicht des Papstes und ein paar Heiliger. Weder ihm noch dem Herzog schien diese Bestrafung unmittelbar bevorzustehen, dachte der junge Patrizier mit einem Lächeln. Aber vielleicht lächelte er auch nur über die alten Frauen, die in ihre schwarzen, mit langen Fransen bestückten Umhängetücher gehüllt, dastanden, zu dem Prediger aufschauten und leise Ave-Marias und verschiedene andere Gebete murmelten.

Er ging weiter bis zu der breiten Treppe der Brücke und dann in Richtung San Bortolomio. Fast unmerklich führten ihn seine Schritte und seine Gedanken vor die Tür der Osteria della Cerva zurück. Achselzuckend trat Zorzi ein. Der größte Teil der Gäste war gegangen, und Bortolo hatte bereits begonnen abzuräumen und Ordnung zu machen. Luisa stand nah am Herdfeuer und zerteilte für die Suppe am nächsten Tag einen Riesenkürbis. Als sie ihn sah, zuckte sie zusammen. An diesem Tag hatte sie nicht mehr mit seiner Rückkehr gerechnet, und der unverhoffte Besuch erfüllte ihr Herz mit einer Freude, als hätte sie einen schweren Kampf gewonnen. Sie begrüßte ihn mit einem Lächeln, ohne von dem Kürbis abzulassen, und ein zweiter Freudenschauer durchzuckte sie, als sie sah, wie er kam und sich neben das Herdfeuer setzte, um ihr nahe zu sein.

»Zu Ihren Diensten, verehrter Herr«, sagte Luisa, freundlich ohne ihre Arbeit zu unterbrechen, und täuschte Gleichgültigkeit vor. »Was wünscht Ihr?« Zorzi sah sie mit offensichtlicher Bewunderung an und antwortete: »Im Moment gar nichts, Luisa. Ich habe vorhin mit meinem Freund Giacomo ziemlich viel getrunken. Ich suchte nur ein wenig Gesellschaft, wollte in aller Ruhe mit dir ein paar Worte wechseln, ohne dass mir jemand Tragödien erzählt und mich fragt, was er tun soll, wenn er nichts tun kann, als abwarten und sehen, wie die Dinge sich entwickeln. Was willst du kochen? Sicher etwas Gutes, denn bei dir isst und trinkt man immer ausgezeichnet. Außerdem fühlt man sich in deiner gastfreundlichen, angenehmen Gesellschaft so wohl und entspannt, ganz zu schweigen davon, dass es schon ein Vergnügen ist, dich nur anzusehen.«

»Aber was sagt Ihr da? Macht mir keine Komplimente, Ihr seid ein edler Herr, kein armer Hund wie ich. Ich koche eine Kürbissuppe für morgen, ein Armeleuteessen, das Richtige für die Menschen, die vom Markt hierher kommen, um sich den Magen mit etwas Warmem zu füllen. Sie fahren vom Morgen bis zum Abend mit dem Boot von Vignole, San Piero in Volta und Torcello hierher, um das Gemüse aus ihren Gärten zu verkaufen, und dann brauchen sie etwas Warmes zu essen, das so gut wie nichts kostet.«

»Du bist ein anständiges Mädchen, Luisa. Lass mich hier sitzen bleiben und dich ansehen, es gefällt mir, und bei dir fühle ich mich wohl«, sagte Zorzi und lächelte sie liebevoll, fast gerührt an. Sein Blick traf die junge Frau mitten ins Herz, obwohl sie sich erfolglos dazu zwang, gleichgültig zu erscheinen und seine sanfte Werbung als Scherz aufzunehmen.

Als bis auf den jungen Adeligen auch der letzte Gast gegangen war, stapelte Bortolo die Stühle aufeinander und fegte den Boden.

»Jetzt muss ich gehen«, sagte Zorzi, und er klang wehmütig. »Aber ich komme wieder, Luisa. Einmal wirst du mir erlauben, dass ich mich zu dir setze, wir beide ganz allein, und sei es auch nur, um zu reden, nur für ein kurzes Gespräch. Oder fahr mit mir in einem Boot in die Lagune bis Mazorbo oder Burano. Dann bekommen wir ein wenig frische Luft und Sonne, setzen uns mittags ins Gras, um etwas zu essen, und während ich rudere, legst du dich ins Boot und ruhst dich aus.«

»Ich muss arbeiten, ich habe keine Zeit für solchen Unsinn«, brummte Luisa, aber es war nur zu offensichtlich, dass sie diese Aussicht sehr verlockend fand und sie nur mühsam ein kleines Lächeln unterdrücken konnte. Die beiden verabschiedeten sich, sie zurückhaltend, er zärtlich, und reichten einander die Hände. Dabei sprachen ihre Blicke Bände, Blicke voller Bedauern und Verheißung. Bortolo ging kommentarlos weiter seinen üblichen Arbeiten nach, nur einer seiner Mundwinkel zuckte fast unmerklich, was Luisa genügte, um völlig grundlos zu schimpfen: »Und du, sei still. Was gibt es da zu lachen?«

Der große Tag des Turniers war da. Schon in der Morgendämmerung war die Osteria voller Menschen, und das Stimmengewirr war so laut, dass Luisa schreien musste, als sie Bortolo die nötigen Anordnungen gab. Ein Händler in einer weiten langen Jacke aus Damastgewebe mit vielen Taschen nahm Wetten auf den Sieger an, und um ihn drängten sich die Leute, alle waren bereit, ein wenig Geld zu verspielen. Der Herzog war mit Abstand der Favorit, aber es gab auch Leute, die sich einen höheren Gewinn erhofften, wenn sie auf Alvise Pisani, den Bischof von Padua, setzten oder sogar auf den jungen Giacomo aus Mantua, der natürlich nicht so viel Erfahrung wie die anderen beiden mitbrachte, dies aber durch die Kraft und die Gelenkigkeit seiner Jugend wettmachte.

Checo kam hereingerannt und verkündete sofort mit lauter Stimme, was er gehört hatte, bereit, die erstaunliche Neuigkeit mit den anderen Gästen der Osteria zu teilen; und kurz, nachdem er zu erzählen begonnen hatte, beruhigte sich das Raunen und alle schwiegen, um ihm zuzuhören.

Gleich außerhalb der Hafeneinfahrt hatte eine Galeere, die aus Dalmatien kam, einen riesigen Fisch gesichtet, einen weißen, glänzenden Wal. Die Seeleute und Ruderer hatten entgeistert beobachtet, wie er in einem hellen, glitzernden Wasserstrudel unter dem hölzernen Boden des Schiffes durchglitt. Ein paar Meilen weiter war er wieder aufgetaucht, und sein glänzender Rücken hatte wie ein riesiger Mond ausgesehen, der vor dem dunklen Himmel aus dem Wasser auftauchte. Und dann hatte der Wal einen sehr hohen Strahl ausgestoßen, der an ein Feuerwerk erinnerte, eine Kaskade kalter Funken.

Als er verschwunden war, hatten sich alle bekreuzigt und sich mit den üblichen Beschwörungsformeln aufgehalten, während der Bootsmann sich vergeblich die Seele aus dem Leib brüllte, damit die Leute wieder an die Ruder zurückkehrten. Ein Vorzeichen? Ein Geist? Oder nur eines von den vielen unbekannten Wesen, die in der schwindelnden Tiefe des Meeres wohnten? Nachdem Checo den Bericht der Ruderer in allen Einzelheiten wiedergegeben hatte, ließ er, erfreut über die Aufmerksamkeit und die Anteilnahme, die er erfahren hatte, für die Gäste der Osteria alle weiteren Fragen offen und stärkte sich hastig mit einem *ombra*, während das Stimmengewirr noch lauter tobte als vorher.

Als Luisa, die neugierig, wie sie war, so viel wie möglich über diese Erscheinung wissen wollte, ihn befragte, musste Checo zugeben, dass er nichts mit eigenen Augen gesehen hatte. Aber Fischer aus Chioggia hätten von ihrem kleinen Boot aus mit den Seeleuten der Galeere gesprochen und ihm dann die übernatürliche Erscheinung des großen Fisches ganz genau geschildert. Checo ließ sich weitschweifig über den Schrecken der Seeleute aus und über ihre absolute Glaubwürdigkeit, da die Sache noch so frisch gewesen sei.

»Wenn das ein Seemann einem Fischer erzählt hat und

der Fischer einem anderen Fischer, war es vielleicht nur eine Sardine, die zum Wal geworden ist«, beendete Luisa lachend das Thema. Aber während alle mit ihr lachten, erhob sich völlig überraschend aus dem Hintergrund des großen Raumes eine kreischende Stimme: Es war eine alte Zigeunerin, die aus unbekannten Gründen während eines Besuchs von ihrer Familie in Venedig zurückgelassen worden war. Inzwischen kannte sie jeder im Viertel, denn sie ging von Tür zu Tür, um zu betteln und aus der Hand zu lesen, und war stets auf dem Markt und bei den Festen auf dem Campo anzutreffen. Dort fand sie am ehesten Leute, die bereit waren, sich von ihr die Zukunft voraussagen zu lassen.

»Ein Unheil, ein großes Unheil steht bevor«, sagte sie feierlich in dem gleichen Ton, in dem sie sonst ihre Prophezeiungen verkündete. »Der große weiße Fisch verkörpert und bringt den Tod, Tod und Unglück. Lacht nur, lacht nur jetzt, denn morgen werdet ihr weinen. Ihr seid blind und nicht in der Lage, irgendetwas zu erkennen, außer dem, was ihr in der Hand halten und anfassen könnt. Aber ich, ich sehe Blut und Leid und Menschen, die sterben. Sie rufen mich und reden mit mir. Nur ihr seid taub.«

Sie stand auf, eine hohe Gestalt, eingehüllt in zerrissene, schmutzige Tücher, leerte das Glas Wein, das vor ihr stand, und warf es dann auf den Boden, wo es in tausend kleine, glitzernde Stücke zerbrach, die, während das Glas zerschellte, das Licht einfingen und leuchteten wie die Spur des Wals, die er im tiefen Meer unter der Galeere hinterlassen hatte. Alle verstummten und wichen zurück, um sie vorbeizulassen, als sie auf die Tür der Osteria zueilte. Über alles hatte sich plötzlich eine Eiseskälte gelegt, ein dunkler Schatten, den Luisa schnell zu vertreiben versuchte, indem sie lächelnd mit dem Weinkrug von einem Tisch zum anderen ging und die leeren Gläser füllte: »Ihr werdet doch nicht auf diese verrückte Alte hören, es ist ihr Beruf, uns Angst einzujagen und sich dann dafür bezahlen zu lassen, dass sie die uns wieder vertreibt. Schließlich hat sie das hier sofort ausgenutzt, um zu gehen, ohne den Wein und das Glas zu bezahlen.«

Der Morgen war nun schon fortgeschritten, und es versprach, ein sehr schöner Tag zu werden. Während Bortolo die Glasscherben vom Boden auffegte, kam Pietro Aretino mit dem greisen Maler Tizian herein. Der sah sich um, und ein halbes Lächeln zeigte sich unter dem weißen Backen- und Schnurrbart, der hier und da in mehreren Farben gesprenkelt war. Sein Blick wirkte aufmerksam und eindringlich, so lebhaft wie der eines Kindes. Durch die seltsam lastende Atmosphäre in der Osteria neugierig geworden, ließen sich die beiden Männer, nachdem sie Essen und Getränke bestellt hatten, das Vorgefallene berichten. Bortolo deckte den Tisch und trug einen Teller mit frisch ausgebackenen Krabben auf, außerdem ein paar Scheiben Polenta, die sie auf der Glut geröstet hatten. Wie immer tat er dies schweigend, während Luisa und ihre Tischnachbarn gleichzeitig von dem Auftauchen des Wals und der Prophezeiung der Zigeunerin berichteten.

Pietro lachte höhnisch und laut und machte sich über die Gutgläubigkeit der Leute lustig: »Ein geistreicher Einfall, dieser Riesenfisch! Und die Zigeunerin hat ihn wohl zu nutzen gewusst, bei Gott! Ihr werdet sehen, sie wird heute auf dem Campo San Stefano bestimmt Amulette verkaufen, mit denen man den Fluch des Wals und alles andere Unheil abwenden kann.«

Aber Tizian schwieg, er lachte nicht mit, als wäre er in eine seiner einzigartigen Visionen versunken. Dann holte er ein Stück Kohle aus seiner Tasche und skizzierte auf dem Tisch die beunruhigende Gestalt der Zigeunerin mit ihren zerrissenen Tüchern, die um sie herumwirbelten.

Luisa beugte sich vor, um etwas zu sehen, dann rief sie verwundert aus: »Dann habt Ihr sie also gesehen. Genauso sieht sie aus, sie scheint es wirklich zu sein, wie sie leibt und lebt.«

Tizian entgegnete lächelnd: »Es ist mein Beruf, Dinge zu sehen, auch wenn ich sie nicht direkt vor Augen habe. Und sie dann so darzustellen, dass ich allen zeigen kann, wie sie wirklich sind.«

Von der Skizze auf dem Tisch ging eine so bösartige Kraft aus, dass es nun auch die vormals zweifelnde Luisa überzeugte; in dieser Zeichnung hatte die bedrohliche Weissagung der Zigeunerin eine feste, reale Form angenommen, mehr noch als durch die Stimme, die sie vor kurzem gehört hatte.

Pietro ließ sich hingegen nicht beeindrucken und vertilgte genussvoll die Krabben, die er mit großen Schlucken Wein begleitete: »Komm, iss, Maler! Wenn wir Plätze in der ersten Reihe, auf den Balkonen der Casa Pontremoli, haben wollen, müssen wir bald zum Campo San Stefano aufbrechen! Sonst kommen wir dort an, wenn die Damen sich schon die besten Plätze ausgesucht haben, und die können wir nun bestimmt nicht aufstehen lassen! Du wirst doch den Kampf nicht versäumen wollen!«

Tizian schüttelte sich, aber dennoch lag weiterhin eine

dunkle Wolke über den klaren Augen des Mannes aus den Bergen. Seine freudige Festtagsstimmung hatte sich getrübt, sie war einem bohrenden Überdruss gewichen, der wie eine dunkle Vorahnung kommenden Unheils auf ihm lastete. Tizian stand auf, blieb kurz stehen, um sich von Luisa zu verabschieden, und folgte seinem Freund dann ohne jegliche Begeisterung, wie jemand, der versprochen hat, etwas zu tun, was ihn nun nicht mehr reizt ... Obwohl er nicht an sie glaubte, hatte ihn die Prophezeiung der Zigeunerin an etwas erinnert, was ohnehin jeder wusste: Ein Turnier war ein Fest, das schnell tragisch enden konnte.

Nach und nach drängten alle Gäste hinaus auf die Straße und begaben sich zum Campo San Stefano.

Luisa schaute sich um, sie hoffte, Zorzi Contarini zu erblicken, aber inzwischen war die Osteria völlig menschenleer.

»Aber was interessiert mich der überhaupt?«, dachte sie verärgert und schimpfte sich selbst aus. »Wenn ich mich für jemanden zur Idiotin mache, der nicht zu meiner Welt gehört und dessen Rang weit über dem meinen steht, wird das bestimmt schlecht enden. Und zwar für mich, nicht für ihn, das ist gewiss. Ich wäre verrückt, wenn ich ihn erhörte – ich bin schon verrückt, nur daran zu denken.«

Mit Lucietas Hilfe bereitete sich Veronica in ihrem Zimmer auf das Turnier vor, das sie sich ansehen wollte.

Unten vor dem Haus schaukelte die Gondel sanft auf dem grünen Wasser. Bepi war dabei, sie zu polieren und mit Brokattüchern und frischen Blumen zu schmücken. Die Messingteile glänzten wie Gold in der Sonne. Er verteilte die Samtkissen, auf denen sich seine schöne Herrin niederlassen würde, und blieb einen Moment stehen, um zufrieden sein Werk zu betrachten.

Inzwischen flocht Lucieta Perlenschnüre in Veronicas Haare und nahm sie auf deren stolzem Kopf zusammen. Dann kämmte sie zwei lange Locken, die sie aus der Frisur gelöst hatte, so zurecht, dass sie zu beiden Seiten des Gesichtes herunterfielen und es umrahmten. Lucieta half Veronica, das schwere Kleid aus grüngoldenem Brokat anzuziehen, das einen großen Teil der Schultern und des Busens frei ließ und unter der Brust zusammengenommen wurde, um dann in üppigen Falten auf den Boden zu fallen. Anschließend zog sie ihr die mit Edelsteinen bestickten Ärmel über und befestigte sie an dem Kleid. Am Ende hielt auch sie einen Moment inne, um zufrieden und hingerissen ihr Werk zu bestaunen. Veronica sah aus wie ein Traum, eine bezaubernde Gestalt, die für einen Augenblick aus einem Gemälde Carpaccios herabgestiegen zu sein schien.

Das Traumbild drehte sich lächelnd zu ihr um und sagte: »Danke, Lucieta! Ich habe eine Idee, die mir gefällt und mich sehr amüsiert: Begleite mich zum Turnier, aber als Mann verkleidet, in den Kleidern, die wir zum Fechten anziehen und die dir so gut stehen. Du wirst mein Page sein, und in der Gondel ruderst du als Bugmann, und Bepi steht am Heck. Niemand wird merken, dass du ein Mädchen bist. So kannst du dich viel freier bewegen, hingehen, wo es dir gefällt, ohne dass dich jemand belästigt. Außerdem werden alle vor Neid erblassen, wenn sie mich mit einem neuen Pagen sehen, der so schön ist.« Amüsiert von ihrer neuen Rolle als Page und voller Neugier darauf, das Turnier zu sehen, lief Lucieta schnell hinaus, um sich umzukleiden.

Unten an der Haustür versuchte Paola Marco Giustinian davon zu überzeugen, dass Veronica wirklich niemanden sehen wollte, und zwar ohne Ausnahme. Sie beabsichtigte, allein zum Turnier zu gehen und ebenso zu dem großen Fest danach, das am Abend im Casìn dei Nobili auf Murano stattfinden sollte. Marco, der gehofft hatte, Veronica zum Turnier begleiten zu können, verzweifelte jedoch nicht, sondern tröstete sich mit dem Gedanken, dass er sie ja später auf dem Campo San Stefano und bei dem Fest auf Murano sehen würde. Dort würde er mit ihr reden und sicher einige Erklärungen erhalten.

Bevor Veronica zu der auf den Kanal hinausführenden Tür ging, um ihre Gondel zu besteigen, blieb sie an dem Tisch stehen, der ihr zum Schreiben diente – er befand sich im Zimmer neben ihrem Schlafzimmer –, und nahm ein paar Blätter mit, die mit einer winzigen Schrift bedeckt waren. Es war die mutige und würdevolle, lang überlegte Antwort auf Maffios derbes Gedicht, die Veronica ihm als Herausforderung durch die gleichen Freunde übergeben lassen wollte, die ihr die vulgären, in Verse gesetzten Beleidigungen dieses Unverschämten überbracht hatten. Sie hatte ganze Nächte darüber gesessen und versucht, so hart wie möglich auf die beleidigenden Späße des jungen Dichters zu antworten, ohne in Gezänk zu verfallen oder – schlimmer noch – in Weinerlichkeit, aber doch im eigenen Namen und in dem aller Frauen, die männlichen Beleidigungen und Anmaßungen ausgesetzt sind, Wiedergutmachung zu fordern:

Mit der Waffe in der Hand hab ich mich geübt,
denn Frauen mit ihrem geschmeidigen Wesen
können mit Waffen umgehen genau wie ein Mann.

Deshalb setzt ich all meinen Fleiß und Sorge daran,
Und Gott sei Dank bin ich soweit gekommen,
dass ich Beleidigungen anderer nicht mehr fürchte.

Und wenn Ihr mich vor kurzem schlecht behandelt,
So war das Euer Fehler, und ich habe aus
Schaden Gutes nur gewonnen, das mir sehr viel bedeutet.

Nun habe ich ausreichend Mut und Kraft gesammelt,
Euch zum Kampfe mit der Waffe herauszufordern
Und mein Herz, es lodert und glüht heiß vor Rache.

Ich weiß nicht, ob Ihr die Gefahr gering schätzt,
mit einer Frau die Waffen im Kampf zu kreuzen.
Obwohl ich die Betrogene bin, will ich Euch warnen:

Zwar kann es für den Mann nicht ehrenwert sein,
Wenn er mit Frauen streitet, doch in diesem Falle
geht es um eine Sache höchsten Ansehens.

Sind wir bewaffnet erst und im Kampf geübt,
können wir es mit dem besten Mann aufnehmen.
Haben wir Hände und Füße doch, wie ihr sie habt.

Und scheinen wir auch weich und zart zu sein,
gibt's Männer, die auch zart sind, doch sie sind stark,
rau und herb und voller unbedachten Muts:

Drum haben Frauen noch nicht gemerkt,
dass, wenn sie sich entschlössen, es zu tun,
auf Leben und Tod mit euch sie kämpfen könnten.

Während die Gondel geräuschlos über das grüne, goldgesprenkelte Wasser der Kanäle glitt, betrachtete Veronica beifällig Lucietas schlanke Gestalt, die am Bug stand und aufmerksam Bepis Anweisungen befolgte. Zufrieden dachte sie daran, dass alle sie wegen ihres neuen, wunderschönen Pagen, des herrlichen Kleides und des Schmucks bewundern und beneiden würden. Sie war sicher, dass ihre Verse, wenn sie erst einmal in die Hände ihrer Freunde gelangt waren, schnell die Runde durch ganz Venedig machen und alle, die in der Stadt etwas galten, erneut von ihrem Geist, ihrem Mut und ihrer Fähigkeit als Schriftstellerin und Dichterin überzeugen würden. Alle, die sie kannten, und auch die, die ihr noch nie persönlich begegnet waren, aber von dem Vorgefallenen gehört haben mussten, würden die Vornehmheit schätzen, mit der sie dem Schurken antwortete, der sie so roh beleidigt hatte. Nahm der Niederträchtige ihre Ankündigung nicht ernst, dass sie ihn mit der Waffe in der Hand herausforderte, nun gut, dann würde er in Schwierigkeiten geraten. Sobald sie die Gondel verlassen und mit ihrem Pagen den Campo San Stefano betreten hatte, drängten sich viele Leute durch die Menge und kamen auf Veronica zu, um sie zu begrüßen und ihr ihre Ehrerbietung zu erweisen. Veronica blickte jedem offen ins Gesicht, bevor sie liebenswürdig die Begrüßungen und die Komplimente erwiderte, die an sie gerichtet wurden; dabei achtete sie sorgfältig darauf, ob in den Gesichtern ein Funken Ironie oder Mitleid zu entdecken war. Es gelang ihr nicht, sich so natürlich und fröhlich zu geben wie sonst, denn während sie die üblichen nichtssagenden Gemeinplätze austauschte, musste sie immer an die Verse denken, die sie zum Gespött ganz Venedigs gemacht hatten. Als schließlich Giovanni Da Mosto und Bartolomeo Gradenigo auf sie zukamen, um sie zu ihrem Platz auf der Tribüne zu geleiten, atmete Veronica erleichtert auf, denn bei diesen zweien musste sie nicht rätseln, ob sie die Verse gelesen hatten, die sie so verletzt hatten. Und mit einem Lächeln übergab sie ihre letzte literarische Anstrengung an die beiden Freunde, die sie sicher so weit wie möglich verbreiten und sie vor allem im Handumdrehen dem Adressaten, dem boshaften Maffio Venier, aushändigen würden.

Gegen Abend, als Luisa schon die *sopa coada*, eine Brotsuppe mit Taubenfleisch, vom Herd genommen hatte, und sich der Spieß mit *oseleti*, kleinen Singvögeln, über dem Feuer drehte, begann sich die Osteria von neuem zu füllen. Jeder, der eintrat, erzählte, was während des Turniers vorgefallen war und was er inmitten des Staubs und des Durcheinanders gesehen hatte.

Auf dem Campo San Stefano hatte sich die Menschenmenge eng gedrängt und sich an den Rändern der für die Duellanten freigelassenen Bahn hin- und hergeschoben, so wie auch unterhalb der Tribünen, die den Würdenträgern der Republik Venedig und den Adligen vorbehalten waren, die keinen Platz auf den Balkonen und Terrassen der Patrizierhäuser gefunden hatten. Und so hatte jeder aus seinem persönlichen Blickwinkel heraus etwas anderes gesehen, und jetzt, da alle zugleich erzählten, vermittelte das Stimmengewirr einen Gesamteindruck von dem großen Fest und dem Triumph des Herzogs von Ferrandina, der alle seine Gegner mit großer Leichtigkeit besiegt hatte. Dem venezianischen Chronisten Agostino zufolge soll der Herzog »Wundertaten vollbracht haben, die jedes großen Edelmannes würdig waren, sowohl beim Kampf mit dem Degen als auch mit seinem vornehmen Verhalten, den vielen Edelfrauen, die an den Fenstern zusammengekommen waren, um die Kämpfe zu sehen, kleine Gefäße zuzuwerfen, gefüllt mit Wasser, das mit Rosen und Muskat parfümiert war«.

Die Gegner des Herzogs hatten gute Miene zum bösen Spiel machen und ihm, blamiert und verwundet, Glückwünsche aussprechen – wie es auch der Doge selbst getan hatte – und ihm den Waffengruß entbieten müssen.

Die Menge hatte ihm zugejubelt, und die Edelfrauen hatten Blumen geworfen.

Der junge Giacomo war gegangen, sobald er in der Lage gewesen war aufzustehen, und hatte nicht an der Feier teilgenommen. Er war mit Staub bedeckt und sehr zornig gewesen, hatte einige Prellungen, aber zum Glück keine Wunden davongetragen, und murmelte finstere Drohungen und Flüche. Checo hat ihn in einer Gasse, die auf San Samuele zuführte, mit der Zigeunerin reden sehen, danach hatte er sich entfernt.

Die Gäste der Osteria diskutierten das Vorgefallene angeregt und leidenschaftlich mit all seinen möglichen Folgen: Hatte sich der junge Mann vielleicht die Zukunft vorhersagen und sich ein Wundermittel geben lassen, das seiner Schwester aus ihren Schwierigkeiten helfen sollte? Oder hatte er einen Zauber gegen den unbesiegbaren, anmaßenden Herzog bestellt? Vielleicht hatte er ja auch nur eine Salbe gegen seine blauen Flecken gewollt?

Bepi erzählte, er habe gesehen, wie der Herzog, als er nach dem Kampf mit stolzgeschwellter Brust auf dem Platz auf und ab lief, der Menge Geldstücke und den Damen Süßigkeiten und Blumen zuwarf; ganz gezielt aber habe er *seiner* Herrin die besten Süßigkeiten und die schönsten Blumen zugedacht und seine Würfe mit einem Lächeln und sprechenden Blicken begleitet, während Veronica, die nur ein wenig blass geworden war, Gleichgültigkeit vortäuschte, sich dabei aber dennoch verächtlich umschaute, als wollte sie sagen: »Ihr könnt so viel Schlechtes über mich sagen, wie ihr wollt; und doch versäumen die Besten, die Sieger es, die schönsten Damen von Venedig zu bewundern, um mich zu betrachten, meine Aufmerksamkeit zu suchen und in meinen Augen gut auszusehen.«

Ein anderer Gast erzählte, wie das Pferd des Herzogs ihm mit der Präzision eines Tänzers gehorcht habe, er behauptete, der Herzog verdanke seinen Sieg vor allem den außerordentlichen Fähigkeiten des Lippizaners, und beschwor, dass dieses Tier klüger sei als ein Mensch.

Wieder jemand anderes hatte beobachtet, wie Marco Giustinian versucht hatte, sich Veronica Franco zu nähern, und von ihrem neuen Pagen höflich, aber bestimmt weggeführt worden war. Marco hatte sich das sehr zu Herzen genommen, und es schien, als sei er eifersüchtig auf den wunderhübschen Knaben, den Veronica immer in ihrer Nähe behalten hatte.

Tiziano Vecellio war gegangen, ohne an den Feierlichkeiten teilzunehmen, die Menge hatte ihn gestört, und seine dunklen Vorahnungen hatten sich nicht bestätigt, deshalb ließ er seinen Freund Pietro Aretino zurück, der von einem Würdenträger zum nächsten eilte und mit ihnen tratschte, den wichtigen Patriziern schmeichelte und dumme Scherze machte.

»Und was ist mit Maffio Venier?«, fragte Luisa. »War er auch dort?«

Natürlich, alle waren dort gewesen. Maffio hatte man

dabei beobachtet, wie er höhnisch lachend einige eng beschriebene Seiten Papier gelesen und dann versucht hatte, sie wegzuwerfen, aber Giovanni Da Mosto, der bei ihm war, hatte sie ihm aus der Hand gerissen und sorgfältig glattgestrichen.

Bepi unterbrach das Gespräch, indem er plötzlich sagte: »Ich muss gehen, ich bin spät dran. Heute Abend findet doch das große Fest im Casìn dei Nobili auf Murano statt, und ich muss meine Herrin dorthin begleiten. Zwar hat sie mir inzwischen einen Bugmann zur Seite gestellt, der das Ruder führt, aber bis Murano ist es weit, das liegt nicht gerade hier um die Ecke.« Und mit diesen Worten machte er sich davon.

Die Mehrzahl der Gäste hatte nichts zu tun mit dem großen Fest im Casìn dei Nobili, das zu Ehren des Turniersiegers stattfand, und redete in aller Ruhe weiter über das große Ereignis, während Bortolo zwischen den Tischen hin und her lief, die *sopa coada* ausgab und Wein ausschenkte.

Trotz ihrer guten Vorsätze hatte Luisa die ganze Zeit die Tür im Auge behalten, um zu sehen, ob Zorzi zufällig hereinkäme. Schließlich stellte sie missgestimmt fest, dass der junge Patrizier wohl zu dem Fest auf Murano gefahren sein musste und an diesem Abend keine Hoffnung mehr bestand, ihn in der Osteria zu sehen.

Tatsächlich hatte Zorzi gemeinsam mit Marco Giustinian eine Gondel genommen, und sie waren zum Palazzo der Edelfrau Modesta Michiel, Daniele Venieros junger schöner Gemahlin, gefahren, um sie wie versprochen zu dem Fest zu begleiten.

Beide hatten sie ihre besten Gewänder angelegt, Samtjacken in bunten Farben, am Ausschnitt und den Säumen mit Gold bestickt, dazu enganliegende Beinkleider in den gleichen Farben und Federhüte.

Modesta empfing sie in freudiger Erwartung. Sie trug ein prächtiges Kleid aus rotem Damast, das ihre brünette Schönheit und ihre weiße Haut effektvoll betonte, und eine Rubinkette, die mit ihrem dunklen Glanz die Blicke auf ihr strahlend weißes Dekolletee und den verheißungsvollen, zarten Spalt zwischen ihren Brüsten lenkte.

Während die Gondel auf dem dunklen Wasser des Rio de Noal bis zur Sacca della Misericordia dahinglitt und dann im silbrigen Licht der Abenddämmerung hinaus auf die Lagune fuhr, amüsierten sich die beiden Patrizier und machten ihrer Dame Komplimente. Diese hielt geistreich dagegen und überhäufte nicht nur Marco mit witzigen Bemerkungen über unglückliche Liebe, sondern hielt Zorzi auch seinen Umgang mit dem gemeinen Volk vor.

»Hier weiß wirklich jeder alles über jeden, und ein armer Mann kann nicht einmal einen Furz lassen, ohne dass nach höchstens fünf Minuten der oberste Polizeichef darüber Bescheid weiß«, beklagte sich Marco. Er war immer noch schlecht gelaunt, weil Veronica sich geweigert hatte, ihn zu sehen und mit ihm zu reden.

Die Gondel glitt unter den rosaroten Mauern des Klosters der Mönche von San Michiel dahin. Die Zypressen, die dem Klostergarten als Windschutz dienten, hoben sich dunkel und unbeweglich gegen den violetten Abendhimmel ab. Donna Modesta lachte und erschauerte ein wenig in der kühleren Luft der Lagune. Zorzi dachte an Luisa, die jetzt wohl das Abendessen auftischte, an ihre schönen nackten Arme, die Haare, die herabfielen und sich im Nacken zu Locken kräuselten, und bedauerte es fast, nicht in der Osteria zu sein, sondern auf dem Weg zum glänzendsten Fest der Saison.

Der Abschnitt der Lagune zwischen der Sacca della Misericordia und der Insel Murano war fast überfüllt mit all den Gondeln, die auf dem Weg zum Casìn dei Nobili waren. Alle waren festlich geschmückt; Seepferdchen aus Messing, deren gewundene Schwänze wie Gold glänzten, hielten die bunten Seile der *felze,* wie man die Vorhänge gegen die feuchte Nachtluft und die neugierigen Blicke nannte. Die Gondolieri tauschten vom Heck einer Gondel zur anderen witzige Bemerkungen und Grüße aus. Einer von ihnen hatte »Die Lumpenkönigin« angestimmt, ein schönes Lied, das Maffio Venier geschrieben und vertont hatte und das zu dieser Zeit in Venedig sehr bekannt und beliebt war:

Mein Schatz, wir leben zwischen Katzen und Kohlen
in einer Wohnung zu ebener Erde,
wo alles beisammen ist, Lampe, Kleidung,
die Spindel, die Leinwand und der Wein,
die Alte und das Reisig,
die Kinder und die Hühner,
und unterm Herd steht das Kopfteil unsres Betts.
Darüber an einem Haken
hängen stolz wie ein Siegespreis
eine Pfanne, eine Haube und ein Rost,
das Gefäß mit dem Essig,
ein Korb und eine Tasche,
und das Lager aus Algen und Stroh ist
so zerwühlt, dass selbst die Flöhe stolpern.

In dieser gesegneten, hellen Wohnung
lebt ganz bescheiden
meine geliebte, schöne Bettlerin,
meine Lumpenkönigin.
Je mehr Lumpen sie trägt, desto weniger Kleider,
und desto besser sieht man ihre weißen,
jungen, gerundeten Hüften,
die jeden Tag erstrahlen lassen.
Ein prunkvolles Gewand
mit Perlen und Rubinen
überdeckt ihre grenzenlose Schönheit.
Doch wie der Mond, der zwischen zwei
dunklen Schornsteinen noch heller
leuchtet, so erstrahlen ihre Augen
und ihr Gesicht in all diesen Lumpen.

Nach und nach fielen andere in seinen Gesang ein, die Melodie des Liedes schwebte über die vollkommen glatte Wasseroberfläche der Lagune, und auch aus sehr weiter Entfernung hörte man sie noch ganz genau.

Als sie auf Höhe der Kirche San Michiel in Isola waren, mischte sich ein seltsames Klagelied unter die rauen Schreie der Möwen und die lieblichen Töne der »Lumpenkönigin«, es war eine beunruhigende Melodie, die wie eine leise Drohung wirkte. Die drei in der Gondel schauten sich um und hörten auf zu lachen.

Auf den Stufen der Anlegestelle aus istrischem Kalkstein am Ufer von San Michiel kauerte die alte Zigeunerin. Sie hatte sich einen Zipfel des zerfetzten Schals über den Kopf gezogen und wirkte auf den weißen Stufen wie ein dunkles Bündel Lumpen.

Zorzi befahl dem Gondoliere, sich dem Ufer zu nähern, um besser hören zu können, was die weise Hexe sagte. Die Gondel verließ ihre Bahn, trennte sich von den anderen Booten, und während es vorher so geklungen hatte, als spreche die Zigeunerin eine fremde Sprache – slawisch vielleicht oder griechisch –, verstand man sie jetzt besser. Trotzdem konnten die drei nur einige wenige Wörter ausmachen, die sich oft wiederholten: Blut und Tod.

»Leg an, Gondoliere«, befahl Zorzi.

»Nein, nein, lass uns weiterfahren, das ist ein schlechtes Omen, ich habe Angst«, flehte Modesta.

»Du musst keine Angst haben, wir sind doch bei dir. Wir möchten nur hören, was diese Hexe sagt.« Als die Gondel am Ufer anlegte, rief Zorzi die Alte und warf ihr zwei Golddukaten hin, die sie im Fluge fing, ohne sich aus ihrer kauernden, raubvogelartigen Haltung zu erheben.

»Pass auf, schöner Jüngling! Kehr um, fahr heute Abend nicht ins Casìn dei Nobili. Ich sehe eine Gefahr, ich sehe Flecken auf deinen Kleidern, ich sehe, wie Blut auf dich spritzt! Halt dich fern vom Casìn dei Nobili, dort lauert das Unheil!«

»Hör auf mit diesem Unsinn, schweig, verrückte Alte. Du hast heute halb Venedig wegen nichts und wieder nichts in Angst und Schrecken versetzt! Beim Turnier ist nichts Schlimmes geschehen, und das wird es auch heute Abend nicht. Du kannst sicher sein, dass wir uns von deinen Litaneien nicht beeindrucken lassen. Und mach dir um mich keine Sorgen, ich kann selbst auf mich aufpassen«, entgegnete ihr Zorzi und lächelte sie an, als sei sie eine alte, ein wenig lästige Freundin.

Das Lächeln und die Dukaten schienen die alte Frau einen Moment aufzuheitern, und sie sagte: »Allein schaffst du es nicht, aber ich sehe jemanden, der dir hilft. Ich sehe eine Frau … mit nackten Armen … ich kann sie nicht sehr deutlich erkennen, aber ich spüre, dass ich sie kenne … Dennoch ist es besser, wenn du heute Abend nicht dorthin gehst. Halt dich fern vom Casìn dei Nobili! Ich sehe Blut, auf dir und deinem Freund …«, und sie nahm ihren Singsang wieder auf und deklamierte Worte, die keinen Sinn zu ergeben schienen: »Ich sehe Tote, viele Tote … diese Insel wird von Toten bedeckt sein, Tote jeden Alters und Standes, ihr Bauch wird voller Toter sein, eines Tages, und auch die Insel in der Nähe, San Cristofano, sie wird eins sein mit San Michiel und Toteninsel heißen …«

»Gehen wir, hier vergeuden wir nur unsere Zeit«, brummte Marco. »Es wird spät, und Modesta ängstigt sich. Was hast du denn geglaubt, das dir diese verrückte Alte erzählen kann, wenn nicht einmal sie selbst weiß, was sie sagt?« Die Gondel stieß vom Ufer ab, entfernte sich lautlos in Richtung Murano, sanft über das Wasser gleitend, das immer dunkler wurde, den Himmel widerspiegelnd, der sich zunehmend violett verfärbte.

Modesta seufzte erleichtert auf: »Trotzdem hat es mir Unbehagen bereitet. Sie mag verrückt sein, das leugne ich nicht, aber oft ist geschehen, was sie vorhergesagt hat... Außerdem, wie ist sie dahingekommen? Es lag kein Boot in ihrer Nähe, und zu dieser Zeit fährt niemand nach San Michiel, wenn die Mönche schlafen...«

Während ihres kurzen Aufenthalts hatten viele Gondeln sie überholt und waren jetzt weiter draußen in der Lagune, auf dem kürzesten Weg nach Murano. Marco schlug das Herz bis zum Hals, als er die blumengeschmückte Gondel Veronica Francos entdeckte, in der Bepi am Heck und der schöne Page am Bug ruderten. Wer wohl mit ihr unter den *felze* saß, dachte der junge Mann. Ein tückischer Schmerz traf ihn, und er ermunterte ihren Gondoliere, sich zu beeilen, weil er sehen wollte, wer aus dieser Gondel ausstieg, wenn sie am Casìn dei Nobili anlegte.

An ihnen kam auch eine Gruppe von Gondeln mit dem Herzog von Ferrandina und seinem Gefolge vorbei. Ihre ausgelassene Stimmung zerstörte den Zauber des Augenblicks und schien seltsam unpassend in der ruhigen Abenddämmerung, die über der Lagune lag.

Am Anlegesteg des Casìn dei Nobili näherten sich die Gondeln vorsichtig den Holzstufen, die aus diesem Anlass mit roten Teppichen mit orangeroten Fransen geschmückt worden waren. Ein bediensteter *ganzèr*, ein ehemaliger Gondoliere, hielt die Gondeln mit dem Bootshaken fest, bis die Damen und Herren ausgestiegen waren und die große Eingangshalle betreten hatten, deren Fußboden – wie Veronicas Haus – ein Schachbrettmuster aus weißem und rotem veronesischem Marmor zeigte. Dann befestigten die Gondolieri ihre Boote an den frisch mit roten und weißen Streifen bemalten Pfählen, die in zwei Reihen an der Mauer des kleinen Palazzos entlangliefen. Nachdem sie die Boote versorgt hatten, würden sie in den Bereich für die Dienerschaft gehen, auf ihre Herren warten und sich die Zeit mit vielen Schoppen Wein, Karten- oder Würfelspielen und vor allem jeder Menge Klatsch und Tratsch über ihre Herrschaften vertreiben.

In der riesigen Küche, die sie betraten, waren die Vorbereitungen für das Abendessen in vollem Gange: Auf der runden Feuerstelle am einen Ende des Raumes, dessen Boden mit grauen Trachitplatten ausgelegt war, drehte sich über einer Schicht Glut ein großer Spieß, auf dem Fasane, Wachteln und Perlhühner hingen, alle mit Speck und duftenden Salbeiblättern gefüllt. Einige Köche fingen den Saft in Fettpfannen aus Kupfer auf und bestrichen das Wild dann mit Hilfe von Gänsefedern wieder damit. Auf der Platte des Herdes neben dem Feuer wurden große Formen mit *bisato su l'ara* warmgehalten, Aal, der auf Lorbeerblättern in genau dem Ofen geschmort worden war, in dem sonst die Glasbläser von Murano ihre frischen Kunstwerke trockneten. Von den Wänden und Deckenbalken der Küche hingen vielerlei Gerätschaften und Kochwerkzeuge hinab, und was dort keinen Platz gefunden hatte, lag und stand in jedem verfügbaren Winkel: Kupferpfannen, Butterfässer, Schüsseln, Eimer, Bottiche, Kochlöffel, dicke und dünne Spieße, Mörser, Mühlen und Stößel, Messer und Reiben, Besen und Holzbecken. Alle Köche waren mit den endlosen Vorbereitungen für das große Mahl beschäftigt: Einer zerstampfte Pfeffer, Muskatnuss, Zimtstangen, Muskatblüte, Wacholder und andere Gewürze in einem Mörser, ein anderer rollte den Teig für die Pasteten und das Gebäck aus. Der oberste Koch richtete gerade einen gerösteten Pfau auf einem großen Silbertablett an, bedeckte und verzierte ihn mit seinen Schwanzfedern, die er in Form eines Rades anordnete. Ein Hilfskoch vergoldete die Schalen der Austern und Jakobsmuscheln, bevor er sie dekorativ auf einer mit Salatblättern ausgelegten Silberplatte verteilte.

Lucieta betrat mit den anderen die Küche und hielt sich abseits von ihnen im Dunkeln. Bepi hatte ihr schwören müssen, dass er sie nicht verraten würde. Es war so schon schwierig genug, sich vor der Neugier der Köche, Diener und Gondolieri zu schützen. Hastig verließ sie den großen Raum, in dem sich alle versammelt hatten, und lief ein wenig durch das Haus, alle Plätze vermeidend, an denen sie Leute reden hörte, bis sie schließlich hinten im Flur eine dunkle Ecke gefunden hatte, neben einem kleinen Balkon, der auf den Garten hinausging.

Im großen Tanzsaal des Casìn dei Nobili waren all die Kronleuchter aus Muranoglas angezündet worden, ihr Kerzenlicht wurde durch die Spiegel zurückgeworfen und zitterte beim kleinsten Lufthauch, der durch die großen, weit zur Lagune und zum rückwärtigen Garten geöffneten Fenster hereinkam. Die Wände waren reich mit Wandteppichen und golddurchwirkten Damasttüchern geschmückt. Auf einer kleinen Tribüne am einen Ende des Raumes stimmten die Musiker ihre Instrumente. Neben dem mit zarten Blumenmotiven bemalten Spinett sah man dort auch Lauten, Viole da gamba und Viole d'amore mit komplizierten Mustern aus Elfenbein, Flöten, Schalmeien und Tamburine. Die Musiker trugen Purpurrot und Schwarz, und auf ihrer Kleidung prangte das Wappen der Compagnia della Calza, einem exklusiven Club für junge Patrizier.

Edelmänner und adlige Damen schritten langsam die große Treppe hinauf, betraten den Saal, sahen sich um und grüßten einander mit anmutigem Nicken. Dann schlossen sie sich in Grüppchen zusammen, um Höflichkeiten auszutauschen und über die Ereignisse des Tages zu plaudern. Die Edelmänner mit »Verzierungen aus Seide und Gold, Seidenmützen und weißen Strümpfen« trugen ärmellose Seidenjacken, die von Bändern zusammengehalten wurden und gebauschte Ärmel sehen ließen; lange Mäntel aus Brokat, Samt oder Damast hingen über ihren Schultern. Fast ausnahmslos gehörten sie der Compagnia della Calza an, weshalb das Wappen der gleichnamigen Gesellschaft mit Gold- und Silberfäden auf ihre Strümpfe gestickt war. Viele hatten eine schwarze *baùta* angelegt, eine Karnevalsmaske aus Pappmaché, die fast ihr gesamtes Gesicht verdeckte, und weite Mützen, die die Haare verbargen. Die adligen Damen trugen prunkvolle, mit Gold und Edelsteinen besetzte Kleider, deren Oberteile eng anlagen und weit ausgeschnitten waren und die über weite, lange Röcke verfügten; dazu, auf dem Kopf, den *zendàl*, einen durchsichtigen Schleier, mit dem sie Gesicht und Schultern in einem raffinierten Spiel der Verführung kokett ver- und enthüllten.

Im benachbarten Raum hatte man eine riesige Tafel aufgebaut und sie mit einer langen Spitzentischdecke aus Burano versehen. In deren Mitte standen duftende Pflanzen und niedrige Bassins mit allen möglichen Arten von Fischen. Die Tafel war mit Tellern aus Gold und Silber, reich verzierten Gläsern aus Murano sowie mit Löffeln, Messern und Gabeln aus Silber mit Goldornamenten gedeckt, außerdem mit Servietten, die in Form von Booten gefaltet und mit Duftwasser parfümiert waren. Die Vorspeisen standen schon auf dem Tisch: Schalen gefüllt mit Wachteleiern, rosaroten Scampis, Platten mit Wurst und Schinken, Salate aus Endivien und Möhren, alles platziert zwischen Tafelaufsätzen mit Obst und Gemüse von den Inseln der Lagune. Natürlich fehlten auch große Karaffen mit Wein nicht: Greco aus Candia, Malvasier aus Zypern, außerdem Weine aus dem Friaul und dem Conegliano, die die Diener nach und nach aus den Fässern im Keller zapften. Vom Speisesaal ging eine Reihe von Sälen und größeren oder kleineren Zimmern ab, und alle waren üppig ausgestattet: In einigen Räumen hatte man Spieltische aufgebaut, andere dienten nur der Erholung oder einem Gespräch zwischen zwei Tänzen.

Als der Herzog von Ferrandina, der Mann des Tages und strahlender Sieger des Turniers, den Saal betrat, wurde er mit Verneigungen und Komplimenten empfangen, was die reich geschmückte Menge, die inzwischen den großen Tanzsaal füllte, in eine Art Wellenbewegung versetzte. Der Herzog trug eine Maske, die sein Gesicht verhüllte, aber die Leute, die ihn vom Triumphzug nach dem Turnier bis hierher begleitet hatten, erkannten ihn sehr wohl schon an seinem Auftreten und an der prunkvollen, pfauenblauen Seidenjacke, die ganz mit Fäden aus Dukatengold bestickt war und von der sich eine schwere Goldkette abhob. Neben ihm ging sein bester Freund, Fantino Diedo, ein venezianischer Patrizier. Ihrem leicht unsicher wirkenden Schritt und den allzu glänzenden Augen war anzumerken, dass sie offensichtlich schon vor geraumer Zeit begonnen hatten, den Sieg des Herzogs mit einem ausgiebigen Trinkgelage zu feiern.

Blicke und lächelnde Augen begegneten einander, Damen und Edelleute schienen ein bis in die kleinsten Einzelheiten festgelegtes Menuett aufzuführen, trafen sich, verneigten sich mehrmals langsam und rhythmisch voreinander – ein seltsam tänzerisches Bild.

Als Modesta Veniero eintraf, ging ein bewunderndes Raunen durch die Menge, das die junge Adlige mit einem wohlwollenden, dankbaren Lächeln aufnahm, während sich ihre magnolienweißen Wangen kaum sichtbar röteten. Der Herzog drehte sich zu ihr um und sah sie atemlos an, geblendet von ihrer brünetten Schönheit, während die junge Frau den Saal durchquerte und dabei ihren Kopf leicht nach rechts und links zum Gruße neigte, all dies in Begleitung ihrer beiden Kavaliere, von denen der eine sich gar nicht sosehr für sie interessierte, sondern jemanden in der Menge zu suchen schien.

Dann betrat Veronica den Saal, allein, und alle wandten sich ihr zu. Die Männer betrachteten sie bewundernd, die Frauen neidvoll. Stolz und erhobenen Hauptes schritt sie durch den Saal, ihr schönes Gesicht umrahmt von blassgoldenen Locken; dabei tat sie so, als hörte sie die Kommentare nicht, die ihr galten, und grüßte diejenigen mit einem zuckersüßen Lächeln, die vortraten und ihr ihre Aufwartung machten. Marco sah sie, flüsterte Zorzi und Modesta etwas zu und ging dann zu ihr.

Die Musik begann zu spielen, und die dicht gedrängte Menge löste sich in eine rhythmische, harmonische Bewegung von Paaren oder Quartetten auf, je nach Art des Tanzes. Alle, die nicht tanzten, gingen in die benachbarten Räume und setzten sich auf an den Wänden aufgestellte kleine Sofas, um die Paare, die sich gebildet hatten, zu beobachten und über sie zu reden. Marco hatte Veronica rechtzeitig genug erreicht, um sich die ersten Tänze zu sichern, und jetzt glitten sie gemeinsam leichtfüßig und elegant zu den Klängen der Pavaniglia über den Terrazzoboden und schauten einander ernst und reumütig in die Augen. Zorzi tanzte mit Modesta, und beide amüsierten sich über ihren Freund.

Der Herzog hatte sich auf der Suche nach einem Glas Wein, das ihm helfen sollte, sich unter so vielen Schönheiten zurechtzufinden, in einen andern Raum zurückgezogen, und bat nun Fantino Diedo um Erläuterungen. Veronica kannte er schon, da er sie am Nachmittag auf dem Campo San Stefano gesehen hatte. Nichts hatte er dort unversucht gelassen, um von ihr bemerkt zu werden. Nun wollte er wissen, wer die brünette Schönheit war – vielleicht auch eine von Venedigs Kurtisanen? – und wie er sich ihr nähern konnte. Während er Diedo lauschte, leerte er mit offensichtlichem Vergnügen Glas um Glas des perlenden Weines und plusterte sich auf wie ein Pfau, stolz angesichts der Aufmerksamkeit, die seine Person in dieser prunkvollen, feinen Gesellschaft erregte.

In ihrer dunklen Ecke war Lucieta, angelehnt an einen Pfosten, fast eingeschlafen, als sie plötzlich durch eine kräftige Männerhand geweckt wurde, die sich so fest und überraschend um eine ihrer Pobacken schloss, dass ihr ein Schrei entfuhr. »Was willst du hier so allein, mein schöner Knabe?«, flüsterte ihr jemand ins Ohr. »Komm mit mir, du wirst sehen, bei mir wird es dir gut…« Lucieta ließ dem Unbekannten nicht die Zeit, seinen Satz zu beenden, sondern stieß ihn heftig zurück und floh schnell wie der Wind durch Flure und Zimmer, außer sich vor Angst und Ekel über die anmaßende Berührung.

Der Mann, der sie belästigt hatte, ein herausgeputzter Patrizier mittleren Alters aus Venedig, zuckte bedauernd mit den Schultern und stieg hinab in die Küchenräume, wo Dienerschaft und Gondolieri zusammengekommen waren. Dort wollte er etwas über den niedlichen kleinen Pagen erfahren, der seine Aufmerksamkeit erregt hatte, oder doch wenigstens einen nennenswerten Ersatz für ihn finden. Er ging von einer Gruppe zur anderen und begann mit ihnen zu schwatzen; alle fragte er, wer der schöne Page sei, der sich im oberen Stockwerk ein Versteck gesucht hatte. Aber niemand schien ihn zu kennen, was den Edelmann mit den seltsamen Neigungen noch neugieriger werden ließ. Um ehrlich zu sein, waren diese Neigungen damals in Venedig übrigens weit verbreitet – seltsam war eher das Verhalten des Knaben, da die Pagen in der Regel ganz genau wussten, dass sie ihre Herren genau zu diesem Zweck ausgesucht hatten. Die meisten erduldeten dies, ohne größere Schäden davonzutragen, selbst wenn ihre sexuelle Orientierung eine andere war; sie sahen es als eine Art Zeche an, die man bezahlen musste, um das Erwachsenenalter zu erreichen. Und nutzten in der Zwischenzeit die Vorteile, die ihre Stellung mit sich brachte. Jemand in der Küche erinnerte sich, dass der Junge mit Bepi, Veronica Francos Gondoliere, gekommen war, aber als man Bepi fragte, leugnete der, ihn zu kennen, und so endete die Suche, worüber der ältere Herr ziemlich enttäuscht war.

»Vielleicht hatte er schon eine Verabredung«, dachte der Patrizier, »und fürchtete, überrascht zu werden. Aber ich werde ihn finden, und wenn er sich noch so lange versteckt.«

Die verängstigte Lucieta kam zu der Tür gelaufen, die in den Tanzsaal führte, und blieb einen Augenblick stehen, um sich nach einem neuen Versteck umzusehen. Schließlich schlüpfte sie zwischen die Falten eines mächtigen Vorhangs, der die Tür umrahmte, und presste sich zitternd an die Wand.

Im Saal wurde die Stimmung immer lebhafter. Inzwischen waren alle Gäste eingetroffen, einschließlich des Avogadòrs der Republik Venedig, Paolo Priuli, der endlich einmal lächelte und weniger verschlossen wirkte als üblich. Es war, als hätte ihn die Atmosphäre des Festes angesteckt, als hätte er einen Abend lang die schwer auf ihm lastende Verantwortung, die mit seinem Amt einherging, aus seinen Gedanken verbannt.

Modesta und Zorzi stärkten sich gerade mit einem Glas kühlen Weins, als sie sahen, wie Veronica und Marco sich ihnen näherten.

»Stellst du sie mir vor, Zorzi?«, fragte die junge Adlige. »Ich bin neugierig, man erzählt sich alles Mögliche über sie, Gutes und Schlechtes. Jetzt würde ich mich gerne selbst einmal mit ihr unterhalten, verstehen, wie sie dieses Leben führen und dabei so schön und vornehm sein kann und so fröhlich …«

»Das ist nichts für dich, Modesta, du weißt doch genau, wie viel Klatsch und böses Gerede das mit sich bringen kann, wenn man dich mit Veronica sprechen sieht. Ganz Venedig ist hier … in diesen Dingen versteht dein Ehemann Daniele bestimmt keinen Spaß. Wenn er erfährt, dass ich dich ausgeführt und vor aller Augen mit Veronica zusammengebracht habe, dann tötet er mich«, wandte Zorzi besonnen ein.

Aber das Paar kam immer noch auf sie zu, und Marco war so in den Anblick seiner Dame versunken, dass er nicht einmal die Anwesenheit der beiden Freunde bemerkte, mit denen er gekommen war.

Mit einer schnellen Bewegung gesellte sich Modesta zu den beiden: »Marco, mein Lieber, wo hast du gesteckt? Und wer ist diese schöne junge Frau in deiner Gesellschaft? Ich glaube, ich bin ihr noch nie begegnet, sonst würde ich mich sicher an sie erinnern.« Lächelnd und mit einem leichten Kopfnicken wandte sie sich an Veronica: »Herrin, ich heiße Modesta Veniero. Was für ein schönes Kleid Ihr tragt und wie gut es Euch steht. Die Farbe des Stoffes ist wunderschön und die Stickerei ist feiner, als ich sie je gesehen habe: Habt Ihr sie in Burano fertigen lassen?«

Marco blieb einen Moment mit offenem Mund stehen, er wusste nicht, was er tun oder sagen sollte. Verblüfft sah er Zorzi an, der hinter dem Rücken der lebhaften Dame eine komische Grimasse schnitt.

Veronica erwiderte das Lächeln und das Nicken mit sichtlichem Vergnügen und gut verborgener Dankbarkeit für die Geste der jungen Edelfrau, die sie vor aller Augen in die Reihen des Adels aufnahm. Bis zu diesem Augenblick hatten nur Edelmänner es gewagt, in der Öffentlichkeit Kontakt zu ihr aufzunehmen. Freundlich erwiderte sie etwas, und schon bald hatte sich zwischen ihnen ein lebhaftes und interessantes Gespräch entwickelt, als wären die vier seit langer Zeit miteinander bekannt.

Nun kamen die Pagen in Galauniform herein, um zu melden, dass das Bankett im Nebenraum serviert werde. Das kleine Grüppchen ging hinüber und trug reichlich zu der wachsenden Fröhlichkeit und den bewundernden Ausrufen über die üppig gedeckte Tafel bei. Die beiden jungen Frauen und ihre Kavaliere unterhielten sich über die ausgezeichnete Qualität der Speisen, die ausgesuchte Dekoration der Tafel und des gesamten Raumes. Ausgiebiges Trinken trug dazu bei, dass im Saal eine ausgelassene Stimmung herrschte. Man aß und trank ausgiebig, war fröhlich, unterhielt sich angeregt, tauschte Höflichkeiten aus und lachte miteinander. Dann verstummte die leichte, zarte Tischmusik und ließ wieder Raum für die lebhafteren, rhythmischeren Töne der Tanzmusik. Die meisten der Tischgäste, besonders die jungen Leute, verließen nun den Speisesaal, um in den Tanzsaal zurückzukehren.

Ohne dass es jemand bemerkt hatte, braute sich draußen ein Gewitter zusammen. Am Himmel waren dunkle

Wolken aufgezogen, man sah keine Sterne mehr, und am Horizont zuckten ab und zu Blitze auf. Das noch entfernte Geräusch des Donners wurde von der Musik und dem Stimmengewirr überdeckt. Die Lagune hatte sich in einen schiefergrauen Kristallspiegel verwandelt, in dem sich die hier und da aufzuckenden Blitze spiegelten.

Man hatte wieder angefangen zu tanzen; auf die Paveniglia war eine Gagliarde gefolgt, der lebhafte Rhythmus des Tanzes wurde von den Anfeuerungsrufen der Umstehenden unterstützt, »bis die Tänzerinnen schöne, schnelle Schritte zeigten, leichtfüßige Sprünge, kunstvolle Figuren, schnelle Wendungen und von Zeit zu Zeit mit dem Fuß aufstampften«. Dann spielten die Musiker wieder eine langsamere Pavane, bei der die Tänzerinnen und Tänzer die langsamen, stolzgeschwellten Bewegungen eines Pfaues – *pavone* im Italienischen – nachahmten, der sein Rad schlug. Der ruhigere Tanz ließ alle wieder ein bisschen zu Atem kommen, so dass auch die Gespräche wieder in Gang kamen.

Angezogen von der Schönheit der Damen, war der Herzog in den Tanzsaal zurückgekehrt. Sein unsicherer Schritt verriet, dass er dem Wein unmäßig zugesprochen hatte. Mit dem Hochmut des Siegers und der Arroganz eines bedeutenden Mannes, der glaubt, er wäre allerorten und jederzeit willkommen, ging er auf die vier jungen Leute zu, die für den Moment aufgehört hatten zu tanzen und sich nun unterhielten. Ohne sich für die Unterbrechung des Gesprächs zu entschuldigen, wandte er sich an Veronica und begann: »Schöne Signora Veronica, Eure Verleumder tun Euch wirklich unrecht, Ihr seid wunderschön, in meinem ganzen Leben habe ich vielleicht noch keine so schöne Frau gesehen, außer der hier mit Euch anwesenden edlen Dame, so dass ich nicht wüsste, welche ich bei solchem Glanze wählen sollte, wenn man mich wie Paris aufforderte, ein Urteil zu sprechen.«

Marco und Zorzi brachte diese überraschende Störung auf, aber da sie sich nicht mit dem Ehrengast des Festes streiten wollten, versuchten sie lediglich, sich unter Verneigungen und Dankesworten mit den Damen zu entfernen. Doch der Herzog, dem Fantino Diedo die Damen und die jungen Patrizier nun so liebenswürdig wie möglich vorzustellen versuchte, bestand darauf, sich zu den jungen Leuten zu gesellen. War er nicht der Sieger des heutigen Tages? Und ein wahrer Sieg musste stets in einem noch süßeren enden, nämlich in den Armen der schönsten Frau des Festes. Er hatte nicht vor, sich von den beiden Jünglingen verdrängen zu lassen oder ein Nein von den beiden Damen zu akzeptieren, die ihn mit ihrem Liebreiz beeindruckt hatten. Er nickte Marco und Zorzi nur kurz zu, und fuhr dann fort, die Damen mit überschwänglichen Komplimenten zu überhäufen.

Lucieta versteckte sich immer noch in den schweren Vorhängen, verborgen im Dunkel, wo das Kerzenlicht nicht hinkam, und folgte mit immer lebhafterer Neugier den Tänzen und den Gesprächen. Noch nie in ihrem kurzen Leben hatte sie ein ähnliches Fest gesehen: Die Gewänder, die Musik, die Schönheit der Damen und Herren bezauberten sie. Ihr erschien es, als wäre sie durch die Magie eines launenhaften Zauberers in eines dieser Märchen versetzt worden, die man ihr erzählt hatte, als sie klein war. Es war alles zu schön, um wahr zu sein, und obwohl sie nicht an dem Fest teilnahm, sondern es nur heimlich beobachtete, war da doch Veronica, ihr Vorbild, die Hauptperson in diesem märchenhaften Geschehen. Sie wagte sich etwas weiter vor, um die Gruppe, zu der ihre Herrin gehörte, nicht aus den Augen zu verlieren; außerdem wollte sie versuchen, etwas von ihrem Gespräch zu erlauschen. Die an Veronica gerichteten Komplimente erfüllten sie mit Freude, auch wenn sie ihr gleichzeitig nur wie ein rechtmäßiger Tribut erschienen. In dem Mädchen brannte das Feuer der Liebe und völligen Ergebenheit, und die Tatsache, dass sie ganz aus der Nähe und doch unbemerkt beobachten konnte, was das Objekt ihrer Liebe tat und sagte, vermittelte ihr ein fast rauschhaftes Vergnügen.

Draußen tobte das Gewitter immer heftiger. Rumpelnde Donnerschläge untermalten die Musik, und Blitze folgten immer dichter aufeinander.

Die Musik setzte wieder neu ein, und der Herzog forderte Veronica trotz seines leichten Schwankens zum Tanz auf. Sie reichte ihm mit einem Lächeln und einem leichten Neigen des Kopfes die Hand, während Marcos Gesicht sich verdüsterte und er Modestas einladende Handbewegung übersah, die sich daraufhin achselzuckend wieder Zorzi zuwandte.

»Warum tanzt Ihr diesen Tanz nicht mit mir, schöne Dame?«, mischte sich Fantino Diedo ein.

»Weil Ihr, mein Herr, offensichtlich ein paar Gläser zuviel getrunken habt«, antwortete die adlige Dame ohne Zögern und drehte sich ungeachtet der klagenden Proteste Diedos weg.

Das Gewitter war noch näher gekommen, jetzt übertönte das Grollen des Donners schon manchmal die Musik. Immer dichtere Blitze erleuchteten mit zuckenden, grellen Lichtern den dunklen Himmel und die nun wie geschmolzenes Blei aussehende Lagune. Die Vorhänge bauschten sich in den stärker werdenden Windstößen.

Der Herzog schien dies alles nicht zu bemerken, er war zu sehr damit beschäftigt, dem Rhythmus der Musik zu folgen und seiner Dame den Hof zu machen. »Ihr seid wunderschön, Veronica«, sagte er. »Die Schönste von allen, und es stimmt, für Euch könnte man jede Torheit begehen. Wenn ich daran denke, was man mir über Euch erzählt hat! Die Wirklichkeit verhält sich ganz anders, meine schöne Zauberin.«

»Und was hat man Euch über mich erzählt, Euer Gnaden?«

An dieser Stelle verleitete ihn seine fortgeschrittene Trunkenheit dazu, seinem Wunsch nachzugeben, ihr auf geistreiche Weise zu zeigen, dass er über alles, was man über sie redete, Bescheid wusste: »Dass Ihr unvergleichlich seid! Und dass seid Ihr wirklich, aber in Eurer Schönheit, ›Veronica, du Hure ohnegleichen‹ …«

Als Veronica vor Wut und Entrüstung aufschrie, eilten ihre Freunde herbei, Marco allen voran, die Hand an den edelsteingeschmückten Dolch gelegt, den er am Gürtel trug, dann Zorzi, gefolgt von Modesta und Diedo. Der Herzog sah Veronica an, aus deren wunderschönen Augen blanke Wut sprühte – nach dem ersten Aufschrei hatte sie der Zorn für einen Augenblick verstummen lassen und ihr den Atem verschlagen –, und stammelte mit dem nachdenklichen Ernst eines Betrunkenen: »Wenn Ihr mich nicht wollt, schöne Dame, und jeder hier weiß ja, dass Ihr Eure Reize an den Meistbietenden verkauft, dann begnüge ich mich auch mit dieser großartigen Brünetten, die mir geistreicher und willfähriger scheint als Ihr.« Und mit diesen Worten wandte er sich Modesta zu, legte einen Arm um ihre Taille und betastete außerdem ihren weitgehend entblößten Busen.

Während Marco Giustinian mit gezücktem Dolch auf den Herzog zustürzte und Zorzi seinen ebenfalls aus dem Schmuckfutteral zog, stieß der Herzog, der die Gefahr bemerkte, Modesta weg und zog ebenfalls seine Waffe.

Inzwischen entlud sich das Gewitter mit unglaublicher Gewalt, der Wind war aufgefrischt und blies mit immer wütenderen Stößen so heftig, dass die Pagen des Casìn dei Nobili nicht in der Lage waren, die schweren, sechs Meter hohen Blenden des Saales vor die Fenster zu schieben. Plötzlich kräuselte eine noch heftigere Windbö die Lagune, drang durch die großen, geöffneten Glasfenster ein und löschte auf einen Schlag alle Kerzen im Ballsaal aus, während der Regen herunterprasselte.

Im zuckenden Schein der Blitze entwickelte sich ein kurzer, wütender Kampf. Die umstehenden Personen schrien auf und flohen, stießen dabei aneinander und verursachten noch mehr Verwirrung. Fantino Diedo hatte sich vor den Herzog geworfen, um ihn zu beschützen, aber in dem Durcheinander begriff niemand, woher die Stöße kamen. Fantino schwankte und fiel mit einem Schrei zu Boden, ihn hatte der Freund getroffen, den er beschützen wollte.

Endlich gelang es den Dienern, die Glasfenster zu schließen, gegen die nun der dichte, heftige Regen peitschte, und sie zündeten die Kerzen wieder an. Als es endlich wieder hell genug war, sah man in dem plötzlichen, düsteren Schweigen Antonio Castriota, Herzog von Ferrandina, in einer Lache Blut auf dem Boden liegen, Blut, das reichlich aus einer furchtbaren Kopfwunde strömte. Fantino Diedo lag neben ihm auf dem Boden und stöhnte schwach. Um die beiden hatte sich ein Freiraum gebildet, und die Gäste, die zuerst in Panik zurückgewichen waren, standen nun wie erstarrt um den Ort des Verbrechens, ihre Furcht besiegt von ihrer Neugier.

»Platz da, macht Platz!«, rief der herbeieilende Avogadòr Priuli. »Bringt sofort zwei Tragen und ruft einen Wundarzt«, und nach diesen Worten drehte er sich zu Marco und Zorzi um, die dort wie erstarrt und totenbleich standen, die gezückten Dolche noch in der Hand, ihre Kleidung blutbefleckt.

Der Avogadòr winkte seinen Untergebenen, die beim ersten Anschein eines Handgemenges herbeigerannt waren, und wies sie an, die Streife der Signori di Notte zu holen, die unten auf der Uferstraße Wache hielt.

»Ihr beide wartet hier«, befahl er den beiden jungen Männern barsch, die reglos stehen blieben, einerseits verwirrt und bestürzt, andererseits in der Hoffnung, sie könnten das Vorgefallene klären und ihre Gründe darlegen. Aber sobald sie den Saal betreten hatten, packten die Signori di Notte auf Befehl des Avogadòrs die beiden am Arm und schleppten sie, ungeachtet ihrer Einwände, fort.

Inzwischen hatten die Diener des Hauses eilig Binden und zwei improvisierte Tragen herbeigeschafft. Straff umwickelten sie Diedos Bein, um eine weitere Blutung zu verhindern, und verbanden ohne große Hoffnung auch den Kopf und den Hals des Herzogs von Ferrandina, der ohnmächtig geworden war. Dann bettete man Fantino Diedo vorsichtig in seine Gondel und brachte ihn in den Palazzo in Santa Fosca, wo er mit seiner Familie lebte, damit er sofort behandelt werden konnte.

Der Herzog schien nicht transportfähig zu sein, deshalb richtete man für ihn ein Zimmer im Casìn dei Nobili her. Mit aller Vorsicht legte man ihn auf ein Bett, doch er erlangte das Bewusstsein nicht wieder. Die besten Ärzte Venedigs wurden an sein Lager gerufen, und ihre Antwort war einstimmig: Es war nichts mehr zu machen. Da der Herzog in guter körperlicher Verfassung gewesen war, kämpfte er noch zwei Tage mit dem Tod, ehe er starb, ohne ein einziges Wort gesagt zu haben.

Bepi blickte sich suchend nach Lucieta um, während er die Taue löste, die die Gondel mit den Ankerpfählen des Casìn dei Nobili verbanden.

Die bestürzte Veronica rief ihm vom Landungssteg aus zu: »Mach schnell, Bepi, beweg dich, ich möchte fort von hier.«

Während Bepi die Gondel neben die Holzstufen steuerte, löste sich die junge Dienerin doch noch aus dem Dunkel und war mit einem flinken Satz zur Stelle, um der Herrin beim Einsteigen den Arm zu reichen. Dann nahm Lucieta das Ruder und beförderte das Boot auf Bepis Kommando hin mit kräftigen Schlägen in Richtung Sacca della Misericordia. Veronica hatte sich zitternd unter die *felze* verkrochen.

In einer anderen Gondel kehrte Modesta Veniero allein und erschrocken nach Hause zurück. Auf dem Weg dachte sie noch einmal mit Grauen an die Weissagung der Zigeunerin und an das Schicksal ihrer beiden jungen Freunde und Begleiter.

Viele Gäste des Festes, vor allem die Damen, waren sofort nach dem tragischen Vorfall gegangen, aber die Neugierigen, und davon gab es viele, waren geblieben, um mitzuerleben, wie sich die Situation entwickelte, und ihre Version der Ereignisse zu berichten.

Die Musiker waren auf der kleinen Bühne stehen geblieben, hielten ihre Instrumente in der Hand, wussten nicht, was sie tun sollten, und warteten auf die Befehle des Avogadòrs. Das Fest war inzwischen nicht nur für den Herzog, sondern auch für die anderen Gäste vorüber.

Die Signori di Notte hatten die beiden Patrizier gefesselt und sie in ihr Boot geladen, um sie unverzüglich ins Gefängnis von San Marco in den Dogenpalast zu bringen und sie dem Missier grando, dem Polizeichef der Republik Venedig, zu übergeben.

Paolo Priuli war vor Ort geblieben und versuchte nun, von den Augenzeugen des Verbrechens möglichst viele Informationen zu bekommen. Niemand war in der Lage, ihm eine genaue Beschreibung des Vorgefallenen zu geben: In jenem Augenblick war die Verwirrung am größten gewesen, außerdem hatte das Gewitter die Kerzen ausgelöscht, und der Donner hatte alle Geräusche, Schreie und die Worte, die während des Streites fielen, überdeckt. Einige waren so klug gewesen wegzugehen, sobald sie sahen, dass Dolche gezückt wurden, andere waren vorgestürzt, um zu versuchen, die Gegner festzuhalten, aber niemand hatte gesehen, wie und vom wem der furchtbare Schlag geführt wurde, der dem Herzog den Schädel gespalten hatte. Alle waren sich einig, dass der Herzog betrunken gewesen war und sich deshalb nicht mit der gewohnten unbestreitbaren Geschicklichkeit an der Waffe verteidigen konnte. Allerdings war die Provokation von ihm ausgegangen, und sie wog schwer, so schwer, dass die Begleiter der Damen sie in keinem Fall hatten ignorieren können.

Der Avogadòr betrachtete nachdenklich die sichergestellten Dolche der beiden jungen Patrizier. Es handelte sich um Paradewaffen mit Klingen aus Damaszenerstahl, die silbernen Griffe mit Edelsteinen besetzt, und sie eigneten sich wenig für einen ernsthaften Zweikampf. Die Klingen glänzten blank und poliert im Licht der Kerzen. Der Dolch des Herzogs war ein wenig schwerer, noch kostbarer und mit noch mehr Verzierungen, und seine Klinge war mit Blut befleckt.

Einer der Anwesenden berichtete ausführlich, was die Hexe prophezeit hatte, und gab seinen unvermeidlichen Kommentar ab: »Natürlich glaube ich nicht an diese großartigen Vorhersagen, aber doch ist alles wirklich geschehen, was die Zigeunerin gesagt hat. Was für ein seltsamer Zufall…« Paolo Priuli enthielt sich jeden Kommentars, nahm sich aber vor, besser auch noch die Zigeunerin zu verhören.

Er befragte auch die anwesenden Diener, bekam jedoch immer die gleiche Antwort: Man hatte gesehen, wie die beiden jungen Männer dem Herzog mit gezückten Waffen entgegengetreten seien, bevor der Wind die Kerzen auf einen Schlag ausgeblasen hatte. Diedo und die beiden Frauen seien bei ihnen gewesen, darin stimmten alle Zeugen überein, und um sie herum hatte sich die Menge gedrängt. Einen Augenblick später, als das Licht verlosch, waren die Leute dann zurückgewichen und dabei aneinander gestoßen. Man hatte Schreie, Flüche, Getrampel und das Geräusch von fallenden Körpern gehört, aber aufgrund der plötzlich einsetzenden Dunkelheit hatte niemand etwas gesehen.

Der Avogadòr fragte, ob man während des Festes Fremde im Palazzo gesehen hätte, aber niemand war in der

Lage, ihm darauf eine eindeutige Antwort zu geben: Da kamen und gingen so viele Leute, Gäste, Diener, Gondolieri, dass ein Außenstehender sich sehr leicht hätte unbemerkt daruntermischen können, jedenfalls hatte niemand jemanden oder etwas Auffälliges gesehen.

Der edle Priuli seufzte: Irgendetwas an diesem Verbrechen störte ihn; es würde nicht einfach sein, die Wahrheit herauszufinden. Alles war so schnell gegangen und schien nur allzu klar: der Streit, die Waffen, die beiden Männer auf dem Boden und ihre Gegner, die vor ihnen standen, den Dolch in der Hand. »Auf frischer Tat ertappt«, hätte man es nennen können, und wenn es sich bei den beiden Angreifern um Leute aus dem Volk gehandelt hätte, wären sie ohne viel Federlesens durch ein Schnellgericht verurteilt worden. Aber die Sache war weitaus heikler: Nicht nur bei dem Opfer handelte es sich um eine bedeutende Persönlichkeit, auch die beiden Hauptverdächtigen entstammten zwei der edelsten und bekanntesten Familien Venedigs.

Außerdem würden alle wichtigen Leute Verständnis für die Angeklagten haben, die auf eine schwere Beleidigung reagiert und die Ehre der beiden Damen in ihrer Begleitung verteidigt hatten.

Wäre es dabei nur um die Franco gegangen, die alle Welt als Kurtisane kannte – obwohl sie auch eine gebildete Dichterin und eine wirkliche Dame von Welt war –, hätte man die Verurteilung der beiden leichter akzeptiert, wog deren Ehre doch nicht schwer genug, um deswegen einen Mord zu begehen. Aber da war noch die Edelfrau Michiel, Gattin eines Veniero, im Spiel, die die wesentlich klarere Beleidigung erdulden musste, überlegte der Avogadòr.

Man würde hieb- und stichfeste Beweise haben müssen, um die beiden Patrizier verurteilen zu können, oder einen von beiden, wenn herauszufinden war, wer von ihnen den Herzog tödlich getroffen hatte.

Die Menge verlief sich und verließ das Fest, das in eine Tragödie umgeschlagen war. Ein ungeordneter Zug von Gondeln glitt lautlos unter dem dunklen Himmel dahin, an dem der Wind Wolkenfetzen entlangtrieb, letzte Überreste des Gewitterschauers, der bis vor kurzem getobt hatte.

Der Avogadòr saß in seiner Gondel und lehnte sich in die Kissen zurück, er war müde und besorgt, versuchte einen Gedanken zu erhaschen, der sich ihm jedoch entzog.

Ja, er hatte die Zeugen befragt, wie es ihm sein Amt vorschrieb, hatte mit vielen, vielleicht zu vielen Leuten gesprochen, von über alle Zweifel erhabenen Edelleuten bis zu verängstigten Dienern, ohne etwas herauszufinden, was ein wenig Licht auf das dunkle Ereignis des Verbrechens geworfen hätte.

Ihn ärgerte die Vorstellung, dass auch er in diesem Fall ein Zeuge war. Er hatte den Ereignissen beigewohnt, und trotzdem konnte er sich kein klares Bild davon machen, war weniger gelassen und sicher in seinem Urteil als sonst. Ja, er war dort gewesen, aber nicht einmal er hätte erklären können, wie sich die dramatischen Ereignisse abgespielt hatten, die zur Verwundung des Herzogs führten.

Zu plötzlich war die Gewalt ausgebrochen, hatte alle überrascht, die, entspannt von Musik, gutem Essen und Wein, Höflichkeiten ausgetauscht hatten. Draußen hatte die Natur dagegengehalten und mit ihrem ungestümen Aufwallen von Donner, Blitz und Sturm die sich anbahnende Tragödie untermalt.

Was hatte er gesehen, was hatte er gehört, und wieso verspürte er diese innere Unruhe?

Als Veronica nach Hause kam, warf sie sich auf ihr Bett und weinte bis zur Erschöpfung, gedemütigt und wütend. Vergeblich versuchten Paola und Lucieta, sie zu trösten. Sie war überzeugt, dass alle in der Stadt inzwischen Maffio Veniers schändliche Verse kannten und sie laut lachend hinter ihrem Rücken untereinander austauschten. Dieses ihr mit so viel Hass gewidmete Gedicht würde inzwischen wohl bekannter und weiter verbreitet sein als die äußerst populäre »Lumpenkönigin«. Bald würde man es vertonen und unter ihren Fenstern singen.

Paola schickte Lucieta nach mit Rosenessig getränkten Tüchern, die sie Veronica auf Handgelenke und Schläfen legen wollte. Außerdem sollte sie ihr einen beruhigenden Tee aus Bergkräutern, Baldrian und Passionsblumen kochen.

Langsam und unter Tränen erkannte Veronica, dass nicht ihre Beleidigung die wahre Tragödie des Abends war.

Sie dachte noch einmal an den Herzog, wie stolz und stark er ihr erschienen war, strahlend vor Freude, nachdem man ihm den Siegespreis überreicht hatte, galant und charmant, als er auf dem Campo San Stefano lächelnd Blumen geworfen hatte. Und später hatte er auf der Erde gelegen wie ein weggeworfener Lumpen, ein Überbleibsel, das vor kurzem noch ein Mensch gewesen war, mit verdrehten, erloschenen Augen, die Haare blutdurchtränkt. So ist das Schicksal, von einem Augenblick auf den anderen hatte es einen mächtigen, hoch verehrten Mann in ein lebloses Ding verwandelt, von dem man mit Grauen die Augen abwandte.

Und dies konnte jedem Menschen zustoßen, zu jeder Zeit.

Veronica dachte an ihre Freunde Marco und Zorzi, die sie sofort verteidigt hatten gegen, ja, wogegen eigentlich ... es waren ja nur Worte gewesen, während den beiden jetzt das gleiche Los drohte, das den Herzog zufällig getroffen hatte: ausgelöscht zu werden, in einem einzigen Augenblick in etwas Blutendes, Lebloses verwandelt zu werden, dessen Augen nicht mehr sehen, dessen Mund nicht mehr lachen und sagen konnte: »Wie schön du bist, Veronica, ich liebe dich so sehr.«

Worte konnten verletzen, dachte Veronica, und sehr wehtun, aber sie konnten niemandem das Leben nehmen, sie konnten es einem nicht unmöglich machen, mit anderen Worten oder Taten darauf zu antworten oder zu vergessen und die eigene Aufmerksamkeit auf andere, vielleicht unwichtigere, kleinere Dinge zu lenken.

»Ich lebe«, überlegte Veronica, »und der Herzog stirbt. Wäre doch an seiner Stelle dieser verfluchte Maffio Venier gestorben! An allem ist nur er schuld! Und auch meine armen jungen Freunde Zorzi und Marco leben, und ich weiß nicht einmal, was mit ihnen geschehen ist, ob sie fliehen konnten oder ob man sie gefasst und ins Gefängnis geworfen hat.«

Ganz langsam verebbten die Schluchzer, die sie geschüttelt hatten.

Erleichtert atmete Lucieta auf: Sie hatte die ganze Zeit geschwiegen, aber ihre Angst tobte genauso heftig wie die ihrer Herrin.

Endlich schlief Veronica völlig erschöpft ein. Paola ging ebenfalls schlafen, während Lucieta sich am Fuße des Bettes hinkauerte und den unruhigen Schlaf ihrer Herrin bewachte.

Am nächsten Morgen räumten die Diener das Casìn dei Nobili auf. Der Haushofmeister verteilte die Aufgaben: wer die Blutflecke vom Boden des Ballsaals wegwischen und ihn wieder zum Glänzen bringen sollte, wer in der Küche dabei helfen sollte, die Platten und das übrige Geschirr abzuwaschen und wegzuräumen, wer die Kronleuchter vom heruntergelaufenen Kerzenwachs befreien sollte.

Ménego sollte im an den Ballsaal angrenzenden Raum abstauben, die schmutzigen Gläser einsammeln, die überall herumstanden, lüften und den Boden scheuern. Der kleine Raum, auch Waffenzimmer genannt, weil an seinen Wänden sehr wertvolle Jagd- und Duellwaffen hingen, lag noch im Dunkeln. Ménego öffnete die schweren Vorhänge, und mit der klaren Luft, die auf den heftigen Regen gefolgt war, durchflutete auch die Sonne das Zimmer und beleuchtete alles bis ins kleinste Detail. Er begann, den Boden zu fegen, und bemerkte dabei sofort eine Reihe von bräunlichen Flecken, die von der Tür zum Salon und zu einer Stelle nahe dem Kamin führten.

Er fluchte kräftig, nahm den mit Wachs durchtränkten Lappen, aber die Flecken ließen sich nur schwer entfernen, der trockene Lappen reichte nicht aus … er brauchte einen Eimer Wasser und einen Putzlumpen.

Ménego schaute hoch: Auf dem Platz nahe dem Kamin, wo die Flecken endeten, lag ein kurzes, wuchtiges und äußerst scharfes Kurzschwert auf dem Boden, befleckt mit geronnenem Blut.

Ménego hob es auf, betrachtete es verblüfft, zuckte mit den Schultern und ging hinunter in die Küchenräume, um einen Eimer Wasser zu holen. Er wusch die Waffe sorgfältig ab und räumte sie an ihren Platz in der Sammlung zurück, von dem sie heruntergefallen oder von dem jemand sie heruntergenommen hatte, wer konnte das schon wissen …

Das ging ihn nichts an, am besten, man tat seine Arbeit, hielt den Mund und mischte sich nicht in die Angelegenheiten der Herrschaften. Das Letzte, was er auf der Welt wollte, war, von den Sbirren oder sogar vom Avogadòr selbst verhört zu werden.

An diesem Tage war Venedig in heller Aufregung über die Tragödie im Casìn dei Nobili. Alle wussten etwas davon zu berichten, schmückten die düstere Geschichte von der Ermordung des Herzogs mit mehr oder minder grauenhaften Details aus. Und jeder hatte seine eigene Meinung: Die einen forderten schnelle Gerechtigkeit für den jungen und tapferen Herzog, der in der Blüte seines Lebens darniedergestreckt worden war; die anderen stellten sich auf die Seite der Angeklagten, die nur schuldig seien, die Ehre der Damen verteidigt zu haben, die unter ihrem Schutz standen.

Die Osteria della Cerva erreichte die Nachricht schon früh. Checo brachte sie, er war von Burano mit seinem Boot gekommen, einer voll beladenen *sanpierota* mit frischem Fisch für den Markt. Checo war unterwegs Booten begegnet, darunter auch denen der Diener, die die Aufräumarbeiten in den Räumen des Casìn dei Nobili beendet hatten und nun nach Hause zurückkehrten, um nach dieser schrecklichen Nacht auszuruhen. Die Geschichte verbreitete sich von Boot zu Boot, wurde mit immer mehr Details ausgeschmückt. Deutlich war Neugier zu spüren, der Wunsch zu erzählen, die Angst und die Bestürzung fühlbar zu machen und sich als Teil der Tragödie dazustellen, die die ganze Stadt schwer erschütterte.

Jemand hatte das Blut im Ballsaal aufwischen müssen, ein anderer hatte Getränke serviert, als der Streit ausgebrochen war oder hatte geholfen, die Verwundeten zu behandeln, andere hatten sich, verängstigt vom Sturm, der Dunkelheit, den Schreien und dem Geräusch der aufeinanderprallenden Waffen, lieber ferngehalten. Niemand hatte wirklich gesehen, wer den unheilvollen Schlag gegen den Herzog geführt hatte, aber jeder hatte eine Theorie darüber und verkündete diese allen, die bereit waren, sie zu hören, als unwiderlegbare Wahrheit.

Viele hatten die alte Zigeunerin gesehen und gehört, als sie ihre Weissagungen von den Kalksteinstufen des Klosters San Michiel in Isola verkündete. Dies hatte die Fantasie der Gondolieri und der Diener überaus angeregt, schließlich glaubten sie, die alte Hexe verfüge wirklich über übernatürliche Kräfte. Und obwohl sie nicht genau begriffen hatten, was sie sagte, schmückten sie es noch aus – oder vielleicht auch gerade deshalb. Niemand jedoch konnte sagen, wie sie auf diese halb verlassene Insel gegenüber von Murano gekommen und wie sie von dort zurückgekehrt war, da man ganz früh am nächsten Morgen keine Spur mehr von ihr fand. Das machte alles noch geheimnisvoller und verlieh den Visionen und dunklen Litaneien der Alten noch mehr Gewicht. Man hatte sie von einer Unmenge Toter faseln hören, die in ferner Zukunft die Insel San Michiel bevölkern würden und deren Stimmen sie schon gehört haben wollte.

Aus all diesen Gründen fiel Checos Bericht lang, bildhaft und sehr mitreißend aus. Der große Raum der Osteria lag noch im Dunkeln. Alle hörten ihm aufmerksam zu und kippten dabei ihre Schoppen Wein herunter, um die Kehlen zu befeuchten, die nicht nur beim Gedanken an die gestrige Tragödie ganz trocken wurden, sondern auch bei der Überlegung, was noch geschehen musste, um die Insel San Michiel und ihre Nachbarinsel mit Toten zu füllen.

Luisa zitterte, während sie auf das Ende von Checos Erzählung wartete; sie hatte den Kopf voller Befürchtungen und finsterer Vorahnungen, was die Zukunft des jungen Patriziers betraf, den sie sich trotz vieler Bedenken und Unsicherheiten schon als Liebhaber erträumt hatte …

»Und dann«, beendete Checo seinen Bericht, »haben sie die beiden wie Würste verschnürt und ins Gefängnis gebracht, denn der Missier grando und der Avogadòr und alle Anwesenden hatten gesehen, wie sie sich mit gezogenen Waffen auf den Herzog gestürzt haben. Sie sind sicher, dass diese Männer den Herzog ermordet haben, sie wissen aber nicht, wer von beiden es war, deshalb sollen ihnen die alles von Anfang an erzählen und wie sich nach der Meinung der beiden alles abgespielt hat. Ich möchte wirklich nicht in ihrer Haut stecken«, endete er, holte nach dieser langen Rede tief Atem und erfrischte sich dann seine Kehle ebenfalls mit einem kühlen Gläschen Wein. Es gefiel ihm, im Mittelpunkt der Aufmerksamkeit zu stehen. Endlich einmal war eine seiner dramatischen Erzählungen nicht mit Spott aufgenommen worden, sondern mit großer Anteilnahme, und er, der Einzige, der eine authentische Darstellung der Tragödie liefern konnte – ohne selbst Augenzeuge gewesen zu sein –, fühlte sich als wichtigster Mensch in der ganzen Osteria.

Luisa verschwendete keine Zeit damit, Checo Fragen zu stellen, denn sie wusste, dass der Fischer alles, was er erfahren hatte, wahrheitsgetreu und bis ins Letzte wiedergegeben hatte. Das, was er erzählt hatte, bestürzte sie. Wenn sie mehr erfahren wollte, musste sie jemanden finden, der das Fest selbst besucht hatte. Der Gedanke, dass Zorzi in Ketten in einer der dunklen Zellen des Dogenpalastes saß oder, schlimmer noch, in der Folterkammer im ersten Stock, wo die Verhöre geführt wurden, ängstigte Luisa zutiefst.

In Venedig geisterten viele Gerüchte umher über diesen Ort von trauriger Berühmtheit: ein Zimmer, von dessen außergewöhnlich hoher Decke Seile herabhingen und in dessen Wänden sich Sitznischen für die Richter befanden, die auf das Geständnis warteten. Die geeignete Umgebung, um die Angeklagten in Angst und Schrecken zu versetzen und sie dazu zu bringen, ihre Schuld zu gestehen.

Mit ihrem gesunden Sinn fürs Praktische dachte die schöne Wirtin zunächst an die notwendigen leiblichen Bedürfnisse der beiden unglücklichen Gefangenen und packte in Windeseile einen Korb mit warmen Brötchen, Stockfischcreme und Asiago, einem harten Schnittkäse aus der Gegend. Sie fügte noch eine Flasche Wein hinzu, deckte ein Tuch über alles, rief dann Bortolo zu sich und übergab ihm den Korb mit dem Auftrag, ihn zum Dogenpalast zu bringen. Dort sollte er erfragen, wo man die beiden jungen Männer gefangen hielt, und ihnen den Korb zukommen zu lassen.

Sie wusste genau, dass es in dem Gefängnis sehr locker zuging und dass man den Insassen alles, was ihnen helfen und sie stärken konnte, bringen durfte. Viele wohlhabende Bürger Venedigs hatten in ihrem Testament eine gewisse Summe dazu bestimmt, Essen für die Gefangenen zu kaufen, sowie Kerzen, um ihre Zellen zu beleuchten. Einer von ihnen, Giovan Battista Boncio, hatte deswegen einen festen Platz in den Dankesgebeten derer, die Zeit in diesen Verliesen verbringen mussten: Er hatte elftausend Dukaten hinterlassen, damit die Gefangenen jeden Tag ihre Ration unvermischten Weins bekamen.

Luisa ermahnte Bortolo, er solle unbedingt versuchen, direkt mit den Adligen Giustinian und Contarini zu sprechen. Das würde dann ziemlich einfach sein, wenn sie in den Zellen im Erdgeschoss eingesperrt waren, die auf die Vorhalle des Palazzos und den Ponte della Paglia hinausgingen. Aus deren Fenstern konnten die Gefangenen die Hände durch die Gitterstäbe stecken, um zu betteln oder das zu verkaufen, was sie im Gefängnis herstellten, sie konnten Briefe und Pakete von zu Hause empfangen oder dorthin bringen lassen. An die Gefangenen der innen liegenden Zellen heranzukommen war viel schwieriger. Dazu musste man sich an die Wärter wenden. Allerdings wurde niemand in diesem Gefängnis allzu streng überwacht, das zeigten auch die häufigen Fluchtversuche.

»Wenn es dir nicht gelingt, mit ihnen zu sprechen, dann geh zu Veronica Francos Haus und lass dir alles von Bepi berichten: Er war dort und weiß vielleicht auch etwas darüber, was man mit den beiden vorhat. Nein, sag Bepi lieber, er solle so schnell wie möglich hierher kommen, er könne hier so viele Schoppen trinken, wie er mag, wenn er mir nur ganz genau erzählt, was er weiß.«

Bortolo rannte los, und Luisa blieb einen Augenblick auf der Schwelle stehen, um Atem zu schöpfen. Sie konnte es kaum erwarten, mehr über das Vorgefallene zu erfahren, und hatte gleichzeitig Angst vor dem, was sie hören würde – und das brachte ihren Magen ganz schön durcheinander.

Plötzlich ging ihr etwas durch den Kopf: Bis jetzt hatte sie sich nur um Zorzis Schicksal gesorgt. Und was war mit dem Herzog, dem armen Kerl, der auf Murano mit dem Tode rang, ohne Hoffnung auf Genesung, wenn man Checo glauben konnte? Und Marco saß schließlich auch im Gefängnis und war den gleichen Gefahren ausgesetzt wie Zorzi. »Ich habe wirklich den Verstand verloren«, dachte Luisa. »Warum mache ich mir eigentlich Sorgen, was kümmern mich denn diese beiden Idioten, die sich selbst ins Unglück stürzen, und in was für eines, und das für zwei Huren?« Unzufrieden und voller Sorge musste sie feststellen, dass ihr das alles viel zu viel bedeutete und ihre selbstsichere Unabhängigkeit in Gefahr war. »Irgendwie muss ich ihn aus dem Gefängnis holen, damit ich ihn mir dann aus dem Kopf schlagen kann«, belog sie sich selbst zur Beruhigung.

Sie kehrte in die Osteria zurück, wo laut nach ihr verlangt wurde, und bemerkte, dass alle Tische bis auf einen besetzt waren. Auf diesem einen war Tizians Skizze von der alten Zigeunerin vom Tag zuvor noch gut zu erkennen. Die Leute betrachteten sie neugierig, machten aber einen Bogen darum, so viel Bosheit ging von dieser Gestalt aus.

»Die Hexe hatte recht«, sagte jemand. »Der große weiße Fisch hat Unglück und Tod gebracht.« Bortolo kam zurück, nachdem er seinen Auftrag erfüllt hatte.

Er erzählte, dass die beiden jungen Männer in einer der oberen Zellen eingesperrt waren, in unmittelbarer Nähe der Büros der Signori di Notte, und dass ein entgegenkommender Wärter ihnen den Korb bereitwillig gebracht hatte. Vielleicht würde der in den nächsten Tagen in die Osteria kommen und sich einen Schoppen Wein anbieten lassen. Er hatte berichtet, die beiden jungen Patrizier bedankten sich bei ihr und ließen ihr ausrichten, sie hätten den Herzog nicht angerührt, deshalb hofften sie, Luisa bald persönlich aufsuchen und sich bei ihr bedanken zu können.

Der Wärter hatte auch gesagt, dass es ihnen den Umständen nach recht gut ginge. Sie waren nicht angekettet und wurden als Abkömmlinge so edler und in der Stadt hoch angesehener Familien mit der nötigen Rücksicht behandelt.

Beide beteuerten ihre Unschuld – doch was im Augenblick zählte, war die Tatsache, dass der Herzog im Sterben lag, und das ganz sicher nicht aufgrund einer Erkältung.

Kaum war Veronica aus ihrem unruhigen Schlaf erwacht, fragte sie schon, ob es etwas Neues über Marco und Zorzi gebe. Lucieta wurde mit verschlafenen Augen und völlig zerknittertem Pagenkostüm geschickt, Bepi zu wecken, der zufrieden in seinem Zimmer im Zwischengeschoss schlief.

Paola, die sich mehr um ihre Tochter als um das Schicksal der beiden jungen Männer sorgte, bereitete Kräutersäckchen vor, um sie auf Veronicas Augen und ihr fleckig gewordenes Gesicht zu legen. Sie befahl ihr, liegen zu bleiben, schickte Lucieta, sich umzuziehen und ihre Rolle als Dienerin wieder einzunehmen, und mahnte sie dann, sich um Veronica zu kümmern, sie Melissenessenz von den barfüßigen Karmeliterinnen einatmen zu lassen und ihre Handgelenke und Knöchel mit Kampferöl zu massieren. Als Bepi sich angezogen hatte, wurde er zu Bartolomeo Gradenigo geschickt. Bestimmt würde der junge Patrizier über alles informiert sein, was passiert war und was jetzt weiterhin vor sich gehen würde, und seine Freundinnen davon sehr gern in Kenntnis setzen.

»Sag ihm, er soll hierher kommen, aber niemandem etwas davon erzählen, sag ihm, Veronica möchte wissen, was mit dem Giustinian und dem Contarini geschehen ist. Halte dich nirgends auf und lauf sofort wieder nach

Hause, wenn du deine Botschaft ausgerichtet hast. Wenn du unterwegs Klatsch hörst, etwas über Veronica, dann komm direkt zu mir, erzähl es aber um Gottes willen nicht ihr!«

Bepi führte seinen Auftrag aus. Da er begriffen hatte, wie heikel und wichtig seine Mission war, unterbrach er seinen Weg nicht einmal für das übliche Gläschen Wein in der Osteria della Cerva. Er hatte einfach viel zu viel zu erzählen, so viele Neuigkeiten, wichtige Ereignisse und bedeutende Probleme gab es, die er mit seinen Freunden und Luisa besprechen musste, dass es nicht reichen würde, sich dort nur eine kurze Weile aufzuhalten. Seufzend verschob er dies auf die nächste Gelegenheit, die sich hoffentlich bald ergeben würde.

Paola schämte sich ein wenig der Unruhe, die sie beim Gedanken, Bartolomeo wiederzusehen, erfasste, und lief hinaus, um sich zu kämmen. Sie löste den strengen Haarknoten, in dem ihre straff nach hinten gezogenen Haare zu viel von ihrem ein wenig verblühten Gesicht freiließen, und nahm sie in zwei weichen Schaukeln zusammen, die ihre Wangen berührten und die Falten um die Augen und den üppigen Mund verbargen. Dann rieb sie ihr Gesicht mit Mandelöl ein, in das sie Rosenblätter eingelegt hatte – normalerweise stellte sie dies für Veronica her –, und zog ihr langes, rotes Kleid an, das eleganteste in ihrem Besitz. Sie hatte es aus einem alten Kleid ihrer Tochter für sich umgearbeitet. Kritisch betrachtete sie sich im großen Spiegel des Raumes, schnitt eine Grimasse und floh seufzend.

»Ich bin nur eine törichte, alte Frau«, dachte sie bedauernd, als sie sich an die hastigen Umarmungen des jungen Patriziers erinnerte. »Er wird nicht einmal mehr daran denken, es ist unsinnig, mir vorzumachen, es würde noch einmal passieren, das war die Laune eines Augenblicks.«

Der junge Gradenigo ließ nicht lange auf sich warten. Kaum hatte er die angeblich von Veronica stammende Botschaft erhalten, rannte er zum Hause Franco. Er wollte ebenfalls mit Veronica reden und von ihr persönlich ihre Sicht der Ereignisse hören. Mit festem Schritt nahm er die Stufen, begrüßte Paola mit einer herzlichen Umarmung und einem verschwörerischen Augenzwinkern, die ihm für dieses kleine Zeichen, dass etwas zwischen ihnen gewesen war, sehr dankbar war. Dann wurde er ins Arbeitszimmer geführt, wo Veronica leidend auf einem kleinen Sofa lag, in eine weiße Musselintunika gehüllt, die am Hals und an den Säumen mit Goldfäden bestickt war. Ihre offenen Haare fielen wie eine blassgoldene Kaskade über ihre göttlichen Schultern. Sie erholte sich allmählich von den allzu heftigen Gemütsbewegungen der Nacht.

Veronica berichtete ihrem Freund alle Ereignisse dieses schrecklichen Festes. Sie machte sich selbst Vorwürfe, weil sie so heftig reagiert hatte, als der Herzog Maffios unheilvolle Verse zitiert hatte, verurteilte ihn aber auch gleichzeitig voller Groll wegen seines schändlichen Verhaltens. Dann bekräftigte sie noch einmal ihre Überzeugung, es könnten nicht ihre Begleiter gewesen sein, die den Herzog verwundet hatten. Zwar konnte sie dies nicht näher erklären, doch handelte es sich um ein intuitives Wissen, nicht nur um den Wunsch, die zu beschützen, die vorgetreten waren, um sie gegen die erlittene Beleidigung zu verteidigen. Im festen Vertrauen auf seine guten Verbindungen bat Veronica ihren Freund um Rat und Hilfe.

Bartolomeo berichtete, dass die beiden jungen Freunde

im Gefängnis des Dogenpalastes eingesperrt waren und dass auch sie bestritten, den tödlichen Stoß gegen den Herzog geführt zu haben. Nach der Version, die sie dem Avogadòr erzählt hatten, waren sie alle beide in dem Gedränge vorgestürzt, entschlossen, die Beleidigung an ihren Damen zu rächen; dann jedoch habe die plötzliche Dunkelheit und das Durcheinander von Körpern, fliegenden Umhängen und Schreien sie überrascht und verwirrt. Aus Angst, einen Unbeteiligten zu treffen – oder sogar die Damen, die sie verteidigen wollten –, seien sie mit den gezückten Dolchen in den Händen stehen geblieben, ohne zuzustoßen.

Als die Diener die Doppelleuchter von neuem anzündeten und es wieder Licht gab, hatten Marco und Zorzi mit Bestürzung festgestellt, dass zwei blutende Körper auf dem Boden lagen. Es schien kein Zweifel daran zu bestehen, dass Fantino Diedo aus Versehen vom Herzog selbst getroffen worden war, als dieser wie besessen Stöße ins Dunkle führte, um sich gegen seine Angreifer zu verteidigen; aber wer den Herzog getroffen hatte, wenn nicht Marco oder Zorzi, das blieb ein Rätsel.

Da der Avogadòr keine eindeutigen Beweise ihrer Schuld hatte, obwohl die beiden ziemlich offensichtlich die einzigen Verdächtigen waren, hatte er das Urteil in dieser Sache an den Rat der Zehn weitergereicht, die höchste Autorität in der Republik.

Veronica hörte Bartolomeo angsterfüllt zu: »Ich werde einen Bittbrief schreiben und darin sagen, dass ich dort war und mir sicher bin und beschwören kann, dass keiner von den beiden es getan hat, obwohl ich im Dunkeln nicht viel sehen konnte.«

»Es ist nicht nötig, dass du schreibst, Veronica«, erwiderte Bartolomeo rasch. »Man wird dich bestimmt umgehend rufen, um dich zu befragen und deine Aussage aufzunehmen, du warst schließlich dort und direkt an der Sache beteiligt, also wird man sicher hören wollen, was du zu sagen hast. Zieh dich an, man wird bestimmt bald nach dir schicken.«

Und tatsächlich, am nächsten Tag traf der Fante dei cai – ein Beamter im Dienst des Rates der Zehn – im Hause Franco ein, um Veronica in den Dogenpalast zu holen, wo sie Mitglieder des Rates verhören wollten.

Am nächsten Tag kam Daniele, der Herr des Hauses Veniero, von seiner Reise aufs Land zurück und wurde natürlich sowohl über das generelle Drama, von dem ganz Venedig sprach, unterrichtet, als auch über die Rolle, die seine Frau in der Angelegenheit gespielt hatte.

Er war wütend auf Modesta, mehr noch als auf ihre beiden unglücklichen Begleiter: »Ihr musstet ja zu diesem Fest gehen, ihr musstet ja unbedingt zu diesem Fest gehen! Anständige Frauen von Rang bleiben zu Hause, und wenn sie einmal ein Fest besuchen wollen, dann warten sie darauf, dass ihr Ehemann sie begleitet, nicht zwei unbesonnene junge Burschen!«

Daniele Veniero war außer sich bei dem Gedanken, dass die ganze Stadt die Rolle verurteilte, die seine Frau in einem der größten Skandale der letzten Jahre gespielt hatte.

»Bevor ich geheiratet habe, war dies ein ehrenwertes Haus. Ihr werdet diese Mauern nicht mehr verlassen, meine Dame, außer mit mir und nur, wenn ich es sage.«

Modesta blieb ruhig und hörte ihm geduldig zu, ohne zu antworten. Es war besser, wenn er sich abreagieren konnte, und sie abwartete, bis seine Wut verrauchte. Was für eine Szene er ihr machte, und das, ohne an die Angst zu denken, die sie empfunden haben musste, und auch ohne nur einmal danach zu fragen, wie sie sich nach dieser entsetzlichen Erfahrung fühlte. Er sorgte sich nur darum, was die Leute sagen würden; was ihren gemeinsamen Freunden passieren könnte, die nur die Schuld traf, sie verteidigt zu haben, das schien ihn nicht zu kümmern. Was seine Drohungen anging, sie einzusperren, so machte sich Modesta darüber keine großen Sorgen: Sie würde auf jeden Fall wieder aus dem Haus gehen, und das überallhin, wo sie wollte. Allerdings erst nach und nach, denn damit Daniele sich nicht auf seine längst überholten Vorstellungen versteifte, die nur für ihre Großmütter taugten, bedurfte es ein wenig Diplomatie. In der Zwischenzeit fand sie sich am besten damit ab, dass sie für eine Weile viel Zeit zu Hause verbringen würde. Sie würde sich damit beschäftigen, ihre Garderobe aufzufrischen, würde sich schöne neue Kleider für den kommenden Herbst nähen lassen, Freundinnen empfangen, mit denen sie ein wenig Karten spielen konnte, und vor allem würde sie aufmerksam verfolgen, wie die Dinge sich entwickelten – was hieß, dass sie sich mit ihrem besonderen Wissen um die Einzelheiten des Vorgefallenen ausgezeichnet an dem aufblühenden Klatsch beteiligen konnte. Ihre adligen Freundinnen würden Schlange stehen, um von ihr alles berichtet zu bekommen, von der Augenzeugin, nein, dem Zankapfel, der Frau, die jenen Streit ausgelöst hatte, der eine so tragische Entwicklung genommen hatte.

Ein Diener kam herein und meldete, der Missier grando verlangte, mit der edlen Modesta Veniero zu sprechen.

»Siehst du«, stöhnte ihr Mann, »das hat uns gerade noch gefehlt, dass der Missier grando in unser Haus kommt! Was werden die Leute sagen, binnen einer Stunde werden alle wissen, dass er gekommen ist, um meine Frau zu verhören, die Frau eines Veniero! Bevor ich dich geheiratet habe, war dies ein ehrenwertes Haus, über das niemand je ein Wort sagen konnte!«

Auch Modesta machte sich Sorgen: In der Verwirrung dieses dramatischen Augenblicks hatte sie sich instinktiv zurückgezogen und nur sich bewegende Rücken gesehen. Und so wusste sie nicht, was sie auf die Fragen antworten sollte, die man ihr stellen würde, selbst nachdem sie immer und immer wieder über die Ereignisse des Abends nachgegrübelt hatte.

Der Angriff des Herzogs hatte sie erschüttert, auch weil er völlig überraschend kam: Sie war es nicht gewöhnt, so behandelt zu werden, da jeder in Venedig ihre – um es mit den Worten ihres Ehemannes zu sagen – ehrenwerte Familie kannte und achtete. Dabei ahnte sie, dass sie gleichfalls Schuld traf, denn das Missverständnis des Herzogs war nur durch ihren aus einer Laune geborenen Wunsch, um jeden Preis Veronica kennen zu lernen, erwachsen, und das bereitete ihr Unbehagen.

Der Missier grando wurde hineinbegleitet und verneigte sich vor dem Patrizierpaar. Er brachte den Befehl, vor dem Rat der Zehn zu erscheinen, der den Fall an sich gezogen habe. Zum einen wegen der Stellung des Opfers, zum anderen, weil die beiden jungen Angeklagten zum ältesten Adel Venedigs gehörten.

Er berichtete, der Herzog sei an diesem Morgen gestorben, ohne das Bewusstsein noch einmal wiedererlangt und einen Hinweis auf seinen Mörder gegeben haben zu können. Er würde am folgenden Tag auf Murano bestattet werden, in der Sakristei von San Pietro, mit allem

Aufwand, dem man einer so bedeutenden Persönlichkeit schuldig war.

Die Verdächtigen seien in den Kerkern des Dogenpalastes eingesperrt und beteuerten weiterhin ihre Unschuld. Jetzt sei es notwendig, die Wahrheit herauszufinden, auch wenn das bedeutete, dass man eine hochgeachtete Dame wie die hochverehrte Gemahlin des edlen Veniero in die Ermittlungen einbeziehen müsse.

An dieser Stelle polterte der edle Veniero los: »Meine Frau wird vor niemandem erscheinen, und ich werde niemandem erlauben, hierher zu kommen und sie in meinem Hause zu befragen. Sie ist schon genug geprüft und erschüttert durch die Ereignisse, die bestimmt nichts mit ihren Wünschen oder ihrem Benehmen zu tun hatten und die man in einer zivilisierten Gesellschaft hätte vermeiden müssen. Ich finde es unverzeihlich, dass man es wagt, Personen unseres Standes und unserer Bedeutung in ihrem eigenen Hause zu belästigen. Ich werde dem Avogadòr oder dem Rat der Zehn gern persönlich alle Fragen beantworten, die er hat, sobald ich mich umfassend informiert habe. Und damit sind wir fertig, bringt dem Avogadòr meine Empfehlungen.«

Der Missier grando senkte den Kopf zu einer Verbeugung und verabschiedete sich, ohne noch etwas hinzuzufügen.

Modesta war erleichtert: Die Befragung hätte sie in Schwierigkeiten gebracht, und vielleicht hätte sie Details zugeben müssen, die sie lieber im Dunkeln ließ, besonders damit ihr Ehemann nichts davon erfuhr. Trotzdem musste sie an Marco und Zorzi denken. Wenn man die beiden jungen Männer für schuldig befand, den Herzog, der die Republik mit seiner Anwesenheit und der Teilnahme am Turnier geehrt hatte, ermordet zu haben, würden sie öffentlich hingerichtet werden, und zwar in San Marco auf der Piazzetta, zwischen Marco und Tòdaro, den beiden Säulen, die die Schutzheiligen von Venedig trugen, vor einem der schönsten und sorgfältigst komponierten Panoramen der Welt, dort, vor der Insel San Giorgio, der Giudecca und dem Vorplatz des Zollamts – drei Orte, vereint und verwandelt durch die wechselnden Farben des Wassers in der Mündung des Canale Grande.

Memo, der Gondoliere, der zeitweise im Dienst des Herzogs gestanden hatte, war betrübt über den Tod eines so großzügigen Kunden. Also ging er in die Osteria della Cerva, um Trost zu finden und der verständnisvollen Wirtin sein Leid zu klagen.

»Verstehst du, Luisa, er war ein großer Herr, er hat mir Arbeit gegeben; manchmal sehr viel Arbeit, das leugne ich gar nicht, ich musste mich zu jeder Tages- und Nachtzeit mit der Gondel an diesem oder jenem Palazzo bereit halten, aber er zahlte gut und schätzte mich, er lobte mich sogar. Alle, die ich kenne, beneideten mich darum, dass ich in seinen Diensten stand, und achteten mich deswegen noch mehr. Ich war auch sein Führer durch Venedig, ich brachte ihn an die besten Plätze, verhandelte mit den Kaufleuten, wenn er etwas erwerben wollte; Leute, die ihn um einen Gefallen bitten wollten, kamen zu mir, und er wollte immer meine Meinung hören. Das war noch besser, als ein Hausgondoliere zu sein. So eine gute Arbeit finde ich nicht mehr, jetzt werde ich wieder die Deutschen von ihrem *fontego* bis nach Murano fahren müssen, und die sind knauserig, die hängen am Geld wie keiner. Was für ein Unglück, was für ein Unglück! Ausgerechnet ihn musste es treffen, den Stärksten von allen! Du hättest ihn sehen müssen beim Turnier, das hat er mit einer Leichtigkeit gewonnen, dass es wie ein Spiel wirkte, ich begreife einfach nicht, wie er sich so umbringen lassen konnte auf diesem verdammten Fest, im Handumdrehen wie ein dummes Huhn.«

Luisa hörte nur mit einem Ohr zu und goss dabei Wein in die Gläser. Sie wandte sich an Bortolo, als wäre ihr plötzlich etwas eingefallen: »Hast du diesen Tisch noch nicht abgewischt?«

»Nein, Herrin, es tat mir leid, eine Zeichnung zu zerstören, die so schön ist, auch wenn sie einen gewissen Eindruck hinterlässt. Müssen wir sie wirklich wegwischen?«

In der Zwischenzeit hatte Pietro Aretino das Wirtshaus betreten, und als er ihr Gespräch mitbekam, protestierte er heftig: »Eine Zeichnung des größten lebenden Malers wischt man nicht weg, meine liebe Wirtin! Das wäre ein Verbrechen!«

»Aber Signor Pietro, hier an diesen Tisch will sich niemand mehr setzen, er bereitet allen Unbehagen, umso mehr nach all dem, was geschehen ist. Die Leute glauben, die Zigeunerin bringe schreckliches Unglück, und wollen nichts, was sie essen oder trinken, auf der Zeichnung von ihr abstellen, zumal diese noch so unglaublich echt wirkt – fast realer als die Zigeunerin selbst. Alle denken, die Kost würde ihnen zumindest schwer im Magen liegen, wenn nicht noch Schlimmeres geschieht.«

»Haltet den Tisch für mich bereit, gute Frau, und ich werde mich jedes Mal, wenn ich hierher komme, um mich zu stärken, an diesen Tisch setzen und zwar gern, denn die Nähe von Kunst kann nichts Schlimmes bringen, wie Ihr sagt. Im Gegenteil, sie kann nur den Geist auserwählter Menschen erfrischen.«

Luisa schien nicht überzeugt, aber sie fügte sich: »Eure Dienerin, Signor Pietro, es wird geschehen, wie Ihr befehlt. Ich hoffe nur, die Leute werden nicht anfangen zu glauben, dass meine Osteria Unglück bringt.« Und sie wandte sich wieder Memo zu, der leise einige Verwünschungen brummte, die Stirn auf eine Hand gelegt, in der anderen sein Glas: »Du warst da, Memo, an diesem Abend, du musst mir genau sagen, was passiert ist, alles erzählen, was geschehen ist, von Anfang bis Ende, musst mir alles berichten, woran du dich erinnerst, alles, was dir noch in den Sinn kommt. Ich muss es einmal richtig hören, denn bis jetzt herrscht in meinem Hirn nur große Verwirrung; jeder hat mir nur ein kleines Stück der Geschichte erzählt, und das auf seine ganz eigene Weise.«

»Was soll ich dir erzählen, Luisa, ich war mit den anderen Gondolieri unten in der Küche, als der Kampf ausgebrochen ist und der Herzog verwundet wurde. Ich habe nichts gesehen und gehört, denn da hat auch das Gewitter am heftigsten getobt, und als der Wind drohte, die Boote von den Pfählen zu reißen, sind wir alle zum Landungssteg gerannt, um sie zu sichern. Wenn ich etwas wüsste, würde ich es dir gern erzählen. Wir waren alle so fröhlich, als wir zum Fest kamen, der Herzog und seine Freunde hatten schon nach dem Turnier reichlich getrunken, gleich, nachdem er gewonnen und begonnen hatte, mit dem Pferd Runde um Runde über den Campo zu drehen und den Damen Blumen, Süßigkeiten und mit Parfüm gefüllte Döschen zuzuwerfen. Die Damen haben ihm alle applaudiert und ihm von den Balkonen und Terrassen aus Küsse geschickt, und dann sind wir nach Hause gegangen, und er hat den Harnisch abgelegt und sich den Staub des

Platzes abgewaschen. Danach hat er seine Galajacke für das Fest angezogen, und alle brachten ihm etwas zu trinken, die Leute überschütteten ihn mit überschwänglichem Lob und Komplimenten, er war glücklich und vergnügt, trank und rief: ›Hurra, ich habe sie vernichtet, ich habe sie lächerlich gemacht, jetzt wissen sie, dass man einen Castriota besser nicht herausfordert!‹, und dann hat er die Gondel bestiegen. Seine Freunde waren immer dabei, sie hatten Wein und Gläser mitgenommen, sie sangen, machten Witze und lachten und tranken und warfen die Gläser ins Wasser, während ich das Boot lenkte. Als wir an San Michiel vorbeikamen, saß dort die alte Hexe am Ufer vor der Kirche, und wir haben gehört, dass sie mit sich selbst über Unglück und Tote redete, man verstand nicht, was sie sagen wollte, und wir sind weitergefahren, ohne dort anzuhalten, und der Herzog und seine Freunde lachten und verspotteten sie. Aber ich war unruhig – die da brachte man besser nicht gegen sich auf! Wir haben gesehen, wie eine Gondel dort anlegte, in der saßen Venieros Frau, Marco Giustinian und Zorzi Contarini, die meinen armen Herrn ermordet haben. Sie sind ausgestiegen, um mit der Zigeunerin zu reden. Was die ihnen wohl gesagt hat?«

»Sie haben ihn nicht ermordet!«, entgegnete Luisa entschieden, und Memo nutzte die Pause, um seine Kehle mit einem Schluck Wein zu befeuchten. Dann fuhr er fort, ohne auf Luisas Widerworte einzugehen: »Dann hatten wir das Casìn dei Nobili erreicht, und sie sind in die oberen Räume gegangen, um zu feiern. Ich bin mit den anderen Gondolieri in die Küche gegangen, und danach habe ich sie nicht mehr gesehen, bis man mich von oben gerufen hat, nach dem Kampf, ich sollte helfen, den Herzog aufs Bett zu legen, den armen Kerl, und das ganze Blut aufwischen, was auf dem Boden war, es sah aus, als hätte man einen Ochsen geschlachtet! Mutter Maria, was für ein Schock, Luisa! Wenn ich daran denke, läuft es mir jetzt noch eiskalt den Rücken herunter!«

Pietro Aretino hatte neugierig zugehört und unterbrach Memo nun mit einer Frage: »Habt ihr keinen Fremden durch den Palazzo laufen sehen oder jemanden, der dort war, wo er nicht hingehörte? Also irgendetwas Ungewöhnliches? Es stimmt schon, die beiden jungen Männer haben mit dem Herzog gestritten, weil er sich respektlos gegenüber den Damen in ihrer Begleitung verhielt, aber um sie herum waren viele andere Leute und zwar ganz in der Nähe. Als der Herzog getroffen wurde, waren die Kerzen erloschen, es war völlig dunkel, und jeder hätte ein Kurzschwert nehmen und sich in die Auseinandersetzung einmischen können. Ich würde gern wissen, ob an dem Abend auch Giacomo d'Armer aus Mantua anwesend war – obwohl es mir sehr unwahrscheinlich zu sein scheint, dass er den Wunsch gehabt haben könnte, an einer Feier zu Ehren des Herzogs teilzunehmen, nach diesem Sturz in den Staub, der seinen Auftritt beim Turnier beendet hat. Andererseits – hätte es eine bessere Gelegenheit für ihn gegeben, um sich zu rächen?«

Luisa ließ sich von all dem kein Wort entgehen.

Memo fuhr fort: »Ich kenne diesen Giacomo nicht, aber da lief ein Herr durch die Räume, und er ist auch hinunter in die Küche gekommen, um mit den Gondolieri und den Dienern zu reden. Soweit ich es verstanden habe, wollte er aber niemanden umbringen, sondern war nur ein Knabenschänder, der einen netten Jungenhintern suchte.«

»In Venedig wimmelt es von solchen feinen Herren. Wie sah er aus? Jung, alt, dick, dünn? Was hatte er an?«, fragte Pietro, der sicher war, herausfinden zu können, um wen es sich handelte. Schließlich kannte er fast jedermann in Venedig und allen bösen Tratsch, den man sich über diesen oder jenen erzählte.

Auf Memos Beschreibung hin nickte er und lächelte boshaft: »Ja, das muss Gilberto Condulmèr gewesen sein. Er ist immer auf der Jagd, und je jünger sie sind, desto besser gefallen sie ihm. Aber ich habe keine Ahnung, warum er den Herzog angreifen sollte. Der machte ihm sicher keine Konkurrenz, dem gefielen nur Frauen und wie! Antonio Castriota war ein bedeutender Mann, er verdiente kein so erbärmliches Ende. Ich habe anlässlich seines Hinscheidens ein Sonett geschrieben, das ihn preist.«

Luisa hoffte, dass er dieses jetzt nicht zum Besten geben würde, und tatsächlich erachtete sie Pietro Aretino dieser Ehre nicht für würdig – andere, die in den Genuss kamen, hielten das betreffende Sonett übrigens für »äußerst unglücklich«. Mit einem Seufzer der Erleichterung setzte die Wirtin Memos Befragung fort: »Hast du nicht noch jemanden gesehen, der von draußen kam?«

»Ich nicht, aber dieser Herr suchte einen Pagen, einen Jungen, den er oben gesehen hatte und der seinen Klauen entkommen war. Auch von dem weiß ich nicht, was er mit meinem Herrn zu tun gehabt haben könnte, aber so wie er hätten wer weiß wie viele Leute im Palazzo herumlaufen können, bei dem steten Kommen und Gehen, das da herrschte.«

Pietro Aretino fügte nachdenklich hinzu: »Zweifellos hegten viele Leute Hass oder Groll gegen Antonio Castriota: Er war ein Edelmann, stark und tapfer, großzügig und ein großer Liebhaber, aber er war auch sehr von sich eingenommen und hat während seines kurzen Lebens unzählige Leute vor den Kopf gestoßen.«

Ein Diener aus der Osteria del Sturiòn im Rialtoviertel, der zu Luisa gekommen war, um dort in Ruhe einen Schoppen Wein zu trinken und seinen Wechsel vom Diener zum geschätzten Kunden zu genießen, mischte sich ins Gespräch. Er war froh darüber, etwas beitragen und sich mit neuen Informationen interessant machen zu können: »Der Signor Giacomo aus Mantua war auch auf dem Fest, zu der Zeit logierte er in der Osteria del Sturiòn, er schlief in einem der beiden Zimmer oben, und ich habe an diesem Abend gehört, wie er eine Gondel rief und dem Gondoliere sagte, er solle ihn nach Murano bringen. Ich habe ihn auch wegfahren sehen, er hatte sich maskiert, trug einen schwarzen Umhang aus Atlas, einen schwarzen Samthut und eine Maske, die sein Gesicht verbarg. Der konnte den Herzog auf den Tod nicht leiden, er redete den ganzen Tag nur darüber, dass er ihn umbringen wolle.«

Auf diese neue Möglichkeit hin spitzte Luisa die Ohren: »Ist dieser Signor Giacomo aus Mantua immer noch im Sturiòn? Hast du ihn gehört, als er in dieser Nacht zurückkam? Hat er zufällig etwas über das Fest gesagt?«

»Ach Luisa, ich mische mich nicht in die Angelegenheiten der feinen Herrschaften, ich weiß nichts, ich habe kein Wort von ihm gehört, aber ich glaube, er ist sofort am Morgen nach dem Fest abgereist.«

»Er wird befürchtet haben, dass man ihn verdächtigen könnte, nach all den Drohungen, die er gegen den armen Antonio Castriota ausgestoßen hatte«, meinte Pietro Aretino. »Er hat in ganz Venedig herumerzählt, dass er sich am Herzog rächen wolle. Natürlich hat er dabei nicht allen erklärt, warum er den Herzog so hasste, aber man hat schnell herausgefunden, dass der Herzog auf der Durchreise in Mantua seine Schwester Benedetta verführte, sie geschwängert hat und dann einfach abgereist ist. Anschließend hat er jede Verantwortung geleugnet und sogar noch unterstellt, er sei nicht der Einzige gewesen, der die Gunst des Mädchens genossen habe. Es scheint mir dennoch unwahrscheinlich, dass ein junger Mann, der besser mit Worten als mit dem Schwert umgehen kann, den Mut gehabt haben sollte, den Herzog anzugreifen, da er dessen Stärke schon beim Turnier genossen und Staub geschluckt hat.«

»Das mag schon sein«, überlegte Luisa laut, »aber er hat den Herzog ja herausgefordert beim Turnier, das bedeutet, er muss Mut besitzen, obwohl er jung ist und zu viel redet. Beim Turnier hat er einstecken müssen, aber auf dem Fest war der Herzog betrunken, und in der Dunkelheit konnte er nicht einmal sehen, wer ihn angriff! Er könnte es sehr gut gewesen sein!«

Diese neue Möglichkeit klang äußerst verlockend für Luisa, und je länger sie darüber nachdachte, desto vielversprechender erschien ihr diese Spur. Es war wohl keine dumme Idee, so bald wie möglich unter irgendeinem Vorwand selbst in die Osteria del Sturiòn zu gehen, um vor Ort mehr über die Schritte des jungen Mannes aus Mantua und seine überstürzte Abreise herauszufinden.

Veronica ließ sich nur von einem Pagen, dem es vor Angst die Sprache verschlagen hatte, zum Dogenpalast begleiten, um sich den Fragen des Missier grando zu stellen. Bepi wartete mit der Gondel am Bootssteg der Piazzetta auf sie. Die schöne Kurtisane war sichtlich erschüttert und mitgenommen, aber sie erklärte sehr ruhig und klar alles, was passiert war, so wie sie es gesehen und miterlebt hatte, und errötete dabei noch einmal vor Scham und Wut, als sie die beleidigenden Worte des Herzogs wiederholen musste. Sie zitterte, während sie von dem Gewittersturm, dem wütenden Streit und dem Anblick der Verwundeten erzählte.

Den Missier grando nahmen die Anmut, die Klugheit und die Vornehmheit Veronicas für sie ein, und er entließ sie mit dem Versprechen, er würde die Aussagen der beiden Angeklagten noch einmal sehr gründlich überprüfen. Später gab er dann Avogadòr Priuli das Gespräch wortgetreu wieder.

Dieser hörte ihm aufmerksam zu; er war froh darüber, dass der Missier grando ihm eine Zusammenfassung der Ereignisse liefern konnte, die direkt von einer der an dieser Tragödie beteiligten Personen stammte. Zumal die Person – wenn sie auch natürlich befangen war – wirklich aufrichtig zu sein schien und überaus bereit, mit ihnen zusammenzuarbeiten. Zu schade, dass er der Aussage nicht Modesta Venieros Version gegenüberstellen konnte. Es würde nicht das Gleiche sein, Daniele Veniero zu hören, nachdem jener seine Frau befragt hatte. Er war schließlich nicht dort gewesen, und sicher würde ihm die edle Dame eine Version erzählen, die ihr genehm war, und alles auslassen, was dem Ehemann Grund für Verdächtigungen oder Vorwürfe ihr gegenüber geben könnte. Zum Glück hatte die Franco keine Stellung, die ihr erlaubte, sich ihm zu entziehen, wie es der adligen Dame möglich gewesen war. Allerdings nützte ihm das nicht allzu viel – ihre Erzählung enthielt nichts, was ein wenig Licht in die Angelegenheit gebracht hätte.

Als sie wieder zu Hause war, verweilte Veronica in dem kleinen, von Mauern umgebenen Garten voller Kletterpflanzen. Sie wollte in Ruhe nachdenken, ohne Paolas bohrenden Fragen und den hingebungsvollen Blicken Lucietas ausgesetzt zu sein. Ihr Zufluchtsort war einer der geheimen Gärten Venedigs, von denen man nur die belaubten Baumwipfel sah, die die hohen Mauern überragten, wie Juwelen eingefasst von Steinen, Wasser und üppig wachsenden Blumen und Pflanzen. Die Glyzinie, die die Mauer überwucherte und an der Vorderseite des Hauses bis zu dem Balkon von Veronicas Zimmer hochkletterte, war schon fast verblüht. Ein Teppich aus lila Blütenblättern bedeckte den Kiesweg unterhalb der Kletterpflanze und erfüllte die laue Luft mit einem ungeheuer süßen, betäubenden Duft. Bis auf das Zwitschern einiger Amseln im Gebüsch war kein Laut zu hören. Veronica setzte sich auf eine steinerne Bank und massierte sich ihre Füße, die wegen der modisch hohen Schuhe schmerzten.

Dabei ließ sie sich noch einmal die Ereignisse jener unheilvollen Nacht bis zu ihrem Gespräch mit den strengen Inquisitoren der Republik durch den Kopf gehen. Sie hatte deren Fragen mit äußerster Offenheit beantwortet und der Reihe nach alles berichtet, woran sie sich erinnerte – und doch hatte sie damit nicht das Geheimnis aufklären können, das jenen unglückseligen Augenblick umgab. Es war dunkel gewesen, sie selbst erschüttert und in Tränen aufgelöst, und sie hatte keine Ahnung, wer den tödlichen Stoß geführt haben könnte.

Die Inquisitoren hingegen schienen sich vollkommen sicher zu sein: Der Schuldige hieß entweder Marco Giustinian oder Zorzi Contarini. Sie konnten nur nicht feststellen, wer von beiden es getan hatte.

Veronica hatte Angst: Wenn die Angelegenheit sich nicht aufklärte, würde man wahrscheinlich beide hinrichten. Mit Bestürzung stellte sie fest, dass sie dieser Gedanke unglaublich schmerzte, und Angst schnürte ihr die Kehle zu. Ihre Sorge galt beiden Männern, aber für Marco empfand sie tieferes Mitgefühl: Er war noch so jung und naiv, so offen in seinen Gefühlen und in seinem Überschwang. Die hingebungsvolle Liebe des jungen Giustinian würde ihr schrecklich fehlen, das fühlte sie, seine Bewunderung, seine Liebkosungen voll sinnlicher Freude, seine anbetenden Blicke. Bis zu diesem Augenblick hatte sie die Gefühle des jungen Patriziers mit nachsichtigem Amüsement hingenommen, wie etwas, das ihr naturgemäß zukam und das ihn nicht von ihren anderen zahlreichen Anbetern unterschied. Aber jetzt erschien ihr alles in einem ganz neuen Licht: Vielleicht hatte auch sie ja schon immer andere Gefühle für Marco gehegt, nur hatte sie es nie bemerkt.

Dass er einem tragischen Ende entgegensah, einem Ende, das er in ihren Diensten gesucht und herausgefordert hatte, um sie gegen eine Beleidigung zu verteidigen, ließ den Jüngling in ihren Augen größere Bedeutung gewinnen. Es verlieh ihm eine romantische Aura, und seine gesamte Persönlichkeit nahm viel klarere Konturen an, erzwang sich ihre Aufmerksamkeit, forderte ihre Zärtlichkeit ein.

In Gedanken kehrte sie zu ihren gemeinsamen Liebespielen zurück. Wie sanft er sie von Kopf bis Fuß gestreichelt hatte, als sei jeder Zentimeter ihrer Haut etwas Einzigartiges, Kostbares, und wie er dabei gleichzeitig so intensiv und so unglaublich zärtlich gewesen war, als berührte er eine Vase aus hauchdünnem Muranoglas. Ein ganz besonders langer, mit Nichtstun verbrachter Nachmittag in ihrem Zimmer kam ihr in den Sinn, sie hatten sich entspannt auf dem Bett ausgestreckt und in neuen Gedichtbänden gelesen, die Marco mitgebracht hatte. Das sich leicht kräuselnde Wasser des Kanals hatte ein bewegliches, leuchtendes Wellenmuster aus Sonnenstrahlen an die weiße Zimmerdecke geworfen, und sie hatten sich gefühlt, als befänden sie sich in einer verzauberten Welt unter Wasser.

Nach ihrer Lektüre hatte sich das sanfte, sinnliche Vergnügen der Liebkosungen, mit denen sie einander am ganzen Körper beschenkten und die sie wohlig und hingebungsvoll genossen, in ein immer stärker werdendes, fast schmerzhaftes Verlangen verwandelt. Der zitternde, muskulöse Körper des jungen Patriziers war ihr in diesem Augenblick wie das Einzige auf der Welt erschienen; an ihn wollte sie sich klammern, und mit ihm war sie in einem pulsierenden Strudel versunken, der unbekannte

Kräfte in einer gemeinsam bis zum abschließenden Höhepunkt genossenen Ekstase freigesetzt hatte, nach der zwei dankbare Körper süß aufeinander ruhten.

Plötzlich fühlte Veronica einen zarten Druck an ihren Fesseln, die von einem leichten, langen Kleid aus karmesinroter Seide bedeckt waren. Es fühlte sich an wie eine lange, beständige Liebkosung, etwas Weiches, Nachgiebiges, Warmes, Lebendiges. Erstaunt senkte Veronica den Blick und bemerkte einen kräftigen schwarzen Kater, der sie mit runden grünen Augen beobachtete und dabei leicht seinen langen, weichen Schwanz hin- und herbewegte, während er mit seinen geschwungenen Flanken über ihre Beine strich, vor und zurück, vor und zurück, so genüsslich, dass seine langen Schnurrhaare zitterten.

»Den hat mir die Hexe geschickt«, dachte Veronica. »Sie will mir etwas mitteilen.« Sie beugte sich hinunter, um den Kater zu streicheln, und sah ihn fragend an, als wäre das Tier in der Lage, mit ihr zu sprechen. Der Kater sprang auf ihren Schoß. Schnurrte, kauerte sich auf ihre Schulter, umschloss zart mit seinen Vorderpfoten ihren Hals und leckte ihr mit seiner kleinen rauen Zunge die Wange. Überrascht versuchte Veronica, ihn in den Arm zu nehmen, aber schon sprang der Kater davon und verschwand zwischen den Ranken der Glyzinie oben auf den Einfriedungsmauern, wobei er es duftende Blütenblätter regnen ließ.

Veronica deutete dies als gutes Vorzeichen, als einen Beweis dafür, dass die geheimnisvollen Kräfte, die die Ereignisse der vergangenen Tage gesteuert hatten, ihr nicht feindlich gesinnt waren. Sie lief die Stufen hinauf, leicht schwankend auf ihren hohen Absätzen, und rief laut nach

Lucieta: »Schnell, Lucieta, lass uns einen Korb mit guten Sachen zusammentragen, um ihn diesen beiden armen Jungen ins Gefängnis zu bringen! Mama, was haben wir im Haus? Was hast du für heute gekocht?«

Wie ein Windstoß stürmte sie in die Küche – gerade in dem Moment, als Paola einen auf den Punkt gebratenen Fasan vom Spieß nahm, den sie mit Speck gespickt und mit Salbei und Rosmarin gewürzt hatte.

»Ja, der ist perfekt! Dazu frisches Brot, Zypernwein und Obst! Ich gehe und schreibe ein paar Zeilen, sie sollen wissen, dass wir sie nicht vergessen haben und alles Menschenmögliche tun, um sie dort herauszuholen.«

Paola hatte nicht den Mut, etwas einzuwenden, sie betrachtete nur bedauernd den Fasan, den sie mit so viel Sorgfalt zubereitet hatte, und verstaute ihn dann mit den anderen Sachen sorgfältig im Korb. Diesen bedeckte sie mit einem Geschirrtuch und übergab ihn Lucieta, die sich ihr Kopftuch umband und zum Dogenpalast aufbrach.

Veronica war erleichtert, dass sie das schwierige Gespräch mit dem Missier grando hinter sich gebracht hatte. Außerdem hatte sie ein wenig Ordnung in ihre Gefühle bringen können und beschlossen, alles für die angeklagten Freunde zu tun, was möglich war. Sie hatte Lust, sich zu bewegen, etwas zu tun, sich aus dem täglichen Einerlei zu lösen. Und so konnte sie jetzt auch mit Freude die Ablenkung annehmen, die sich ihr plötzlich bot.

Denn Giovanni Da Mosto und Bartolomeo Gradenigo klopften an ihre Tür. Paola öffnete ihnen und begrüßte sie freudig in der Hoffnung, dass es den beiden gelingen würde, Veronica von der Angst um Marcos und Zorzis Schicksal abzulenken. Aufmerksam beobachtete sie Bartolomeos Verhalten und seine Blicke, während dieser sie begrüßte und mit der üblichen liebevollen Zerstreutheit umarmte. Doch er hatte etwas anderes im Sinn, als Paola jedes Mal hoffte und fürchtete, wenn der junge Mann ihr Haus betrat. Diesmal brachte er eine aufregende Neuigkeit für Veronica: Tizian suchte ein Modell für eine mythologische Szene, die er auf Bestellung malen sollte. Das Thema des Bildes war *Venus fesselt Amor*, und die beiden Freunde hatten Tizian vorgeschlagen, Veronica zu wählen. Konnte es eine bessere Venus geben als sie?

»Komm doch mit, das wird dich ein wenig ablenken«, beharrte Giovanni Da Mosto. »Wir haben ihm versprochen, dass wir dich zu ihm bringen, willst du uns etwa blamieren?«

Paola drängte ebenfalls, sie solle mit den Freunden gehen; die Aussicht, dass Veronica vom besten und angesehensten Maler der Zeit als Venus porträtiert werden sollte, faszinierte sie.

Nachdem sie sich mehr aus Anstand und Koketterie als aus wirklicher Überzeugung gewehrt hatte, ließ sich Veronica gern überreden. Sie war eine begeisterte Anhängerin aller Künste, und die Aussicht, den berühmten Maler kennen zu lernen und in seinem Atelier im Biri grando zu treffen, weckte ihre Neugier und schien ihr sehr verlockend. Außerdem fühlte sie sich sehr geschmeichelt, dass er sie als Venus malen wollte. Das würde ihre vollkommene Schönheit aufs Neue bestätigen und wäre eine weitere wirksame Antwort auf Maffios gemeine Verleumdungen.

Sie machten sich zu Fuß auf den Weg, da das Atelier des großen Malers in der Nähe lag und der Tag mild und luftig war. Sonnenstrahlen brachen ab und zu durch die weißen Wolken, die über den Dächern ruhten wie auf einem klaren, leuchtend blauen Wasser. Von den Balkonen hingen Geranienblüten herab, die sich von dem Hintergrund ihrer dunkelgrünen Blätter in allen Farbtönen zwischen Rosa und Rot abhoben. Eine Frauenstimme, man erkannte nicht genau, woher sie kam, sang etwas, und auf anderen Balkonen und in anderen Gassen wurde die Melodie aufgenommen. Ein paar Frauen lehnten sich weit vor, um Veronica vorübergehen zu sehen, machten dann ihren Nachbarinnen Zeichen und diskutierten bis ins Detail die Eleganz ihres Kleides und des Schleiers, ihr vollkommenes Gesicht, das nur an den Lippen und auf den Wangen mit einem Hauch Rot überzogen war, ihre Frisur und die beiden Patrizier in ihrer Begleitung, alles voller Bewunderung und Neid.

»Auf dieser Welt muss man Hure werden, damit es einem gut geht«, meinte eine von ihnen, die Veronica erkannt hatte, in scharfem Ton. »Wir anständigen Frauen arbeiten den ganzen Tag im Haus und haben noch Glück, wenn unsere Männer, nachdem sie betrunken nach Hause gekommen sind, uns nicht noch ausgiebig prügeln. Und dann schau dir die an! Sie ist gekleidet wie eine Königin, und wird, seit sie mit dem König von Frankreich ins Bett gegangen ist, auch noch verehrt wie eine!«

»Ach komm, was erzählst du denn da. Wenn du nur die Möglichkeit gehabt hättest, hättest du es auch mit dem König von Frankreich getrieben und zwar mit Vergnügen! Was sag ich da, König von Frankreich – nicht einmal der letzte seiner Knappen hätte dir einen zweiten Blick gegönnt, der erste hätte ihm mehr als gereicht!«, fertigte sie eine Nachbarin von gegenüber ab und verschwand daraufhin sofort im Haus, um zu vermeiden, dass ihr die andere aus Rache unpassende Gegenstände nachwarf.

Die drei auf der Straße ahnten nicht, dass man ihnen so viel Aufmerksamkeit widmete. Sie erreichten die Werkstatt des Malers und betraten ein riesiges Zimmer mit grauem Trachytfußboden und großen Dachfenstern. An den Wänden hingen Leinwände jeder Größe und in verschiedenen Arbeitsphasen. Außerdem gab es Leitern und Gerüste aus Holz, um die oberen Teile zu malen, Regale vollgestopft mit Pinseln, Spateln und kleinen und großen Farbgefäßen aus Glas oder Ton. Auf dem Tisch waren Mörser und Stößel aufgereiht, jeder mit dem Staub einer anderen Farbe bedeckt, und daneben fanden sich Flaschen mit Öl und Terpentin, um die Farben zu verdünnen. Auf den Staffeleien hatte man kleinere Leinwände aufgestellt, und auf dem großen Tisch im Hintergrund des riesigen Raumes lagen Papier und Kohle für die Skizzen und Vorzeichnungen.

Tizian trug einen langen Mantel aus grobem Stoff, der mit verschiedenen Farben beschmiert war, so als hätte er die Angewohnheit, die Pinsel daran abzuwischen. Mit sicherer Hand zeichnete er auf den Blättern vorbereitende Skizzen von sich bewegenden Personen, hielt inne, wählte eine Farbe für einen Gesellen seiner Werkstatt, der diese auf einen Hintergrund auftragen sollte, erklärte einem zweiten, wie er den Schatten auf dem Faltenwurf abschattieren musste, und korrigierte mit ein paar schnellen Pinselstrichen einige Details.

In der Werkstatt arbeiteten Menschen jeden Alters: Gestandene Männer vollendeten die großen Nebenfiguren und die Bildhintergründe, wo baumbestandene, von Flüssen durchzogene Landschaften des Veneto sich in einem goldenen Licht auflösten, bis zu den fernen Bergen hin, die den Abschluss vor einem dramatisch blauen Himmel bildeten. Knaben trugen die Farben auf große Flächen auf. Es gab sogar Kinder, die in den Gefäßen Farben anmischten und die Pinsel reinigten. Durch die Dachfenster drang das Licht des frühen Nachmittags herein, es durchflutete den riesigen Raum und ließ die herrlichen Farben auf den Leinwänden erstrahlen, an denen gerade gearbeitet wurde.

»Ah, gut, dass ihr gekommen seid, ich habe euch schon erwartet«, sagte Tizian, legte den Pinsel ab und ging auf die beiden Patrizier zu, die hereinkamen, an ihrem Arm die Kandidatin für die Venus.

»Meine Verehrung, edle Herrn, Euer Diener, Signora Veronica. Und Ihr seid wirklich Signora Veronica Franco, ich erkenne Euch an der Beschreibung Eurer und meiner Freunde wieder. Kommt hier nach vorn ins Licht, ich möchte Euch genau sehen. Entschuldigt bitte, wenn es hier überall etwas schmutzig ist, ich kann Euch nicht einmal einen Stuhl oder einen Schemel anbieten, auf den Ihr Euch setzen könntet, ohne Euer wunderschönes Kleid schmutzig zu machen, und es steht Euch so gut«, meinte er und verbeugte sich galant. »Vielen Dank, dass Ihr gekommen seid, Ihr habt mir eine große Ehre erwiesen, ich war schon lange neugierig darauf, Euch persönlich kennen zu lernen, auch bevor ich die Entschuldigung mit dem Bild hatte.«

Veronica verneigte sich, erwies dem Genie des großen Meisters ihren Respekt und dankte ihm ihrerseits, dass er ihr erlaubte, seine Werkstatt zu besuchen und seine Bilder bereits während der Entstehung zu betrachten. Sie ging durch den Raum und sah sich mit weit aufgerissenen Augen um; dann blieb sie vor einer großen Leinwand stehen, die fast die gesamte Wand bedeckte. Im oberen Teil war ein kleines Mädchen skizziert, es ging eine lange Treppe hinauf, die das Bild diagonal teilte; zu Füßen der Treppe kauerte eine alte Frau mit einem Korb Eier, die sich einen Schal um die Schultern gelegt hatte und ihre Ware den Vorübergehenden feilbot. Die alte Frau war in hellen, fröhlichen Farben gemalt, sie wirkte beeindruckend lebensecht, und ihre Hand schien in der typischen Geste der Marktfrauen vom Rialto aus dem Bild zu greifen.

»Wie wunderschön!«, rief Veronica aus. »Dieses Bild scheint zu leben, am liebsten möchte man bei der Frau ein Dutzend Eier kaufen! Und was stellt dieses liebliche kleine Mädchen dar und die Treppe, die es hinaufgeht?«

»Das ist Marias Gang in den Tempel. Aber ich muss noch viel daran arbeiten«, antwortete der Maler. »Die alte Frau habe ich im Rialtoviertel gesehen, und sie füllt mir diese Stelle dort rechts unter der Treppe gut aus. Sonst hätte ich der Treppe und dem gesamten Bild einen anderen Blickwinkel geben müssen. Außerdem bin ich es leid, immer nur Heilige und Madonnen zu malen, ab und zu möchte ich auch wirkliche Dinge und Menschen von der Straße abbilden.«

Tizian gab den Arbeitenden weitere Anweisungen, dann fragte er Veronica, ob sie versuchen wolle, für ihn Modell zu stehen: »Wenn Ihr schon einmal hier seid, lasst uns gleich ein paar Skizzen machen, um zu sehen, wie ich Eure Gestalt auf dem Bild herausbringen könnte. Dann einigen wir uns gegebenenfalls auf die Pose, das ist eine längere, langweiligere Angelegenheit, so könnt Ihr auch feststellen, ob es Euch recht ist, so viel Zeit auf diese Weise zu opfern.«

Er forderte sie auf, sich auf ein Podest zu stellen, und begann sofort damit, Kohleskizzen anzufertigen, auf denen er sie aus verschiedenen Blickwinkeln, von vorn und aus dem Profil zeichnete, während ihre beiden Begleiter sich neugierig umsahen und sich von einigen Gesellen etwas erklären ließen.

Die ganze Zeit über wies der Maler Veronica an, welche Haltung sie einnehmen sollte, sitzend, stehend, vorgebeugt, die Arme verschränkt, den Kopf zur Seite geneigt oder gebeugt, lächelnd oder ernst. Blitzschnell skizzierte er sie mit ein paar Linien auf den Blättern, die vor ihm lagen. Dann forderte er sie auf, ihre Haare zu lösen, den Schleier abzunehmen, Schultern und Busen zu enthüllen, was Veronica auch mit bewundernswerter Liebenswürdigkeit tat. Nach knapp einer Stunde hielt Tizian nachdenklich inne und rief die beiden Freunde zu sich, die näher gekommen waren, um sein Werk zu betrachten.

»Kommt her, auch ihr anderen, und seht euch das an«, sagte der Maler verlegen zu Veronica und ihren Begleitern. »Ich weiß nicht, was ich euch sagen soll: Betrachtet diese Zeichnungen. Sie ähnelt keiner Frau, die ich auf meinen Bildern bisher dargestellt habe. Sie ist wunderschön, fast zu schön, ein Traum. Sie scheint wirklich aus dem Stoff geschaffen, aus dem Träume sind, nicht aus der schweren, lebendigen Materie der richtigen Frauen, wie ich sie bisher gemalt habe. Sie ist zu dünn, zu hell, ihre Farben sind zu zart. Es gelingt mir nicht, ihr Raum zu geben, ich bin nicht in der Lage, ihre Farben zu sehen und zu finden. Sie ist eine Frau, die man lieber zeichnen als malen sollte. Schaut euch den Hals an, er ist so lang und elegant, dazu gemacht, Perlenketten umgelegt zu bekommen, aber er stört meine Proportionen. Vielleicht wird es eines Tages einen genialen Maler geben, der sie sieht und der Frauen mit scharfen Konturen, sehr langem Hals und diesen seltsamen, schrägen Augen, die von der Iris fast verschlungen werden, zu malen in der Lage ist. Aber ich kann es nicht, ich bin zu alt, um meinen Stil zu ändern, ich brauche üppigere Frauen, um sie mit Farben auszufüllen.«

Enttäuscht stieg Veronica vom Podest herunter und verbarg ihren Ärger hinter einem Lächeln: »Es tut mir leid, lieber Signor Tizian, dass ich Euch nicht gefalle. So bin ich eben, und ich kann mich nicht ändern. Jacopo Robusti hat ein schönes Porträt von mir gemalt, schade, dass ich es verschenkt habe. Aber ich bin glücklich, Euch kennen gelernt und Eure Werkstatt gesehen zu haben, mit all den Bildern, an denen zurzeit gearbeitet wird. Ich hoffe, Ihr findet die geeignete Person. Ich sitze sonst nie Modell, aber für Euch hätte ich eine Ausnahme gemacht, weil Ihr der größte Maler Venedigs seid.«

»Und Ihr seid ganz gewiss die schönste Frau Venedigs«, antwortete der greise Maler galant, dem es leid tat, sie offensichtlich verletzt zu haben. »Aber schaut, jeder Maler hat seinen Weg, Dinge und Menschen zu sehen und sie in seinen Bildern darzustellen. Vielleicht seid Ihr einfach zu schön für mich. Ich wäre nicht in der Lage, auf der Leinwand Eure Schönheit lebensecht wiederzugeben, eine Schönheit, die nicht einmal im wirklichen Leben real wirkt. Dagegen gelingt es mir gut, gewöhnlichere, wie soll ich sie nennen, ja, erdverbundenere Frauen zu malen, die dann auf dem Bild wie Göttinnen erscheinen, wegen des Lichts und der Farben, die ich ihrem Körper gebe. Ich brauche Fleisch, auf dem ich die Farben ausbreiten kann. Gerne hätte ich das Porträt gesehen, das der Tintoretto von Euch gemalt hat. Er ist ein tüchtiger junger Mann, hat einen schönen Pinselstrich und sehr gut gelernt, das Licht auf seinen Bildern einzusetzen. Wenn er so weitermacht, wird aus dem einmal ein großer Maler.«

Sie verabschiedeten sich, und Veronica legte den kurzen Rückweg in Gedanken versunken zurück. Fasziniert dachte sie an die Bilder, die sie gesehen hatte, und war enttäuscht, nicht für immer lebendig, jung und schön in einem von ihnen verewigt zu sein, für alle kommenden Jahrhunderte von Licht und leuchtenden Farben umgeben.

Im Hause Diedo in Santa Fosca gaben sich Ärzte, Heiler, Mönche und Wahrsager die Klinke in die Hand. Fantino Diedos Zimmer befand sich im Obergeschoss, es verfügte über eine sehr hohe Decke und war mit Fresken ausgemalt, auf denen die Taten seiner Vorfahren Antonio und Luigi Diedo dargestellt waren: Schlachten vor den Mauern Konstantinopels, in denen sie sich mit Ruhm bedeckt hatten, und jenes Seegefecht, in dem die Rettung der venezianischen Flotte nur den Fähigkeiten der Diedo zu verdanken gewesen war. Unter diesem Bild lag nun der junge Fantino stöhnend auf dem Bett, sein verwundetes Bein durch die Verletzung geschwollen und schwarz angelaufen.

Die bisher angewandten Behandlungen hatten nichts genützt. Die Ärzte, die sich am Bett des Verwundeten abgewechselt hatten, waren entmutigt, obwohl es sich bei ihnen um die besten Venedigs handelte, alle auf Schnittwunden spezialisiert. Wegen der fortgeschrittenen Infektion blieb eigentlich als einzige Lösung, das Bein abzunehmen. Nur die Angst, einen schon zum Tode verurteilen Kranken weiteren Qualen auszusetzen, hielt sie davon ab.

In der Hoffnung auf eine wundersame Rettung hatte sich die Familie auch an Heiler und Zauberer aus dem Orient gewandt, von denen viele ihr Handwerk in der

Stadt ausübten, aber nicht einmal geheimnisvolle Wundermittel und mysteriöse Riten hatten etwas bewirkt.

Da der ernste Zustand des Kranken es unmöglich machte, ihn in den Dogenpalast zu rufen, entschlossen sich der Avogadòr und ein Mitglied des Rats der Zehn, sich in das Haus Diedo zu begeben und eilig die Zeugenaussage aufzunehmen, ehe es zu spät war.

Sie verließen die schwarze Gondel an der Tür des Palazzos, der auf den Rio di Santa Fosca hinausging, ließen sich melden und gingen dann die große Treppe aus istrischem Kalkstein hinauf, die zum Zimmer des Kranken führte. Dort wand sich der Patrizier unruhig auf seinem Bett, das Bein war mit Blutegeln bedeckt. Ein Arzt nahm sie ab, sobald sie vom infizierten Blut dick und geschwollen waren, warf sie in einen Eimer und setzte neue auf, die sich zwischen seinen Fingern wanden, bis sie sich mit ihren schleimigen Körpern am Bein des Kranken festgesaugt hatten.

Ein Diener legte frische kalte Umschläge auf Fantinos fieberglühende Stirn. Auf dem Tisch befanden sich Fläschchen mit Heilsalben, saubere Binden und Gefäße mit weiteren Blutegeln. Durch die weit geöffneten Fenster kam ein leichter Windhauch ins Zimmer, dem es jedoch nicht gelang, den durchdringenden Geruch nach Fäulnis zu vertreiben, der das Bett des Verwundeten umgab. Im Hintergrund des Raumes beteten ein paar Frauen Ave-Marias und flehten die Heiligen an.

Als die Inquisitoren wissen wollten, ob er bereit sei, befragt zu werden, willigte Fantino mit einer Bestimmtheit ein, als erfüllten sie ihm einen seiner innigsten Wünsche. Er machte seine Aussage klar und genau, obwohl ihm zwischendurch wegen der quälenden Schmerzen der Schweiß ausbrach und er sich hin- und herwarf.

»Ich sterbe, ich kann nichts anderes tun, als euch die Wahrheit zu sagen, und zwar die ganze Wahrheit. Wenn sie dazu dienen kann, jemanden zu retten, und sei es ein Feind, dann freue ich mich, vielleicht wird mir dadurch ein wenig Nachsicht gewährt, wenn ich vor Gott stehe. In meinem Kopf ist alles eingebrannt, was in jener Nacht geschehen ist. Wir waren beide betrunken, aber Antonio hatte in einem Maße dem Wein zugesprochen, dass er überhaupt nichts mehr begriff. Ich hatte ihm klar und deutlich gesagt: ›Lass Modesta Veniero in Ruhe, du könntest Schlimmes anrichten, sie ist adlig und verheiratet. Und auch bei der Veronica sei nicht so stürmisch, sie ist keine gewöhnliche Hure, sie ist eine freie Frau, die sich ihre Männer selbst auswählt, und darauf ist sie – warum auch immer – stolz und reagiert sofort beleidigt, wenn man sie nicht wie eine große Dame behandelt. Weißt du nicht, dass sie sogar Maffio Venier zum Duell gefordert hat, der dieses Gedicht mit den giftigen Lügen über sie geschrieben hat? Anscheinend schlägt sie sich mit dem Degen recht gut, noch dazu ist sie heute Abend mit Marco Giustinian hier, der wahnsinnig in sie verliebt ist. Wehe, wenn sie jemand anfasst!‹ Aber ich habe meinen Atem verschwendet, er wollte mir nicht einmal zuhören, geschweige denn überhaupt meinem Rat folgen, und dann ist der Streit ausgebrochen. Ich habe mich dazwischengeworfen und versucht ihn aufzuhalten. Dadurch habe ich mir diese Schwertwunde am Bein geholt und das von meinem Freund, den ich nur beschützen wollte. Aber er hatte den Kopf verloren und hat im Dunkeln sofort drauflosgeschlagen, ohne zu sehen, wohin er traf. Ich habe dann gehört, wie weitere Schläge aus einer anderen Richtung kamen, und ich war mitten drin. Mir kam es so vor, als sei der Stich, der Antonio Castriota getroffen hat, von hinten oder von der anderen Seite gekommen und nicht von der, auf der ich mich befand, zwischen dem Herzog, Marco Giustinian und Zorzi Contarini, aber ich kann es nicht beschwören. Als es plötzlich dunkel wurde, konnte ich nichts mehr sehen, außerdem war ich gerade verwundet worden und fiel zu Boden. Bei meiner Ehre, das musste ich euch sagen und ich bin froh, dass ihr hierher gekommen seid, um es aus meinem Munde zu hören, denn wer weiß, wie lange ich noch fähig sein werde, klar zu denken und zu reden. Mir bleibt nur noch wenig Zeit, und die wird schlimm sein.«

Die beiden Inquisitoren erhoben sich, nachdem sie Fantino Diedos Aussage wortgetreu aufgeschrieben hatten, erwiesen ihm Respekt wegen seines Mutes und seiner Aufrichtigkeit und auch weil er ganz ruhig war und überhaupt keine Rachegedanken hegte. Dann gingen sie, wohlwissend, dass es sich um einen endgültigen Abschied handelte.

Der Bericht des unglückseligen jungen Mannes hatte sie zum Nachdenken gebracht: Zum ersten Mal tauchte eine konkrete Möglichkeit auf, dass an den tragischen Ereignissen jener Nacht im Casìn dei Nobili eine weitere, noch unbekannte Person beteiligt gewesen war und dass die Unschuldsbeteuerungen des Giustinian und des Contarini vielleicht der Wahrheit entsprachen.

Für sie bedeutete das, dass die Untersuchung einerseits noch weit vom Abschluss entfernt war, dass es aber andererseits möglich war, einen schweren Justizirrtum zu vermeiden, der zwei der bedeutendsten Familien Venedigs schwer getroffen hätte.

Sie gingen die lange Treppe hinunter und stiegen in die Gondel, die auf dem grünen Wasser des *rio* auf sie wartete, bewegungslos inmitten des mächtigen Spiegelbildes des Palazzos. Als sie den Fuß in die Gondel setzten und der Gondoliere das Ruder nahm, löste sich das Bild wie in einem lautlosen Erdbeben in viele zitternde Einzelteile auf.

Auf der untersten Stufe der Brücke, die zum Campo Santa Fosca führte, sah man ein kleines Bündel schwarzer Lumpen, die wie mit grünem Schimmel bedeckt wirkten und aus denen das faltige Gesicht der alten Zigeunerin hervorschaute. Ausnahmsweise schwieg sie heute, nur als die Gondel vorüberfuhr, hielt sie die Hand ausgestreckt und sagte leise: »Einen Soldo, nur für einen Soldo Gerechtigkeit, um Gottes willen!«

»Fahr zur Hölle, du hässliche Hexe!«, schrie ihr der Gondoliere zu und bedrohte sie mit dem Ruder.

In der Osteria della Cerva herrschte wie immer lebhaftes Treiben. Luisa lief zwischen den Tischen umher, schnappte Gesprächsfetzen auf und spitzte die Ohren, wenn sie glaubte, etwas zu hören, das mit dem Verbrechen im Casìn dei Nobili in Verbindung stand. Sie hoffte nach wie vor, sich ein klares Bild von den Ereignissen machen zu können, wenn sie nur alle Zeugenaussagen derjenigen, die beim Fest zugegen gewesen waren, alle Gerüchte und Vermutungen zusammenfügte. Vielleicht würde sie so eine andere Erklärung dafür finden, wie der Herzog wirklich verwundet worden war, und Zorzi Contarini und seinen Freund freibekommen. Von deren Unschuld war sie vollkommen überzeugt. Intuition oder auch nur der sehr intensive Wunsch, es möge so sein, trieben sie dazu, das Ganze verstehen und mehr darüber erfahren zu wollen.

Zuerst musste sie jetzt herausfinden, wer noch eine Möglichkeit gehabt hatte, das Verbrechen zu begehen, oder wer ein bestimmtes Interesse am Tod des Herzogs gehabt hatte. Der erste Schritt dazu war in Erfahrung zu bringen, welche Rolle der junge Mann aus Mantua gespielt hatte, der einen sehr berechtigten Grund hatte, das Mordopfer zu hassen.

Sie musste mit ihren Ermittlungen in der Osteria del

Sturiòn beginnen. Luisa verlor keine Zeit, überließ Bortolo, der gerade von seinem täglichen Besuch im Gefängnis zurückgekehrt war – wohin er den Angeklagten Proviant und andere Stärkungen gebracht hatte –, die Arbeit in der Osteria und machte sich auf den Weg zu ihrer Konkurrenz.

Luisa überquerte die Rialtobrücke, schaute sich um und atmete genüsslich die sanfte Frühsommerluft ein. Trotz aller Sorgen freute sie sich darüber, für eine Weile ihre Osteria verlassen zu können, wo sie sonst all ihre Tage verbrachte, einmal von der Küche wegzukommen, die nach Fisch roch, von den lärmenden Gästen, die so oft ihre Gedanken unterbrachen – obwohl sie andererseits ihr Leben auch unterhaltsamer machten und fast immer eine angenehme und heitere Gesellschaft waren. Mit schnellen, leichten Schritten lief sie vorwärts, aber in ihren großen, neugierigen Augen standen Sorge und Ratlosigkeit. Sie erkannte, dass sie sich in ein Unternehmen gestürzt hatte, das ihre Kräfte überstieg, wenn auch vielleicht nicht ihren Verstand, und befürchtete, dass ihr anfänglicher Optimismus vielleicht ziemlich grundlos sein könnte. Für eine Frau, besonders für eine aus dem Volke, war es schwierig, in Patrizierkreisen zu ermitteln. Natürlich sammelte sie viele Informationen bei ihrer Arbeit in der Osteria, wo jeder ganz offen über alles redete: Sie musste nur aufmerksam den Gesprächen zuhören und das zusammenfügen, was ihr erzählt wurde. Aber selbst wenn sie etwas wirklich Bedeutsames erfahren hätte, mit dem sie beweisen konnte, dass ihre Schützlinge unschuldig waren – wie würde sie diese Entdeckungen dann praktisch verwenden können? Das war ihr noch nicht klar. Schließlich konnte sie nicht einfach zum Rat der Zehn gehen und sagen: »Ihr irrt euch, ich weiß, wer den Herzog von Ferrandina getötet hat. Lasst die Herren Contarini und Giustinian frei und legt den da in Ketten«, zumal, wenn es sich dabei um einen mächtigen, angesehenen Patrizier handelte.

Doch trotz dieser düsteren Gedanken genoss sie ihren Spaziergang, versäumte nichts von dem, was um sie herum auf der Straße vorging. Sie musterte und bewunderte die Kleider der vorbeikommenden Frauen, warf unterwegs einen Blick auf die Verkaufsstände und dachte zugleich darüber nach, wie sie in der Osteria auf das Thema zu sprechen kommen sollte, unter welchem Vorwand sie etwas mehr über die Aktivitäten des jungen Mannes aus Mantua herausfinden konnte, ohne Anlass zu falschen Vermutungen und endlosem Tratsch zu bieten.

Doch ihre Sorge erwies sich als unnötig: Kaum hatte sie den verräucherten Gastraum der Osteria betreten, da wurde sie schon wie eine alte Freundin empfangen. Gäste, Wirt und Diener begrüßten sie freudig, setzten sie an einen Tisch und stellten ihr einen Schoppen Wein und einen Teller mit Fangschneckenkrebsen hin. Und dann bestürmten sie Luisa mit Fragen, freundlichen Scherzen und dem neuesten Tratsch: »Was für ein glücklicher Zufall führt dich her, Luisa? Ist dir etwa in der Osteria della Cerva der Wein ausgegangen, und musstest du deshalb die Rialtobrücke überqueren und bis hierher laufen, um einen Schoppen zu trinken?« Und der Wirt meinte: »Bist du gekommen, um zu sehen, wie eine richtige, anständige Osteria aussieht und nicht eine Spelunke wie deine?«

Luisa antwortete lächelnd und warf sofort ganz unauffällig ihre Angel aus: »Mein Lokal eine Spelunke? Aber es ist immer voll und alle fühlen sich wohl bei mir, auch weil ich sie freundlich empfange, dort gibt es nicht nur Wein und kleine Speisen, da begrüßt sie auch eine schöne Frau mit einem Lächeln, nicht so ein übler Kerl von einem Wirt wie hier! Außerdem kommen immer vornehme Leute in meine Osteria, auch der Herzog von Ferrandina ist da gewesen, bevor man ihn ermordet hat, der Ärmste. Hier ist gerade mal dieser Junge aus Mantua abgestiegen, Gesindel... ist er vielleicht noch da? Man hat mir erzählt, auch er hätte das Fest im Casìn dei Nobili auf Murano besucht.«

Nachdem sie den Köder ausgelegt hatte, zeigte Luisa sich nach außen nicht sonderlich interessiert, versäumte es aber nicht, sich gründlich umzuschauen und diese ältere und berühmtere Osteria mit ihrem Lokal zu vergleichen: die Decke höher, die Feuerstelle geräumiger und von einer Bank umgeben, auch der rosa Spülstein war größer als ihrer und gesäumt von einer ordentlichen Reihe Kupfereimer. Aber der Steinboden war mit Abfall bedeckt, mit Fischgräten, Krabbenköpfen und Brotkrusten, und es sah aus, als wären für die Reinigung vor allem zwei getigerte Katzen zuständig, die glücklich in den Resten scharrten. Auch die Tischdecken ließen zu wünschen übrig: Sie waren zerrissen, mit Flecken übersät und offensichtlich seit vielen Tagen nicht gewechselt worden.

Luisa lächelte heimlich, wenn sie daran dachte, wie sauber ihr Lokal war und dass Bortolo jeden Abend den Boden fegte.

»Du hast uns eine schöne Überraschung bereitet, Luisa, wer hätte dich hier bei uns erwartet! Es war an der Zeit, dass du dich einmal aus dem Loch bewegst, in dem du arbeitest. Alle kommen hierher, was willst du machen, sogar Leute aus Mantua, ach was, aus der ganzen Welt, und was uns noch mehr freut, sogar aus anderen Gasthäusern wie aus der Osteria della Cerva!«

»Begnügt Euch mit diesen Albernheiten, inzwischen kommen alle wichtigen Leute aus Venedig in die Osteria della Cerva, die Patrizier, aber auch die Dichter oder Maler wie Tizian! Eure Osteria ist alt, überholt, aus der Mode gekommen! Als Raum ist sie schön, das will ich nicht leugnen, aber nur für die Obstverkäufer und die Fischer vom Markt geeignet!«

Während sie mit dem Wirt schlagfertige Bemerkungen austauschte, lauschte Luisa, die sich abgelenkt gab, den Erzählungen und Kommentaren, die aufgekommen waren, als sie Giacomo d'Armer erwähnt hatte, und sie zögerte nicht lange, sich an dem Gespräch zu beteiligen und nach weiteren Einzelheiten zu fragen. Dass der junge Mann aus Mantua ständig Drohungen gegen den Herzog ausgestoßen hatte, besonders wenn er etwas getrunken hatte, wusste Luisa schon. Jetzt hörte sie, dass er an jenem unseligen Abend tatsächlich maskiert in einer Gondel zum Fest nach Murano gefahren war. Er hatte niemandem anvertraut, was er dort wollte, aber er war mit einem kurzen Schwert bewaffnet gewesen, das an seinem Gürtel hing. Mitten in der Nacht war er zurückgekommen und hatte alle in der Osteria geweckt, weil er packen und sofort nach Mantua aufbrechen wollte.

Der Diener, der ihm geholfen hatte, sich umzuziehen, seine Sachen zu packen und sie dann zu dem Boot zu bringen, das ihn zum Festland fuhr, erinnerte sich nicht, auf seinen Kleidern oder auf seinem Schwert Blutflecke gesehen zu haben. Er erzählte, d'Armer habe erschrocken gewirkt, und in diesem Augenblick hätte er nicht gewusst, warum. Der junge Mann hatte es sehr eilig, als wolle er vor etwas oder vor jemandem fliehen, der ihn verfolgte. Am nächsten Morgen hatte sich der Grund von selbst geklärt. Nach all diesem Gerede darüber, dass er »diesen anmaßenden Hund, den Herzog von Ferrandina« töten wollte, war es nur logisch, dass er fürchtete, man würde ihn verdächtigen, und es daher vorgezogen hatte, schnell aus der Stadt zu verschwinden.

Alle, die ihn hier in der Osteria kennen gelernt hatten, beschrieben ihn als braven jungen Mann, ein wenig zu jung und zu impulsiv, groß im Prahlen, aber ziemlich ungeschickt, wenn es darum ging, zur Tat zu schreiten, eigentlich freundlich, aber gegen seinen Willen in eine Sache verstrickt, die für ihn zu schwierig war. Luisa bemerkte, dass niemand den jungen Giacomo wirklich verdächtigte, den Herzog angegriffen zu haben. Anscheinend hielt ihn keiner für fähig, so geschickt und entschlossen gehandelt zu haben. Nur die Drohungen, die er reichlich ausgestoßen hatte, und seine überstürzte Abreise, die einer Flucht glich, konnten ihn verdächtig erscheinen lassen. Aber das hatte sich der junge Mann wahrscheinlich selbst gedacht, dass er einer der Hauptverdächtigen des Verbrechens sein könnte.

Der Besitzer des Sturiòn fügte noch ein seltsames Detail hinzu, als er merkte, dass Luisa interessiert zuhörte: Am Abend nach dem Turnier war d'Armer verletzt und über und über mit Staub bedeckt in sein Zimmer zurückgekehrt, nachdem ihn der Herzog von Ferrandina von seinem Pferd geholt hatte. Und begleitet hatte ihn doch tatsächlich die alte Zigeunerin, und die hatte ihn mit unbekannten Kräutern behandelt, die sie aus einem gut unter ihren vielen zerrissenen Röcken verborgenen Säckchen holte und ihm auflegte und dazu seltsame magische Formeln sprach. Ihre Behandlung war so erfolgreich gewesen, dass der junge Giacomo in Kürze vollkommen genesen war, vom Bett aufstehen und sich maskieren konnte, um zu dem Fest zu gehen. Alle, die der wundersamen Heilung beigewohnt hatten, waren sehr beeindruckt gewesen. Von da an würde man den Worten der alten Frau Beachtung schenken und sie nicht als leeres Geschwätz abtun. Schon jetzt wusste man, dass viele ihrer Prophezeiungen eintraten, und wo sie noch dazu so schnell Wunden heilen konnte... Wenn sie in Zukunft die Osteria del Sturiòn betrat, würde sie auf jeden Fall unentgeltlich Essen und Wein erhalten, so viel sie wollte. Vielleicht glaubten manche nicht wirklich an ihre Kräfte, andere zweifelten, aber für alle Fälle stellte man sich besser gut mit ihr.

Als die Zigeunerin an diesem Abend ging, da hatte sie gesagt: »Geh zum Fest nach Murano heute Abend, Giacomo, du wirst mit deinen eigenen Augen sehen, wie das, was du tun wolltest und das dir jetzt unmöglich erscheint, geschehen wird.«

Luisa war durch den Bericht sehr neugierig geworden und bat darum, sich das Zimmer im oberen Stockwerk ansehen zu dürfen, wo der junge Mann gewohnt hatte. Sie hoffte, eine Spur zu finden oder wenigstens irgendetwas in diesem ganzen Durcheinander zu verstehen, aber nicht einmal dies war von Erfolg gekrönt: Das Zimmer war völlig leer.

Daraufhin verabschiedete sich Luisa herzlich vom Besitzer der Osteria del Sturiòn und allen Gästen, die sich an der Unterhaltung beteiligt hatten, bedankte sich für die überaus warmherzige Gastfreundschaft und versprach, sie jedes Mal zu erwidern, wenn er ihr die Ehre erwiese, ihr Reich, die Osteria della Cerva, zu betreten. Dann machte sie sich zweifelnd und niedergeschlagen auf den Heimweg.

An der Tür des Dogenpalastes, die sich unterhalb des Bogenganges am Ufer gegenüber der Insel San Giorgio befindet, stießen Bortolo und Lucieta zusammen, als sie beide mit ihren Proviantkörben angerannt kamen. Lucieta wurde ganz rot im Gesicht und entschuldigte sich, aber Bortolo lächelte sie schüchtern an und erwiderte: »Aber nein, ich muss mich entschuldigen, ich bin einfach so dahergelaufen gekommen, ohne aufzupassen, aber das liegt daran, dass ich immer viel zu tun habe, dort, wo ich arbeite, und wenn ich Zeit verliere, muss ich so lange aufbleiben, bis ich mit allem fertig bin. Ich kann nie sagen, ich mache das am nächsten Tag, denn am frühen Morgen kommen schon die ersten Gäste, und ich muss sie bedienen.«

Lucieta dankte ihm mit einem verkrampften Lächeln auf ihren zitternden Lippen. Sie hatte nichts, was sie zu ihrer Entschuldigung sagen konnte, war einfach nur abgelenkt gewesen, völlig in ihre eigenen Gedanken versunken.

Als die Wache am Tor die beiden jungen Leute sah, lachte sie: »Da kommt ja das Abendessen für unsere glücklichsten Gefangenen! Gebt es her, gebt es her, meine Kinder, seit der Giustinian und der Contarini im Gefängnis sitzen, essen wir alle besser. Ihr bringt ihnen zu essen, die Diener der Familien bringen ihnen zu essen; sie essen dann, was sie können, und den Rest teilen wir zwischen uns und den anderen Gefangenen. Das ist viel besser als unser eigener Fraß. Danke und kommt ja morgen wieder!«

»Wie geht es ihnen?«, fragte Bortolo, übergab seinen Korb der Wache und nahm den leeren Korb vom Tag zuvor entgegen, den der Mann ihm reichte.

»Bedenkt man einmal, wo sie sind, dann geht es ihnen nicht schlecht. Sie sind jung, so voller Lebenskraft, sie stecken die Unbequemlichkeiten weg, ohne allzu sehr darunter zu leiden. Manchmal höre ich sie sogar lachen. Aber dies ist ein übler Ort für zwei junge Männer wie sie. Und das Schlimmste daran ist: Man weiß ja nicht, wie lange sie noch so voller Lebenskraft sind. Wahrscheinlich nur noch kurze Zeit. Sie werden sie zum Tod verurteilen, da bin ich sicher, ich habe schon andere wie sie gesehen, es gibt keine Familie, die gegen den Rat der Zehn ankommt.«

Während der Mann redete, wurde Lucietas feuerrotes Gesicht totenbleich, als wäre das gesamte Blut aus ihm gewichen. Wortlos drehte sie sich um, ohne sich zu verabschieden, und lief schnell am Bogengang entlang, als wolle sie vor etwas fliehen.

»Aus welchem unzivilisierten Winkel kommt die denn?«, empörte sich die Wache und wollte gern mit Bortolo ein Gespräch über Lucietas Aussehen und Benehmen beginnen. Aber der grüßte den Mann nur und dankte ihm rasch. Dann lief er dem Mädchen nach, das er schnell einholte.

»Warum wartest du nicht auf mich? Komm, gehen wir wenigstens ein Stück gemeinsam. Ich heiße Bortolo und du?« Als er bemerkte, dass das junge Mädchen völlig aufgewühlt war und gleichzeitig wie erstarrt und nicht in der Lage schien, etwas zu sagen, redete Bortolo sanft und ruhig weiter, ohne auf einer direkten Antwort zu beharren.

»Ich arbeite in der Osteria della Cerva, meine Herrin heißt Luisa, eine gute Frau, sie behandelt mich anständig, wie einen Freund, beinahe wie einen kleinen Bruder, deshalb arbeite ich gern bei ihr, obwohl es dort viel zu tun gibt. Ich komme nicht aus Venedig, sondern vom Land. Meine Eltern besitzen in der Nähe von Tessera ein kleines Stück Land. Ich habe viele Brüder, und die brauchen mich nicht für die Arbeit auf dem Feld, außerdem war ich neugierig darauf, andere Orte kennen zu lernen, vor allem Venedig … sieh, wie schön es ist, wo du auch hinsiehst. Man wird nie müde, es anzuschauen.«

Sie kamen an der Porta della Carta vorbei, deren offene Türflügel die berühmte weiße Marmortreppe sehen ließen. Dann standen sie vor der Basilika von San Marco mit ihren fünf Bögen, die von fein ausgearbeiteten, gemeißelten Säulen getragen wurden und mit herrlichen Mosaikarbeiten auf goldenem Grund bedeckt waren. Sie schauten hinauf, um die vier Pferde aus vergoldeter Bronze zu betrachten, die mit erhobenem Bein und gebogenem Hals so aussahen, als wollten sie zum Sprung auf den blauen Untergrund des Platzes ansetzen. Übernatürliche Wesen, wie gemacht für diese Stadt, die ebenfalls nicht von dieser Welt zu sein schien.

Lucieta beruhigte sich langsam, als wäre all der Glanz, der sie umgab, Balsam für die rätselhafte Wunde ihrer Seele. Bortolos Anwesenheit ängstigte sie nicht mehr, sie nahm ihn als denjenigen wahr, der ihr am meisten von allen ähnelte, die sie bisher in Venedig getroffen hatte. Und sie war ihm dankbar für seine Zurückhaltung, mit der er in ihrer Nähe blieb, ohne Antworten auf seine Fragen zu verlangen. Und so liefen die beiden jungen Leute wortlos nebeneinander her und schauten sich bewundernd um.

»Ich geh nach Hause, das ist in San Cancian«, sagte Lucieta nach einer Weile, während sie Seite an Seite durch die *mercerie* liefen und die dunklen Gedanken, die sie heimgesucht hatten, nicht mehr so schwer wogen: »Ich stehe in Veronica Francos Diensten.« Mehr sagte sie nicht, aber Bortolo begriff, dass sie ihn akzeptiert hatte und bereit war, Freundschaft mit ihm zu schließen.

Ein weiterer Tag verging, das Wetter änderte sich. Jetzt blies ein heftiger Schirokko aus Südosten, und auf der bislang ruhigen Lagune bildeten sich kurze, silbern schimmernde Wellen. Die niedrig hängenden dunklen Wolken schienen die Glockentürme zu berühren und ließen mit ihren Grautönen die lebhaften Farben der Palazzi und der Kirchen Venedigs verblassen. Sehr bald prasselte heftiger Regen herunter und peitschte auf die Fassaden. Er strömte in heftigem Schwall aus den Regenrinnen und überzog die Wasseroberfläche der Kanäle mit unzähligen, einander überschneidenden konzentrischen Kreisen. Der Regen wusch und säuberte die Stadt, um sich schließlich in tausend Rinnsalen in die trüben Kanäle zu ergießen, wo er dann von der Ebbe weggetragen wurde.

Natürlich gab es auch Leute, die den Regen heftig verfluchten, zum Beispiel, wer achtern hoch auf dem Boot ruderte oder mit der Schulter das lange Ruder an den Seiten der *peata* vorwärtstrieb oder, noch schlimmer, eingesperrt in der *cheba* am Campanile hing wie Pré Agostino. Wer konnte, suchte Schutz und Trost in den anheimelnden dunklen Gewölben der Gasthäuser, während der Regen heftig gegen die Fensterscheiben prasselte und die Öllampen auch tagsüber brannten, um ein wenig Licht zu spenden, zusätzlich zu der rötlichen Glut des großen Kamins, in dessen Nähe immer der Rost bereit lag, um den Fisch, den die Gäste verlangten, nach und nach zu braten.

Luisa hatte schon einen großen Topf Polenta gekocht und auf ein Brett gestürzt, das auf der Steinfläche des Kamins lag, ganz nah an der Glut. Davon konnte sich jeder, der hereinkam, mit einem straff gespannten Faden eine Scheibe abschneiden. Dann füllte sie die Tintenfische, die Bortolo schon gesäubert hatte, mit gehackter Petersilie und Knoblauch, bevor sie sie auf den Rost legte und von beiden Seiten briet.

Ständig kamen Gäste herein, schüttelten den Regen ab und nahmen die tropfnassen Mützen vom Kopf. Luisa begrüßte alle und hatte für jeden ein Lächeln und eine besondere Einladung bereit. Gespannt wie ein Spürhund, der etwas gewittert hat, sprang sie auf, als sie einige Edelleute hereinkommen sah, die zum Gefolge des Herzogs von Ferrandina gehört hatten. Sie hatte geglaubt, dass diese nach der Bestattung des Herzogs abgereist seien. Herzlich begrüßte sie die Herren mit der größtmöglichen Höflichkeit, führte sie zu einem Tisch, brachte ihnen selbst kühlen Wein, Brot, Wurst und eingelegte Zwiebeln.

»Hochverehrte Herren, ihr wisst gar nicht, wie glücklich ich bin, euch zu sehen. Ich wusste nicht, wie ich euch mein ganzes Bedauern über den Tod des armen Herzogs ausdrücken sollte, wenn ihr erlaubt, dass auch eine arme Frau wie ich ihr Beileid bekundet. Das war ein großes Unglück, und uns Venezianer betrübt es, dass es gerade hier geschehen ist. Wir können uns nicht darüber beruhigen, dass es ausgerechnet in unserer Stadt passierte, die Menschen aus allen Teilen der Welt gastfreundlich und höflich aufnimmt. Setzt euch hierher, ruht euch einen

Augenblick aus, und sobald die gebratenen Tintenfische fertig sind, bringe ich euch einen Teller voll, inzwischen halte ich euch mit eurer Erlaubnis mit einem Schoppen Wein frei. Diese Wurst stellt Bortolos Vater auf dem Lande her aus seinen eigenen Schweinen. Sagt mir, wenn ihr noch etwas möchtet, ich bin hier, um euch zu dienen, ruft mich bitte.«

Luisa lief weiter geschäftig umher, versuchte dabei aber immer möglichst nahe an der Gruppe zu bleiben, um mitzubekommen, worüber man redete. Bortolo flüsterte sie zu, er solle ebenfalls aufpassen und ihr dann berichten, was sie gesagt hatten.

Eine ganze Weile redeten die Fremden über Belangloses. Luisa ging auf und ab, lächelte hierhin und dahin, konnte sich aber auf nichts anderes konzentrieren. Plötzlich spitzte sie die Ohren. Ihre Geduld schien belohnt zu werden. Jetzt sprachen die Neuankömmlinge ganz sicher über den bewussten Abend und wiederholten einander, was sie gesehen und getan hatten und was sie über den tragischen Unfall dachten, der ihnen den Freund und Kameraden aus vielen Schlachten und von vielen Festen genommen hatte.

Die schöne Wirtin bekam einen Satz mit, der sie davon überzeugte, dass sie den Rest des Gesprächs auf keinen Fall verpassen durfte: »Habt ihr auch diesen maskierten jungen Mann auf dem Fest gesehen? Der die schwarze Maske des Dottore getragen hat, mit der langen Nase unter der grünen, mit bunten Federn bestickten Mütze? So, wie er sich bewegte, ähnelte er Bernardo Castriota sehr.«

»Ja, das stimmt«, fügte ein anderer hinzu, »dem nützt doch der frühe Tod des Bruders. Dann fällt ihm die Rolle des Erstgeborenen zu, der Herzogtitel und vor allem die Güter, alle Ländereien und Besitztümer von Antonio.«

»Wagt es nicht, so etwas zu sagen«, mischte sich ein Dritter ein. »Schließlich hat niemand von uns ihn wirklich erkannt, und ein Verdacht reicht bestimmt nicht aus, um eine Anklage zu erheben. Er reicht nicht einmal für solche Unterstellungen, wie ich sie eben gehört habe. Denkt daran, von jetzt an ist Bernardo der Herzog, und wir und unsere Zukunft sind von ihm abhängig.«

»Ja, aber der ist ganz anders als der arme Antonio, er ist im gleichen Maße neidisch und feige, wie sein Bruder großzügig und mutig war. Es würde mich gar nicht wundern, wenn er diese günstige Gelegenheit genutzt hätte, um seinem Bruder einen tödlichen Schwerthieb zu versetzen. Was hatte er denn auf dem Fest zu suchen, er sollte doch nicht einmal in Venedig sein? Und dann auch noch maskiert, so dass er unerkannt blieb?«

Der zuerst gesprochen hatte, schnaubte: »Passt auf, was ihr sagt. Wenn er unerkannt blieb, wie könnt ihr da sicher sein, dass er es war? Außerdem erscheint es mir unklug, über so etwas an einem öffentlichen Ort zu reden. Jeder kann uns hören und ihm vielleicht von unserem Verdacht berichten.«

Langsam hörte es auf zu regnen: Von den Dächern tropfte Wasser, und von Zeit zu Zeit trafen noch kurze Schauer aus Wolkenfetzen die Stadt, aber die grauen Wolken, die den Himmel bedeckt hatten, rissen auf, und hier und dort sah man ein wenig blauen Himmel und orangefarbenes Sonnenlicht, das den Sonnenuntergang ankündigte.

Die kleine Gruppe verabschiedete sich und ging hinaus. Luisa tauschte einen Blick mit Bortolo. Ihre Hoffnung, den jungen Contarini zu entlasten, bekam mit einem weiteren Verdächtigen auf der Liste neue Nahrung. Die Situation erschien nicht mehr so eindeutig, wie sie ihr anfangs vorgekommen war. Andere Akteure gesellten sich zu denen, die irgendwie mit den Hauptpersonen der Geschichte zu tun hatten und am Abend des tragischen Vorfalls zugegen gewesen waren. Das Bild wurde immer vollständiger, aber auch immer verworrener. Luisa ließ nicht einmal den schwulen Condulmèr unberücksichtigt – auch, wenn sie sich den nicht als Mörder vorstellen konnte –, ebenso wenig wie den rätselhaften Pagen, den er durch die Räume des Casìn dei Nobili verfolgt hatte. Selbst wenn die beiden nur Zuschauer gewesen waren, konnten sie doch etwas gesehen haben und einen nützlichen Beitrag dazu leisten, das Rätsel zu lösen.

Bartolomeo Gradenigo war immer äußerst gut über alles informiert, was vorging: Er kannte jeden in Venedig, war immer unterwegs *a far comarò*, eine typisch venezianische Art, Gerüchte auszutauschen und zu tratschen; er hatte ja sonst nicht viel zu tun. Außerdem gehörte einer seiner Onkel mütterlicherseits zu den drei Avogadòri der Republik Venedig: Aus ihm presste Bartolomeo immer frühzeitig Informationen heraus und erfuhr somit viel von dem, was man sich in den verschlungenen Gängen des Dogenpalastes erzählte. Natürlich eilte er sofort zu Veronicas Haus – die seit Tagen nichts anderes tat, als ihn zu bestürmen, ihr die neuesten Entwicklungen der Ermittlungen zu erzählen –, um ihr zu berichten, was er erfahren hatte, und um mit den Indiskretionen, die er hier und da aufgeschnappt hatte, zu prahlen. Überschäumend fröhlich betrat er, wie immer in Begleitung seines Freundes Giacomo Da Mosto, das Haus, um die letzten Neuigkeiten im Fall Casìn dei Nobili zu berichten, der die ganze Stadt bewegte, im Augenblick Tag und Nacht Veronicas einziger Gedanke war und sie voller Sorge um Marco Giustinians Schicksal zurückließ.

Wie üblich wurden die Gäste von Mutter und Tochter mit offenen Armen empfangen, in den Salon geführt und mit Höflichkeiten überschüttet.

Veronica kannte viele Leute in Venedig, auch unter den Patriziern, aber ihre zweifelhafte Stellung machte es ihr fast unmöglich, mit ihnen auf vertrautem Fuße zu stehen. Normalerweise passte sie genau auf, was sie tat und mit wem sie sich sehen ließ, weil sie Gerüchte und Verleumdungen fürchtete. Aber mit diesen beiden jungen Männern hatte sich eine aufrichtige Freundschaft entwickelt, vielleicht, weil sie so offen ihr unkonventionelles Leben bewunderten und so spontan und ungezwungen mit ihr über jedes Thema diskutierten. In Veronicas gemütlichem Haus schienen sich die beiden vollkommen wohl zu fühlen, sie bewegten sich dort ganz ungezwungen und verstanden es auch, sich diskret zurückzuziehen, wenn die Umstände es erforderten, ohne dies übel zu nehmen.

Lucieta wurde in die Küche geschickt, um eine Stärkung für die Gäste vorzubereiten. Sie wurde immer trauriger und stiller, als würde etwas an ihr nagen. Jeden Tag wurde sie zum Gefängnis geschickt, um jede mögliche Art von Trost und Stärkung zu bringen: feines Essen, Wein, Bücher, Botschaften von Veronica an Marco und Zorzi; und es wirkte, als fiele ihr diese Aufgabe jeden Tag schwerer, als würde sie dadurch in eine immer heftigere Angst um das Schicksal der beiden jungen Männer versetzt. Sie aß wenig und mit Widerwillen, lag nachts wach oder schrie, weil sie ein Albtraum quälte. Paola beobachtete sie besorgt: Wenn sich dieses Problem nicht lösen ließ, würde man Lucieta wieder nach Hause ins Friaul zurückschicken müssen. Es würde nicht leicht werden, wieder ein so gesundes und gehorsames Mädchen zu finden, das bereit war, alles im Haus zu tun. Veronica, die nur die Sorge um Marco quälte, bemerkte Lucietas Zustand nicht einmal.

Aber dies schien Lucieta eher zu trösten, als dass es ihr zusätzlich Kummer bereitete. Sie versuchte, möglichst nicht aufzufallen, damit sie nicht gezwungen war, Entschuldigungen oder Gründe für ihr seltsames Verhalten zu finden und Erklärungen für den plötzlichen Wandel ihres Gemütszustandes zu geben.

Der einzige Trost, den sie in dieser Zeit hatte, die einzige Ruhepause, war das kurze Stück Weg, das sie inzwischen jeden Tag gemeinsam mit Bortolo zurücklegte. Die beiden jungen Menschen hatten einander als Seelenverwandte in einer fremden Welt erkannt, und so hatte sich zwischen ihnen ein Bund entwickelt, der mehr bedeutete als nur irgendeine Freundschaft. Schüchtern und mit anfänglichen Schwierigkeiten hatte Lucieta begonnen, mit Bortolo zu reden. Sie erzählte ihm von ihrem Leben, wie es vorher gewesen war, und dem, das sie nun im Hause Franco führte. Obwohl Bortolo sie danach fragte, vermied sie es, ihm zu erklären, warum sie so unübersehbar unruhig und traurig war. Und mit dem Instinkt eines schlichten Gemüts hatte er nicht weiter auf einer Antwort beharrt, sondern wartete geduldig ab, bis sie ihm von sich aus etwas darüber erzählen wollte. Wenn sie über die Piazzetta liefen und die zwischen den beiden Säulen Marco und Tòdaro für die Hinrichtungen errichtete Tribüne sahen, bemerkte Bortolo, dass Lucieta zitterte und sich näher an ihn drängte, als suche sie bei ihm Zuflucht und Schutz. Das erschien ihm seltsam für ein so starkes, junges Mädchen wie sie, das an Mühen und Opfer gewöhnt war und das fern von ihrer Familie und ihrem Dorf lebte.

Während sie nun wieder ins Zimmer kam und ein Tablett mit Pokalen aus Muranoglas und Schalen voller Gebäck brachte, hörte Lucieta, was Bartolomeo Veronica und Paola erzählte, und schnell stellte sie ihre Last ab, damit sie nicht ihren Händen entglitt.

Bartolomeo Gradenigo berichtete, Fantino Diedos Aussage auf dem Totenbett hätte in den Köpfen der Inquisitoren viele Zweifel an Marco Giustinians und Zorzi Contarinis Schuld geweckt. Veronica schrie freudig auf und fragte ihn ständig nach Einzelheiten, und nur dadurch bemerkte niemand, dass Lucieta erleichtert lächelte und wieder Farbe im Gesicht bekam.

»Sie hatten ja schon vorher Zweifel, weil man nach dem Verbrechen kein Blut auf den Waffen in Marcos und Zorzis Händen gefunden hatte«, fuhr Gradenigo fort. »Außerdem schienen diese Klingen wenig geeignet, eine so tiefe Wunde hervorzurufen, wie die, die den Herzog getötet hat. Allerdings hätten sie Zeit genug gehabt, die Waffen zu säubern, bevor der Avogadòr kam und sie ihnen aus den Händen nahm. Doch jetzt, mit Fantino Diedos Aussage, er glaube, der verhängnisvolle Stoß sei von der entgegengesetzten Seite gekommen – er stand genau zwischen Marco und Zorzi und dem Herzog –, denken sie noch einmal neu nach und versuchen herauszufinden, ob sich noch jemand im Palazzo aufgehalten hat, der den Moment und das Durcheinander genutzt haben könnte, um den Herzog zu ermorden, ohne verdächtigt zu werden. Hätte Fantino das dem Rat nicht in den Kopf gesetzt, dann wären unsere Freunde alle beide schon für schuldig befunden und ohne Zögern zum Tode verurteilt worden.«

»Dann lässt man sie jetzt also frei!«, rief Veronica hoffnungsvoll und begeistert.

»Nicht so hastig«, gab Giovanni Da Mosto zu bedenken. »Solange man keinen anderen Schuldigen für das Verbrechen findet, wird man sie mit Sicherheit dort behalten. Die Republik Venedig muss die Urheber einer so schändlichen Tat an einer so bedeutenden Persönlichkeit, einem Gast der Stadt, finden und sie exemplarisch bestrafen. Sie sind nur nicht mehr überzeugt, dass die beiden es wirklich getan haben, und versuchen nun herauszufinden, wer einen Anschlag auf das Leben des Herzogs verübt haben könnte. Dazu weiten sie ihre Ermittlungen aus und suchen überall ein wenig nach neuen Informationen.«

Bartolomeo meinte: »Anscheinend hat jemand auf dem Fest auch Bernardo, Antonio Castriotas jüngeren Bruder, gesehen, und der profitiert am meisten von dessen Tod. Nicht zu vergessen Giacomo d'Armer aus Mantua. Jeder weiß, dass er dort war und den Herzog hasste und halb Venedig erzählt hat, dass er sich an ihm rächen wolle. Bestimmt schickt der Avogadòr jemanden nach Mantua, um seine Aussage aufzunehmen.«

Gierig sog Lucieta diese Neuigkeiten auf. Sie war in der Tür stehen geblieben und wirkte, als hinge sie einem fernen Gedanken nach, so dass Paola sie zurechtwies und in die Küche schickte, um das Gemüse für das Mittagessen zu putzen.

Veronica war überaus aufgeregt. In ihr keimte die Hoffnung auf, ein anderer könnte schuld sein am Tod des Herzogs. Jedenfalls würden weitere Nachforschungen die beiden Angeklagten entlasten. Vertrauensvoll wandte sie sich an ihre beiden Freunde, um zu besprechen, wie sie jetzt am besten vorgingen, um stets über den Fortlauf der Ermittlungen informiert zu sein und vielleicht sogar etwas dazu beitragen zu können. Bartolomeo und Giovanni erklärten sich bereit, ihr behilflich zu sein, es amüsierte sie, den Ermittler zu spielen, außerdem war es immer ein Vergnügen für sie, etwas für Veronica zu tun.

»Gut, Bartolomeo, wir könnten so vorgehen: Du musst dir alles erzählen lassen, was man über Bernardo Castriota und Giacomo d'Armer herausfindet. Giovanni, du besuchst Modesta Veniero und versuchst von ihr zu erfahren, ob sie zufällig mehr gesehen oder gehört hat als ich, und was die Leute erzählen. Der Avogadòr und die aus dem Rat der Zehn werden sie auch befragt haben, und es kann sein, dass sie mit ihr etwas ausführlicher geredet haben als mit mir. Vielleicht haben sie ihr etwas über ihren Verdacht erzählt. Und dann müssen wir herausfinden, ob noch jemand an diesem Abend das Fest besuchte, der eine Rechnung mit dem Herzog offen hatte.«

Veronica freute sich über die neuen Entwicklungen und die Unterstützung ihrer Freunde, deshalb nahm sie die Laute zur Hand, die auf einem Tischchen in der Nähe lag. »Jetzt, da ich ruhiger bin, kann ich etwas singen. Begleitest du mich, Nane?« Giovanni Da Mosto lächelte angesichts des liebevollen Kosenamens und stimmte freudig zu. Veronica zupfte die ersten Akkorde und sang dann mit lieblicher Stimme ein Lied von Leonardo Giustinian:

Ihr verliebten Frauen,
Wenn ihr es hören wollt,
Dies sind meine Klagen
Um mein trauriges Leben.

Unglücklich bin ich
Und irre weinend durch die dunkle Nacht.
Ganz ohne Trost, wie noch kein
Andrer seiner Geliebten wegen.
Und ich beweine mein Schicksal,
Das mir den lieblichen Anblick
Meiner Angebeteten genommen.

Und man verwehrt mir hart und streng
Meinen holden Engel zu schauen,
Den auf dieser Welt allein ich anbete.
Ich sterb vor Sehnsucht, ihn zu sehen!
O mein geliebter Engel,
Was soll ich nur tun?
Ich habe dich verloren,
Doch mich trifft keine Schuld.

Giovanni kauerte zu Veronicas Füßen und sang mit ihr. Die Melodie des Liedes klang lieblich und elegisch durch den Raum, begleitet vom sanften Aufprall der letzten Regentropfen, die man durch die halb geöffnete Balkontür hörte.

Bartolomeo nutzte die günstige Gelegenheit, um auf der Suche nach Paola in die Küche zu verschwinden; aber dort fand er nur Lucieta vor, die geistesabwesend Erbsen enthülste, ihren Gedanken nachhing und ihn nicht einmal bemerkte.

Der junge Mann betrachtete sie aufmerksam und fällte dann bei sich ein schnelles Urteil: »Die besteht nur aus Knochen und ist zu jung. Das macht keinen Spaß.« Also lief er eilig und lautlos wie eine Katze zu Paolas Zimmer.

Als er die Tür aufdrückte, sah er sie vor dem Spiegel stehen, wo sie sich ihre vom Blonden ins Graue spielenden langen Haare kämmte. Er fasste sie von hinten um die Taille und lachte, als sie kurz überrascht aufschrie.

»Ach, du hast doch bestimmt auf mich gewartet, meine schöne Paoletta«, sagte er und umarmte sie feurig.

»Eure Dienerin, Signor Gradenigo, befehlt, und ich tue alles, was Ihr wollt«, stammelte Paola, der die Verwirrung wieder die Kehle zusammenpresste. Die Angst, verurteilt und vielleicht verhöhnt zu werden, erfüllte sie ebenso sehr wie die Hoffnung, noch begehrenswert zu sein und sich einfach in die starken Arme des jungen Patriziers sinken lassen zu können. Das Gefühlschaos raubte ihr auch ihre übliche Selbstsicherheit als gestandene Frau und bewirkte, dass sie sich verloren und unsicher fühlte.

»Zieh dich aus, wenn du wirklich das tun willst, was ich möchte«, antwortete der junge Patrizier heiter, ohne im Mindesten verlegen zu sein. »Hörst du sie singen? Solange sie dabei sind, können wir es schön gemütlich miteinander treiben. Das gefällt mir besser als zu singen und dir auch, meine Schöne, du wirst sehen.«

Hastig entledigte er sich sämtlicher Kleidung und verteilte sie überall auf den Boden. Dann legte er sich mit einem Seufzer des Wohlbehagens aufs Bett.

Paola ging zu ihm und streichelte ihn langsam als wolle sie jeden Zentimeter seiner Haut auskosten und über ihre Fingerkuppen in sich aufnehmen. Sie liebkoste seine muskulösen Beine, die Schultern, die Arme, den dicht behaarten Bauch und beobachtete liebevoll wie das Glied des jungen Mannes unter ihren streichelnden, erfahrenen Händen hart wurde und sich aufrichtete.

Bartolomeo packte sie und zog sie gewaltsam zu sich nieder: »Komm, diesmal reitest du auf mir, mach deine Beine breit, meine Paolona, du hast in mir die Lust geweckt, ihn dir hineinzustecken.«

Von draußen hörte man nur das Gurren und Flügelschlagen der Tauben, aus dem Salon erklangen der sanfte Ton der Laute und zwei wohlklingende Stimmen. Das Quietschen des Bettes durchbrach die friedliche Stimmung, nach wenigen Minuten begleitet vom Keuchen und den unterdrückten Schreien der beiden.

Schließlich rollte Paola auf die Seite und bezähmte den Wunsch, ihren Kopf auf die Schulter des jungen Mannes sinken zu lassen und die angenehme Mattigkeit zu genießen, die sie erfasst hatte. Sie stand sofort auf – mühsam zwar und keineswegs gern – und zog sich eilig an, während Bartolomeo ganz gemütlich auf dem Bett liegen blieb und sie dabei beobachtete. Er wirkte entspannt und zufrieden wie ein Kater, der gerade sein Schüsselchen Milch geschleckt hatte. »Wir beide harmonieren, dass es eine Freude ist, mein altes Mädchen. Das ist doch was anderes, als mit dem unerfahrenen Jungvolk! Wir wollen es bald wieder tun, wenn es dir genauso gut gefällt wie mir.«

Paola wusste nicht, was sie sagen sollte, zu sehr bewegten sie fast schon vergessene Gefühle. Und so lief sie einfach davon und schloss sorgfältig die Tür. Bartolomeos zufriedenes Lachen folgte ihr.

Venedig funkelte nach dem Regen in der klaren Luft, in der sich nur ein leichter Windhauch regte. Es war einer dieser sonnigen Tage, an denen alle Farben noch intensiver wirken und der Himmel noch höher und noch weiter entfernt zu sein scheint. Von den roten Ziegelsteinmauern der Gärten schienen die grünen Baumkronen und die blühenden Kletterpflanzen auf die Kanäle hinunterzublicken. Wie in einem Spiegel reflektierte die Wasseroberfläche die bunten Vorderfronten der Palazzi, und jedes Mal, wenn ein Ruder die glatte Fläche zerstörte, zerflossen die Spiegelbilder in tausend Lichtflecke. Von den Dachterrassen sah man hier und da die roten Ziegelflächen der Dächer, Wälder aus hohen Kaminen und in der Ferne die Dolomiten von Cadore, deren Gipfel noch schneebedeckt waren. In der klaren Luft wirkten sie so nah, als stiegen sie direkt aus dem blauen Wasser der Lagune empor und umgäben die Stadt.

Bortolo und Lucieta trafen sich wie üblich im Bogengang an der Uferseite. Sie übergaben der Wache, die sie fröhlich wie zwei alte Freunde begrüßte, ihre Körbe und gingen, als hätten sie es vorher verabredet, gemeinsam in Richtung des Ponte di Paglia statt zur Piazza, was der kürzeste Weg nach Hause gewesen wäre. Es war einfach zu schön, in dieser wunderbaren Luft durch Venedig zu laufen. Man kam sich vor, als befände man sich in einer Kristallkugel und sei von der restlichen Welt abgeschnitten. Gemeinsam genossen sie die Sonne und das sich jeden Moment verändernde Bild, das Venedig bot; genossen es, entspannt dahinzuschlendern und zusammen zu sein. Möwen zogen in der klaren Luft über der Lagune ihre Bahnen. Es war nichts Schlimmes daran, den Heimweg ein wenig auszudehnen. Sie gingen durch ein Labyrinth aus Gassen, Brücken, überdachten Durchgängen – den *sotoporteghi* – und kleinen Plätzen, die man in Venedig *campiello* nennt, bis sie den Campo San Giovanni in Bragora erreichten, der vor ihnen im Sonnenschein lag.

Unterwegs erzählte Lucieta Bortolo das Neueste über die Ermittlungen, das sie von Bartolomeo Gradenigo gehört hatte. Vielleicht lag es ja an diesen Neuigkeiten, dass sie heute etwas fröhlicher wirkte, dachte Bortolo, und während er sie mit zärtlicher Sorge betrachtete, sagte er: »Meine Herrin Luisa wird sehr glücklich sein, das zu erfahren, was du mir erzählt hast, sie denkt nämlich nur noch an diesen Zorzi, ich glaube, sie ist in ihn verliebt. Aber auch du, Lucieta, wirkst heute ruhiger, du bist sicher froh, dass sie die beiden jungen Männer vielleicht freilassen werden. Die haben wirklich Glück, sie haben alles, und alle Frauen sind auf ihrer Seite.«

»Ja, ich bin froh«, antwortete Lucieta. »Und zwar, weil es mich quälte zu wissen, dass sie so jung im Gefängnis saßen und dass man ihnen vielleicht den Kopf abschlagen würde, obwohl sie nichts Böses getan haben.«

»Das wissen wir nicht«, antwortete Bortolo nachdenklich. »Und außer ihnen kann das bis jetzt niemand mit Bestimmtheit sagen.«

»Ich sage dir, sie haben nichts getan«, wiederholte Lucieta fast wütend. »Und selbst wenn sie ihn tatsächlich umgebracht hätten, wäre das nur gerecht, nach dem, was der Herzog zu meiner Herrin gesagt hat: Er hat sie vor allen Leuten beleidigt, gedemütigt und verächtlich gemacht, obwohl sie nur versucht hat, freundlich zu sein!« Lucieta zog sich wieder völlig in sich zurück. Ihre Augen glänzten feucht, und sie bemühte sich, die Tränen zurückzuhalten.

Bortolo beharrte lieber nicht auf dem Thema und versuchte abzulenken: »Komm mit, Lucieta, ich werde dir etwas Wunderbares zeigen!« Und dann zog er sie mit sich den Uferweg entlang an einer Gartenmauer bis zum Tor der Bruderschaft von San Giorgio degli Schiavoni. Er läutete die Bronzeglocke neben dem Tor, und als ihm ein Mönch öffnete, fragte er respektvoll, ob sie die Bilder mit der Geschichte des heiligen Georg sehen dürften, die dort aufbewahrt wurden. Der Mönch lächelte, er war schließlich stolz, jedem die Werke des Maestro Carpaccio zeigen zu können, die er im Auftrag der Bruderschaft gemalt hatte. Außerdem bereitete es ihm große Freude, dass nicht wie üblich Maler und Kunstkenner diese Meisterwerke sehen wollten, sondern zwei junge, einfache Menschen.

Zögernd traten Lucieta und Bortolo ein und sahen hinauf zu den mit Bildern bedeckten Wänden. Lucieta blieb die Luft weg angesichts dieser Gemälde voller Menschen, Tiere und Landschaften, die die Geschichte der Heiligen Hieronymus und Georg erzählten. Sie hatte noch nie Darstellungen gesehen, die lebendiger wirkten, so voller Licht und Farben, reich an Details, und ihr kam es vor, als liefen diese Geschichten, die sie vom Hörensagen kannte, direkt vor ihren Augen ab, und als könne sie sie nun viel besser verstehen. Der Anblick traf sie mitten ins Herz. Bewundernd und neugierig starrte sie den riesigen Löwen an, der hier zahm war wie ein Hündchen und den Hieronymus – alt und krumm, mit einem langen weißen Bart und auf einen Stock gestützt – in das Kloster führte. Die erschrockenen Mönche stoben nach allen Seiten davon, ihre wehenden, weißen Kutten waren helle Flecke auf der Leinwand. Staunend blieb sie auch vor dem großen Gemälde im Querformat stehen, auf dem San Giorgio, der heilige Georg, auf seinem mächtigen braunen Pferd dem Drachen entgegentrat. Es wirkte, als durchbohrte die Lanze des in einen glänzenden Harnisch gekleideten Heiligen gerade in diesem Moment die Kehle des Drachen, während sie und die schöne Prinzessin ihm angsterfüllt dabei zusahen. Das rote Blut, das heftig hervorquoll und sich über das Gras verteilte, sah aus, als flösse es noch. Auf den Boden im Umfeld des Drachens mit seinen großen stahlfarbenen Flügeln lagen die traurigen Überreste der jungen Mädchen, die dieses Fabelungeheuer vorher gefressen hatte, und Lucieta erschauerte vor Entsetzen bei ihrem Anblick. Die Landschaft im Hintergrund des Bildes wirkte harmonisch und friedvoll und lenkte den Blick von dem Anblick der Schädel und der über den Boden verteilten, zerschmetterten menschlichen Körperteile ab. Zwei Schiffe segelten über ein grünblau schimmerndes Meer und vermittelten die Idee, es könne möglich sein, allem Hässlichen und Grausamem dieser Welt zu entfliehen. Von einer Seite des Gemäldes beobachtete die schöne Prinzessin, die das nächste Opfer des Drachens hätte werden sollen, erstarrt und mit gefalteten Händen den blonden Helden, der für sie kämpfte.

»Wie schön sie ist!«, rief Bortolo bewundernd und ergriffen aus.

»Ja«, meinte Lucieta zögernd, als träumte sie und redete mit sich selbst. »Ja, sie ist schön, aber meine Herrin ist noch schöner, kein Maler auf dieser Welt ist in der Lage, eine Frau zu malen, die so schön ist wie sie, ich hätte mir nie vorstellen können, dass eine so schöne Frau existiert...« Bortolo schaute sie verwundert an – mehr noch als die Worte selbst erstaunte ihn die Art, wie Lucieta sie aussprach. Seinen Blick bemerkend errötete die junge Frau und ging weiter zu einem anderen Bild, um es ebenfalls staunend zu betrachten.

Checo betrat die Osteria della Cerva mit einem großen, triefenden Korb auf dem Arm. »Schau, was ich dir heute mitgebracht habe, Luisa!«, rief er. Er stellte den Korb auf einen Tisch in der Nähe der Feuerstelle und nahm alle Arten von Meeresfrüchten heraus, die er in große Feigenblätter gewickelt hatte.

»Leg sie hier in den Spülstein, Checo, du tropfst alles voll!«

Gehorsam breitete Checo seine Last in dem langen Spülstein von grauem Granit aus und zeigte Luisa blauschwarze, glänzende Miesmuscheln, graue, kleine Venusmuscheln, runde, gestreifte Muscheln, die in Venedig *caparozzoli* hießen, Austern, die wie flache, faltige Steine aussahen, sowie kleine, zarte *canestreli*, rosige, geriffelte Venusmuscheln.

»Hier ist alles, was man für eine wunderbare *cassiopipa* braucht. Und ich habe dir auch Seespinnen für die Soße mitgebracht, schau, wie schön die sind, voller Korallen!«

»Du weißt doch genau, dass ich keine Seespinnen will«, brummte Luisa barsch. »Es dauert zu lange, diese verdammten Tiere zu säubern!« Inzwischen waren die Seespinnen aus dem Korb gekrochen und schwankten auf ihren dünnen, langen Beinen durch den großen Raum der Osteria. Lachend gingen die Gäste auf die Jagd nach ihnen und packten sie an ihren über und über mit Knubbeln versehenen orangefarbenen Panzern, während die Tiere vergebens mit ihren haarigen Beinchen herumruderten.

»Komm, Luisa, stell einen großen Topf Wasser aufs Feuer, sonst laufen die noch einmal weg! Wir möchten Seespinnen, die schmecken einfach zu gut!«

Brummend hängte Luisa einen großen Topf mit Wasser an die Kette über dem Feuer und tat eine Hand voll Salz, eine Zwiebel, eine Karotte, eine Rippe Bleichsellerie und einen kleinen Lorbeerzweig hinein: »Ausgerechnet heute kommt Bortolo nicht wieder, wo mag der sein, oder hat man ihn vielleicht auch eingesperrt?«

Einer der Gäste hatte sofort eine Erklärung für sie: »Er hat eine kleine Freundin. Jeden Tag auf dem Weg hierher sehe ich ihn gemeinsam mit einem Mädchen, einer Dienerin, die ein Taschentuch auf dem Kopf trägt. Sie muss vom Land kommen wie er.«

»Und inzwischen muss ich mich hier um alles allein kümmern!« Mit dem Arm schob sich Luisa eine kupferfarbene Locke aus der schweißnassen Stirn, drehte sich um und begrüßte sehr herzlich Bepi, der gerade hereingekommen war. Seit langer Zeit, noch bevor das Verbrechen im Casìn dei Nobili geschehen war, hatte er sich hier nicht blicken lassen, und Luisa erwartete ihn sehnsüchtig, um ihn zu fragen, ob er mehr wusste als sie.

»Endlich, Bepi, gut, dass ich dich sehe, wo bist du denn abgeblieben?«

»Sei nur still, Luisa, das ist kein Leben, Bepi hier, Bepi da, diese Frauen hetzen mich herum wie einen Hasen, ich hatte keinen freien Augenblick, um Atem zu holen und hier ganz friedlich ein Gläschen zu trinken.«

Mit einem Seufzer der Erleichterung setzte sich Bepi nah an den Kamin und den Tisch, wo Luisa hantierte, um die *cassiopipa* zuzubereiten. Er sah ganz so aus, als wäre es ihm endlich gelungen, einen freien Nachmittag zu bekommen, und als hätte er beschlossen, ihn so zu verbringen, wie es ihm am besten gefiel. Da Bortolo nicht in der Nähe war, der sonst eifrig jeden, der hereinkam, mit einem Schoppen Wein versorgte, und da Luisa mehr daran interessiert zu sein schien, möglichst rasch alle Vorräte zu verarbeiten, die Checo gebracht hatte, als die Gäste zu bedienen, stand Bepi seufzend auf, holte sich selbst ein Glas und füllte es aus dem Krug, der auf dem großen Tisch stand.

Luisa beobachtete ihn belustigt, sagte lächelnd: »Solche Gäste hab ich gern, wenn ich mir nicht einmal die Mühe machen muss, sie zu bedienen!«, und fuhr fort, die Knoblauchzehen zu enthäuten und sie in den Tontopf zu werfen. Sie fügte Öl und scharfe Peperoncini hinzu, und sobald alles zu brodeln begann, gab sie die Meeresfrüchte hinein. Eine Dampfwolke stieg auf. Luisa schob den Topf in eine Ecke über dem Feuer, deckte ihn zu und ließ alles ziehen. Erst jetzt drehte sie sich um und fing an, in Ruhe mit Bepi, Checo und den übrigen Anwesenden zu reden.

Die Tür ging auf, und die alte Zigeunerin kam herein. Einen Augenblick herrschte Unbehagen. Trotz des brennenden Herdfeuers schien es auf einen Schlag kalt im Raum geworden zu sein. Alle machten ihr Platz, während sie brummte: »Tod, Tod, ich habe den Tod gespürt, während er hier vorbeizog. Ich spüre ihn, er ist wie ein eiskalter Luftzug, der deinen Hals streift und dir den Rücken hinunterläuft. Es ist noch jemand gestorben, der Tod ist nach

Santa Fosca gekommen und hat sich den Diedo geholt.« Dann ging sie hinkend auf den Tisch im Hintergrund des Raumes zu, während alle vor ihr zurückwichen.

Auf einmal blieb sie wie vom Blitz getroffen stehen. »Was ist das?«, schrie sie auf und starrte den Tisch mit ihrem Porträt an, das Tizian so täuschend ähnlich gezeichnet hatte. »Ich sehe mein Ebenbild, Fluch allen Dämonen! Es ist aus der Hölle heraufgestiegen, um mich mit sich fortzuschleppen, es bringt mir mein Todesurteil! Es ist vorbei, alles ist vorbei. Ihr werdet mich nie wieder sehen.«

Nach diesen Worten drehte sie sich um, noch älter und düsterer wirkend als sonst, ging hinkend auf die Tür zu und verschwand im Dunkel der Gasse. Die Mutigeren unter den Gästen liefen ihr nach, um zu sehen, wohin sie ging, konnten sie aber nicht entdecken. Die Gasse war menschenleer.

»Diese Zeichnung muss weg«, meinte Luisa seufzend. »Zum Glück ist die Zigeunerin von selbst verschwunden, ich habe nicht den Mut, sie wegzujagen, wenn sie kommt, diese alte Verrückte jagt mir Schauer über den Rücken!« Sie ging zum Herd, um die *cassiopipa* umzurühren, und der tröstliche Duft, der dem Kessel entströmte, löste die eisige Stimmung auf.

Luisa löcherte Bepi mit tausend Fragen, einen weiteren Zeugen des Verbrechens, den sie bisher nicht hatte befragen können und der deshalb besonders willkommen war. Eine ganze Weile brachte sie nichts aus ihm heraus, was sie nicht schon wusste: Bepis Bericht deckte sich haargenau mit dem Memos. Auch er hatte gar nichts von dem Unglück mitbekommen, hatte erst nachher davon erfahren. Und selbst dann hatte er nicht einmal hören können, was die anderen sich erzählten, denn seine Herrin Veronica hatte das Fest schnell verlassen wollen, um der krankhaften Neugier der Anwesenden zu entgehen.

Als er seinen Bericht beendet hatte, machte er Luisa darauf aufmerksam, dass das Wasser kochte. »Wirf die Seespinnen hinein«, forderte er sie auf, »ehe sie noch einmal weglaufen!«

Luisa folgte seinem Rat, legte einen Deckel auf den Topf, damit die Seespinnen nicht wieder hinauskrabbelten, und bestürmte Bepi dann sofort wieder mit Fragen: »Hast du diesen alten Schwulen gesehen, der in die Küche gekommen ist und nach einem Pagen gesucht hat, der im Haus herumlief? Schien es dir, als wollte er etwas verheimlichen? War der Page vielleicht nur ein Vorwand, um sich umschauen zu können?«

»Aber Luisa, den Alten kennt doch jeder in Venedig, weil ihn einzig und allein die Pagen interessieren. Jeder weiß, dass er immer unterwegs auf der Jagd nach einem neuen ist, aber der, dem er an jenem Abend oben begegnet ist, wäre eine böse Überraschung gewesen, für den Alten, meine ich!«

»Und warum? Was für eine Überraschung denn?«, fragte Luisa gespannt. Die Gäste spitzten ebenfalls die Ohren, besonders Checo, der immer auf der Suche nach neuen Geschichten war, die er weitererzählen konnte.

»Nein, das kann ich dir wirklich nicht sagen, Luisa, ich habe versprochen, es niemandem zu verraten, habe es *ihr* versprochen, und ich will tot umfallen, wenn ich lüge!« Bepi hüllte sich in würdevolles Schweigen und trank weiter seinen Weißwein.

Luisa schwieg einen Moment, aber sie war weit davon entfernt, sich geschlagen zu geben, wollte unbedingt erfahren, wer der geheimnisvolle Page gewesen war und warum er dem alten Knabenschänder so eine böse Überraschung bereitet hätte. Und wer war diese Frau, der der Gondoliere Stillschweigen versprochen hatte? Scheinbar ohne jede Absicht begann die Wirtin, Bepi ihre höchste Aufmerksamkeit zukommen zu lassen, ihn wegen seiner meisterhaften Fähigkeiten zu schmeicheln, die jeder kannte, sei es am Ruder wie als Mann von Welt, stets in der Lage, ein Geheimnis zu bewahren, aber auch unfehlbar in seinem Urteil, wem er vertrauen und mit wem er auch die heikelsten Dinge besprechen konnte.

Bepi fühlte sich immer wohler in der Osteria, in so angenehmer Gesellschaft. Endlich wusste jemand seinen wahren Wert zu schätzen und widmete ihm die Beachtung, die er verdiente. Langsam folgte sein Blick Luisa, ihren Bewegungen und ihren angenehmen Worten, hin zur Feuerstelle, wo sie die *cassiopipa* umrührte, und dann noch ein Stück weiter zu einer kleinen Tür, die zur Treppe führte. Als Luisa ihm mit schmeichelnder Stimme ihre Frage noch einmal stellte, schien es ihm richtig, nur ihr sein kleines Geheimnis ins Ohr zu flüstern, außerdem zerriss ihn das Verlangen fast, es zu erzählen.

»Du musst wissen, der, der sich oben aus Scham versteckt hat, das war gar kein richtiger Page, Luisa. Das war Lucieta, ein Mädchen aus dem Friaul, das im Dienst meiner Herrschaften steht. Veronica hat ihren Spaß daran, ihr Männerkleidung anzuziehen, auch sie trägt bisweilen welche, wenn die beiden gemeinsam fechten lernen. Wenn wir mit der Gondel irgendwohin fahren, spielt Lucieta bei mir den Bugmann, immer im Pagenkostüm, und sie rudert gut, sie ist kräftig und hat starke Arme wie ein erfahrener Ruderer. Sie wirkt tatsächlich wie ein Junge, jeder fällt darauf herein, wenn er sie sieht.«

Als Luisa daran dachte, dass der Schwule, in dem Glauben, einen Jungen zu bedrängen, riskiert hatte, ein Mädchen zu umarmen, das auch noch kräftig genug gewesen wäre, ihm eine Ohrfeige zu versetzen, musste sie lächeln.

Aber Bortolo, der inzwischen, lautlos wie immer, hereingekommen war und hinter Luisa stehend alles mitgehört hatte, lachte nicht und zog die Stirn in Falten. Das Bild einer abweisenden, ängstlichen Lucieta, die auf der Suche nach einem Versteck durch das Casìn dei Nobili lief, erfüllte seinen Kopf und vermittelte ihm ein wenig Unbehagen. Schweigend fing er sofort an aufzuräumen, holte die Seespinnen aus dem Topf und ließ sie im Spülbecken abtropfen, gab einen Schöpflöffel von der Brühe in die *cassiopipa* und wusch die Teller und Gläser ab, die sich angesammelt hatten.

Von seinem Sitz im großen Raum des Dogenpalastes aus schaute der Avogadòr nachdenklich aus dem Fenster, ohne die Brunnenbrüstung in der Mitte des weiten Platzes überhaupt wahrzunehmen. Einige Einzelheiten im Fall des Casìn dei Nobili passten einfach nicht zusammen, obwohl man die Verbrecher anscheinend auf frischer Tat ertappt hatte. Ja, es stimmte, man hatte die Herren Giustinian und Contarini mit der Waffe in der Hand erwischt, wie sie vor dem Herzog standen, der sterbend am Boden lag. Priuli hatte sie verhaften müssen, aber er war nicht zufrieden damit. Lange erforschte er sein Gewissen: Hing es etwa damit zusammen, dass es sich um Söhne bekannter und angesehener Persönlichkeiten handelte, die nicht nur reich und mächtig, sondern vor allem eng mit ihm und mit jedem anderen hohen Würdenträger Venedigs befreundet waren? Das spielte zwar eine Rolle, war aber nicht entscheidend. Der Avogadòr sah seine Aufgabe darin, die Wahrheit herauszufinden, und nur die konnte ihn zufrieden stellen. In diesem Fall hingegen glich das Bild, das durch die Aussagen der Anwesenden entstanden war, mehr einer Szene aus einem Theaterstück als aus dem wirklichen Leben. Eine Gruppe kostümierter Menschen hatte sich dort in Pose gestellt: der Sterbende, der Verwundete, die beiden kämpfenden

Kavaliere, die entsetzten Damen in ihrer Nähe, das Licht der Kerzen, die gerade wieder angezündet worden waren und die Anwesenden nach der Dunkelheit blendeten. Die gezogenen Dolche, Paradewaffen mit fein ziselierten Klingen und mit Edelsteinen geschmückten Griffen, funkelten makellos sauber im Schein der Doppelleuchter. Fantino Diedo krümmte sich auf dem Boden und verfluchte seinen Freund und nicht dessen Angreifer, bevor er bemerkte, dass jener schwerer verwundet war als er. Zu viele Leute und zu viele Statisten in ihrer unmittelbaren Nähe.

Paolo Priuli seufzte: Er durfte sich keine Ungenauigkeiten erlauben, konnte die Ermittlungen aber auch nicht zu lange ausdehnen. Der Rat der Zehn und der Doge forderten einen schnellen Abschluss. Auch der Bruder des Toten, der nach Venedig gekommen war (wann eigentlich? Vor oder nach dem Mord? Dem Avogadòr war es noch nicht gelungen, Genaueres über die Schritte des neuen Herzogs von Ferrandina zu erfahren, und das verstärkte seine Unruhe und seine Zweifel noch), forderte, die Mörder seines Bruders sollten schnell und streng bestraft werden.

Paolo Priuli musste eine Entscheidung treffen: Das Ansehen der berühmten Justiz der Serenissima stand auf dem Spiel. Er rief die Wache zur Tür und beauftragte sie, Zorzi Contarini in den Verhörraum zu bringen.

Durch die Fenster fielen Sonnenstrahlen auf die Seile, die von der Decke hingen, und auf die schmalen Tische, an denen Lederstreifen angeschweißt waren. Im dunklen Hintergrund des Raumes sah man die Umrisse des Rades. Paolo Priuli saß auf einem hohen Sitz mit dem Rücken zum Fenster und sah ungerührt zu, wie die Wachen einen schmutzigen, bleichen und zerzausten Zorzi Contarini mit auf dem Rücken gefesselten Händen vor ihn hin stießen.

Der Avogadòr schickte die Wachen fort, saß einige Minuten lang nur still und schweigend da und beobachtete den Angeklagten. Zorzi drehte nervös die Hände hin und her, versuchte, die Fesseln zu lockern, die seine Handgelenke einschnürten, und sah ängstlich hierhin und dahin, bis er seinen Blick schließlich mit einer gewissen Erleichterung auf das Fenster richtete, dem Licht und der Freiheit zu, die man dort draußen erahnen konnte.

»Was wollt Ihr denn noch von mir?«, fragte er schließlich, und seine Stimme klang rau, so sehr musste er sich anstrengen, sie fest wirken zu lassen. »Ich habe Euch alles erzählt, was ich gesehen habe und was ich weiß. Ich habe es nicht getan! Und Marco auch nicht!«, fügte er sofort hinzu, weil er fürchtete, seine Unschuldsbeteuerung könnte so wirken, als beschuldige er seinen Freund der Tat. »Ihr könnt mich nicht hier festhalten, ich habe nichts Böses getan!«

»Alle haben gesehen, wie du dem Herzog mit der Waffe in der Hand entgegengetreten bist«, erwiderte der Avogadòr gelassen. »Es wird dir schwerfallen zu beweisen, dass es weder du noch dein Freund oder ihr alle beide gewesen seid. Du solltest gestehen, dann ersparst du dir die Folter.«

Zorzi blieb die Luft weg, es kam nur ein keuchender Laut aus seiner Kehle, wie der eines Tieres: »Ich wiederhole, ich habe es nicht getan, verehrter Herr«, fuhr er dann mit gebrochener Stimme fort. »Ich bin aus Anstand vorgetreten, man konnte doch nicht zulassen, dass ein Fremder ungestraft eine unserer Damen beleidigte, ohne dass jemand nur ein Wort dagegen sagte. Außerdem musste ich Marco zur Seite stehen, denn der kann nicht mehr klar denken, wenn es um Veronica geht. Aber ich habe niemanden auch nur angefasst! Als es völlig dunkel wurde, habe ich dagestanden wie ein Trottel, mit dem Dolch in der Hand, und hatte Angst, einen Unbeteiligten zu verletzen. Außerdem hielt mich Veronica am anderen Arm fest und durchnässte meine Schulter mit Tränen. Selbst wenn ich gewollt hätte, hätte ich nichts tun können!«

»Jemand hat dem Herzog einen tödlichen Stoß versetzt«, entgegnete der Avogadòr kühl. »Jemand muss es gewesen sein, denn sicher ist kein Engel extra vom Himmel herabgestiegen, in der Absicht, die Ehre von Dirnen zu rächen. Bringt ihn weg!«, meinte er und winkte die Wachen herbei, weil er den Widerstand des jungen Mannes voraussah. Für den Moment stellte er die Verwendung der Seilzüge und des Rades zurück, die seinem rationalen Wesen zutiefst zuwider waren. »Und holt mir den anderen.«

Als Marco den Raum betrat, versuchte er vergeblich, die groben Hände der Wachen abzuschütteln. Er baute sich breitbeinig und herausfordernd vor dem Sitz des Avogadòrs auf. Die Haare fielen ihm in die Stirn und über die wütend aufblitzenden Augen, dunkle Bartstoppeln bildeten hier und da Schatten auf seinen eingefallenen Wangen. Er wartete weder die Fragen des Avogadòrs ab, noch ließ er dessen teilnahmslosen Blick schweigend über sich ergehen.

»Ihr könnt mich nicht dazu bringen, etwas zu sagen, was ich nicht weiß und was nicht geschehen ist!«, rief er aus. »Das ist alles vergebens, ich habe es nicht getan, auch wenn ich dieses große, arrogante, aufgeblasene Schwein gern getötet hätte, das glaubte, sich alles erlauben zu können. Nicht einmal die Folter wird mich dazu bringen, das zu sagen, was Ihr hören wollt. Ich habe es nicht getan, und Zorzi war es auch nicht, das ist die Wahrheit. Ich hätte es gern getan, aber jemand ist mir zuvorgekommen!«

Paolo Priuli starrte ihn die ganze Zeit über regungslos an und ließ ihn reden, wobei er aufmerksam auf jede Nuance in Marcos Stimme und auf seinen Gesichtsausdruck achtete.

»Es kann niemand sonst gewesen sein«, setzte er dem Ungestüm und der Leidenschaft schließlich leise und sachlich entgegen. »Ich habe alle befragt, die sich in der Nähe aufgehalten haben, und sie beschreiben Eure Auseinandersetzung mit dem Herzog völlig identisch. Dann sind die Kerzenleuchter erloschen, und niemand hat den Stoß sehen können, der den Herzog getroffen hat, aber er hat nur von Euch kommen können. Ein einziger schneller und heftiger Stoß von einer starken, jungen Hand.«

»Ich konnte es gar nicht tun«, fuhr Marco traurig fort. »Ich hatte den Dolch gezogen und wollte mich gerade auf den Herzog stürzen, das ist wahr, aber dann ist das Licht ausgegangen, und Fantino ist vor mich gerollt, er verhinderte, dass ich den Stoß ausführen konnte. Ich wollte Fantino nicht verletzen und verstand auch gar nicht, warum er hinfiel und vor Schmerz aufschrie. Und Zorzi stand neben mir, nicht näher beim Herzog als ich. Foltert mich nur, wenn das Euer Beruf ist, aber das ist die ganze Wahrheit. Ich weiß nicht, wer ihn umgebracht hat, und kann Euch nichts anderes sagen.« Erschöpft senkte er den Kopf und schwieg.

Alles blieb weiter rätselhaft, es würde keine absolute Gewissheit geben. Keiner der beiden Angeklagten hatte auch nur ein Mosaiksteinchen zu dem unvollständigen Bild, das der Avogadòr im Kopf hatte, hinzugefügt. Paolo Priuli blieb allein, abwesend und gedankenversunken sitzen. Er würde die Wache rufen und fragen, ob der Mann schon zurück sei, den er nach Mantua geschickt hatte, auf die Spur des jungen Mannes, der im Turnier besiegt worden war, dieser Giacomo d'Armer, den jeder Drohungen gegen den Herzog hatte ausstoßen hören. Ein anderer seiner Männer sollte sich nach dem jüngeren Bruder des Herzogs erkundigen. Er musste unbedingt genau wissen, wann dieser in Venedig angekommen war, wo er wohnte und was er tat.

Es bereitete Priuli Sorgen, dass er Daniele Venieros Ehefrau nicht einmal ein paar Fragen hatte stellen können, nachdem der Ehemann dies entschieden abgelehnt hatte. Veniero war zu bedeutend und einflussreich, als dass man ihn zu etwas zwingen konnte, was ihm nicht gefiel. So konnte Priuli Modestas Aussage nicht mit anderen vergleichen.

»Ich weiß genauso viel wie vorher«, dachte der Beamte mutlos, verzichtete aber trotzdem darauf, härtere, wenn auch auf keinen Fall sicherere Methoden anzuwenden, um mehr aus den beiden jungen Männern herauszubringen. Stattdessen rief er den Fante dei cai und schickte ihn in die Stadt. Dort sollte er sich unter die Leute mischen und jedes Gerücht, allen Klatsch sammeln, die bei der Suche nach dem vielleicht noch unbekannten Schuldigen helfen konnten.

Die Stimmung im Hause Veniero am Campo Santa Maria Formosa war immer noch angespannt. Die Diener kamen und gingen lautlos durch die großen Räume und über die Treppen, sie blieben nicht wie sonst stehen, um kurz miteinander zu reden, und vermieden es auch, sich wie sonst quer durch den Innenhof scherzhafte Bemerkungen zuzurufen, in dem nahe dem Brunnen aus weißem Marmor mit dem eingemeißelten Wappen der Venieros ein riesiger Feigenbaum stand.

Ihr Ehemann hatte Modesta sogar verboten, sich auf dem Balkon zu zeigen, der auf den Platz hinausging. Und so musste sich die edle Frau, um ein wenig Luft zu schöpfen, auf dem Balkon zum Innenhof aufhalten.

Die junge Adlige wagte es noch nicht, dagegen zu protestieren, zu wenig Zeit war seit dem bewussten Abend im Casìn dei Nobili verstrichen. Deshalb nutzte sie sehr erleichtert die Ablenkung, die ihr Giovanni Da Mostos Besuch bot, der ihr gemäß Veronicas und seinem Plan seine Aufwartung machte, und empfing ihn sehr freundlich.

Sie setzten sich in Modestas Privatsalon, in dem kostbare, bunte Wandteppiche hingen und dessen Vorhänge in eher gedeckteren Tönen gehalten waren. Die Fenstersimse der hohen Fenster schmückten Pflanzen und Blumen in großen bemalten Terrakottatöpfen, und auf einem schlichten Schränkchen war dekorativ eine Sammlung von erlesen gearbeiteten Gefäßen und Pokalen aus verschiedenfarbigem Muranoglas angeordnet. An einem kleinen Tisch, über den ein rotes Damasttuch mit goldenen Fransen gebreitet war, saß Modestas Anstandsdame und stickte ein kompliziertes Muster.

Nachdem sie eine Reihe formeller Höflichkeiten ausgetauscht hatten, begann sich Modesta nach dem Grund für Giovannis Besuch zu fragen. Sie ahnte schon, dass die Neugier wegen der Ereignisse auf dem Fest den jungen Da Mosto zu ihr geführt hatte, wollte ihm aber nicht die Genugtuung verschaffen, von sich aus das Gespräch darauf zu bringen. Deshalb plauderte sie über das Wetter, über den neuesten Modetanz, die Gagliarde, oder über die Prozession, die am nächsten Sonntag auf der Piazza San Marco stattfinden sollte.

Giovanni Da Mosto nickte, zeigte sich interessiert und amüsiert und fragte sich im Stillen, wie er es anstellen sollte, das Gespräch auf jenen bewussten Abend zu bringen, ohne sie zu verletzen und sie diese unangenehmen, beängstigenden Momente noch einmal erleben zu lassen.

Die schöne Modesta schien so weit entfernt von jenen gewalttätigen Ereignissen, man konnte kaum glauben, dass sie sie wirklich miterlebt hatte. Sie war schlicht gekleidet und frisiert, wie es einer jungen Frau zukam, die sich entschlossen hatte, die Rolle der unterwürfigen, ergebenen Ehefrau zu spielen. An diesem Tag hatte sie ein schmuckloses, hellgrünes Seidenkleid ausgewählt. Es war gerade geschnitten, hatte einen weiten Rock und einen dezenten Ausschnitt, die Ärmel waren mit Blumen bestickt, aber trotz ihrer zurückhaltenden Art verrieten ihre leuchtenden schwarzen Augen und ihr offenes Lächeln ihr Temperament und die Unruhe einer lebenssprühenden, ungemein neugierigen Frau, die sich durch Geburt und Hochzeit in eine bedeutende Rolle gedrängt sah. Eine Rolle, um die sie zwar von vielen beneidet wurde, die aber auch unerträglich strenge Regeln mit sich brachte und keinen Raum für Fantasie und Abenteuer ließ.

Ein Diener kam, verbeugte sich tief und führte noch einen Besucher herein, einen sehr eleganten und parfümierten älteren Edelmann, der sich etwas gezierter als üblich bewegte und einen Korb mit Jasmin und Vergissmeinnicht trug.

»Meine teuerste Modesta, ich bin gekommen, um Euch diese Blumen zu bringen. Sie schienen mir wie geschaffen, um Eure Schönheit zu unterstreichen. Außerdem möchte ich erfahren, wie es Euch geht, nachdem Ihr gegen Euren Willen in so erschütternde Ereignisse verwickelt wurdet.« Dann deutete er eine Verneigung in Giovannis Richtung an: »Euer Diener«, flötete er und warf ihm einen langen, bewundernden Blick zu.

Die junge Patrizierin stellte ihren Freund dem neu hinzugekommenen Gilberto Condulmèr vor und unterstrich ihre Worte mit einer eleganten Handbewegung: »Vielleicht kennt ihr euch schon? Was für eine schöne Überraschung, Euch bei mir zu haben, verehrter Herr. Ich danke Euch vielmals für das Kompliment und die Blumen, sie sind wunderschön und dieser Duft! Und das Kompliment ist wirklich Eurer Höflichkeit würdig!«

Sie bat die Hausdame um Wasser und machte sich sofort daran, den Strauß in einer Vase aus Muranoglas zu arrangieren, die sie neben sich auf ein Tischchen stellte.

»Ich bin gekommen, um zu sehen, wie es Euch geht, liebe Modesta, und wie Ihr Euch fühlt. Seit jenem Abend musste ich immer an Euch denken. Es muss ein furchtbarer Schlag für Euch gewesen sein. Sogar ich war schon erschüttert, obwohl ich ja gar nicht in der Nähe war, aber für Euch, die Ihr so zartfühlend und nicht an rohe Gewalt gewöhnt seid – was für eine Tragödie! Ich habe bis jetzt gewartet, damit Ihr Zeit hattet, Euch zu fassen und zu erholen, soweit das möglich ist, aber ich wollte Euch unbedingt meines uneingeschränkten Mitgefühls und meines Bedauerns wegen Eures hässlichen Erlebnisses versichern. Es war wirklich ein seltener Unglücksfall, dass sich eine große Dame wie Ihr auf einem Fest, an dem nur hochrangige Leute von Adel teilnehmen sollten, zwischen zwei Betrunkenen und zwei solchen Berserkern befinden musste.«

»Mein lieber Condulmèr, wenn Ihr wüsstet, wie ich mich gefürchtet habe! Ich hätte nie geglaubt, dass ich einmal in eine so schwierige Situation geraten könnte. Aber andererseits waren die Betrunkenen und die Berserker, wie Ihr sie nennt, tatsächlich Edelleute höchsten Ranges.«

Giovanni Da Mosto hörte alles zufrieden mit: Er hatte keine indiskrete Neugier offenbaren müssen und konnte nun in aller Ruhe das Gespräch der beiden Augenzeugen genießen. Gespannt auf die Erklärungen, die jetzt sicher folgen würden, spitzte er die Ohren und amüsierte sich über die leise Ironie in Modestas Worten. Doch der alternde Edelmann hatte es nicht eilig, das Thema eingehender zu behandeln, er schien eher geneigt, sich weiter mit Höflichkeiten und Komplimenten für die schöne Hausherrin aufzuhalten.

»Ich habe Euch ein Loblied mitgebracht, das Giambattista Dragoncino aus Fano für Euch geschrieben hat, liebe Modesta, es wird Euch gefallen. Hört:

Modesta, die Bescheidene heißt sie und Veniero,
das zeigt das Schöne und das Gute, das sie in sich trägt,
Bescheidenheit ist eine Tugend, die über Laster siegt.
Das Veniero erweckt in dir Venus zu neuem Leben,
Du bist die Göttin aller stolzen Schönheiten
und für Venus zugleich Maßstab und Prüfung,
doch bist du Venus, ist deine Schönheit ehrbar
und nicht anstößig, denn du heißt ja Modesta.«

»Ich danke Euch sehr, mein teurer Freund, für Eure Liebenswürdigkeit, und natürlich muss ich auch Dragoncino danken, aber das ist zu viel Aufmerksamkeit und Lob für meine bescheidene Person«, sagte die schöne Dame und betonte mit der Stimme dieses »bescheiden« mit einem Lächeln, dem nur Giovanni – der sich zurückhalten musste, nicht über die übertriebene Bewunderung jener Verse loszulachen – seine leichte Ironie anmerkte. »Lasst es mir hier, ich werde es Daniele zeigen. Ich habe den Eindruck, nennt es ruhig weibliche Intuition, dass Dragoncino etwas von ihm will, wenn schon nicht von mir. In unserem schönen Venedig laufen ja so viele Schmeichler herum!«

Condulmèr steckte den Hieb unbeirrt weg, änderte anmutig seine Haltung und wandte sich an den jungen Patrizier: »Ihr wart nicht auf dem Fest im Casìn dei Nobili? Wirklich schade, es war wunderschön, so etwas sieht man selten: eine Eleganz, dass man vor Staunen den Mund gar nicht mehr zubekam, überall Dekorationen aus Blumen, Leuchtern, Seidentüchern und Gold! Die Blüte des Adels war dort, die schönsten Damen mit den elegantesten Roben und Schmuck, der heller strahlte als die Kronleuchter aus Muranoglas, ganz zu schweigen von den Edelleuten, die strahlender und bunter aussahen als Paradiesvögel. Dann das Essen, einfach wundervoll, es wurde angerichtet wie bei Hofe, mit einer Feinheit, dass es beinahe eine Sünde war, sich an den Tisch zu setzen, zu essen und diese Meisterwerke zu zerstören! Und dann ist leider diese unglaubliche Geschichte geschehen, der arme Antonio Castriota, er war ein Edelmann, der bedeutendste auf dem Fest, von altem Adel, ein Abkömmling Skanderbegs. Nicht, dass er es nicht darauf angelegt hätte, aber man soll ja nicht schlecht über die Toten sprechen… und er war noch so jung und so stark, ein wirklich schöner Mann. Was mag ihm nur eingefallen sein, dass er sich der armen Modesta gegenüber so unwürdig verhalten hat, in ganz Venedig gibt es keine ehrbarere Frau als sie! Wäre Daniele Veniero da gewesen, dann hätte *der* ihn umgebracht, das ist sicher!«

Modesta unterbrach seinen Wortschwall, ein wenig verärgert darüber, dass er sie an die Rolle erinnerte, die sie in der Tragödie gespielt hatte und die sie lieber vergessen hätte und vor allem ihren Ehemann und alle bösen Zungen Venedigs vergessen machen wollte: »Aber wo hieltet Ihr Euch auf, dass ich Euch während des Festes nicht gesehen habe? Ja sicher, da waren so viele Leute… und nach dem schrecklichen Ereignis hatte ich weder Kopf noch Augen für jemand anderen… ich wollte nur fort.«

»Ach, ich lief nur so umher, zu viel Lärm und zu viele

Leute stören mich, ich habe mich in eines der Spielzimmer zurückgezogen. Als die Leuchter durch diesen verdammten Windstoß erloschen, unterhielt ich mich gerade mit einem gut erzogenen, höflichen jungen Mann, Giacomo hieß er, er kam nicht aus Venedig, sondern aus Mantua. Er hatte mehr als ein paar Gläser getrunken und schien sich nicht wohl zu fühlen, irgendetwas quälte ihn, deshalb habe ich ihm fast den ganzen Abend Gesellschaft geleistet, ich habe eben ein weiches Herz. Dann ist das Gewitter ausgebrochen, und alles wurde dunkel, und wir sind stehen geblieben und haben gewartet, dass die Kerzenleuchter wieder angezündet würden. Das Gebrüll und der Lärm des Kampfes sind bis ins Spielzimmer gedrungen, und als wir in den großen Saal zurückkehrten, um zu sehen, was geschehen war, hat man uns gesagt, der Herzog sei verletzt und Fantino am Bein verwundet. Giacomo war wie vom Blitz getroffen, er schien nicht bei Verstand, er hat seltsames Zeug geredet: Es geschähe dem Herzog recht, die Hexe hätte es ihm gesagt, und dann ist er davongerannt, als würde er von Geistern verfolgt, ohne noch einmal mit mir zu reden, und ich habe ihn nicht mehr gesehen. Am nächsten Tag wollte ich ihn in der Osteria del Sturiòn besuchen, aber er war schon nach Mantua abgereist.«

Der edle Condulmèr konnte seine Enttäuschung darüber nicht verbergen, dass er eine eben erst erspähte Beute so schnell wieder verloren hatte.

Condulmèr richtete seine Aufmerksamkeit jetzt auf den jungen Da Mosto und vergaß Modesta. Mit einem wohlwollenden Lächeln wandte er sich betont herzlich an den Patrizier, sagte, er sei glücklich, ihn kennen gelernt zu haben, und lud ihn für die kommende Woche zu einem Fest in seinem Hause ein. Höflich lehnte Giovanni Da Mosto die Einladung ab, und mit ausweichenden Entschuldigungen verabschiedete er sich. Er wollte auf der Stelle zu Veronica und ihr seine Entdeckungen berichten, ihr sagen, sie könne Giacomo d'Armer von der Liste der Verdächtigen streichen und desgleichen Condulmèr – obwohl niemand diesen ernsthaft in der Rolle des Mörders gesehen hatte.

Als er sich über den Campo Santa Maria Formosa entfernte, waren seine Augen noch von Modestas hinreißender brünetter Schönheit und dem herzlichen Lächeln erfüllt, mit dem sie ihn verabschiedet hatte. War dies eine vage Einladung gewesen? Er verspürte den nachdrücklichen Wunsch, das Haus Veniero bald wieder aufzusuchen.

Die Abenddämmerung färbte den Himmel über den Dächern der Stadt indigoblau und violett, und die meisten Leute gingen nach Hause, bevor die Dunkelheit hereinbrach. Auch in der Osteria della Cerva brachen die letzten Gäste auf. Bortolo und Luisa räumten auf und machten sich daran, Teller und Gläser abzuwaschen. Bortolo nahm einen Topf mit heißem Wasser von der Feuerstelle, dazu Soda und eine Reisigbürste, und während er weiter das Geschirr abwusch, informierte er Luisa über die Neuigkeiten, die er von Lucieta gehört hatte.

»Stimmt das, Bortolo? Heilige Jungfrau, das nenne ich wirklich eine gute Nachricht! Wenn Diedo gesagt hat, sie waren es nicht, kommen sie dann vielleicht bald frei?«

»Nein, so wie ich es verstanden habe, war nicht einmal er sich völlig sicher, in der Verwirrung des Augenblicks meinte er zwar, der verhängnisvolle Stoß gegen den Herzog sei von der anderen Seite gekommen, nicht von der, wo sich die Herren Giustinian und Contarini befanden, aber er kann es nicht beschwören. Sie sind bestimmt noch im Gefängnis, aber inzwischen sucht man nach dem wahren Schuldigen, man ist sich nicht mehr sicher, dass der Fall schon gelöst ist. Alles hängt davon ab, dass sie den wirklichen Täter finden, aber das scheint nicht so einfach zu sein. Er hat sehr geschickt die Gelegenheit genutzt, die sich ihm bot, und es ist ihm gelungen, außerordentlich kaltblütig einen schnellen und wirkungsvollen Stoß zu führen.«

Luisa war in ihre Gedanken versunken, als die Tür zur Osteria weit aufgerissen wurde, Memo völlig außer Atem hineinkam und die letzte Neuigkeit verkündete: Fantino Diedo war tot.

»Das wissen wir schon seit heute Mittag«, sagte Luisa, ohne eine Miene zu verziehen. »Der arme Kerl, er hatte doch nichts mit der Sache zu tun, er wollte nur Frieden stiften und seht, was ihm passiert ist. Er hat sich zur falschen Zeit am falschen Ort aufgehalten.«

»Ihr könnt es gar nicht seit heute Mittag wissen«, erwiderte Memo verärgert darüber, dass seine Nachricht so gleichgültig aufgenommen wurde. »Er ist erst vor einer Stunde gestorben, das weiß ich genau, denn ich habe mit meiner Gondel in aller Eile noch einen Wundarzt zum Palazzo gebracht, den sie gerufen hatten, weil es dem armen jungen Mann immer schlechter ging. Aber da war nichts mehr zu machen, als wir ankamen, war schon der Pfarrer aus Santa Fosca da, der ihm die letzte Ölung gab, und die Ärzte konnten ihm nur noch die Augen schließen und seinen Tod feststellen.«

»Mittags ist diese Hexe hier gewesen, und sie hat gesagt, sie sähe und fühlte, wie Diedos Tod vorbeizöge«, berichtete Luisa ein wenig erschüttert. »Ich dachte, sie hätte von jemandem gehört, er sei tot. Zum Glück hat sie auch gesagt, wir würden uns nie wieder sehen, und auch sie würde sterben. So langsam macht sie mir Angst. Sie hat gesagt, für sie sei alles zu Ende, kurz nachdem sie Tizians Zeichnung da auf dem Tisch gesehen hatte und zu Tode erschrocken ist, als hätte sie in einen Spiegel gesehen. So war die verdammte Zeichnung wenigstens zu etwas nütze und hat mir nicht nur die Gäste vertrieben.«

Memo überlegte das Ganze ernsthaft und erschauerte: »Gut, es fällt mir nicht leicht, das zu sagen, aber diese Alte sieht wirklich Dinge, die wir nicht sehen können, und allzu oft sind sie wahr. Wir können ihr glauben, von heute an werden wir sie niemals wieder sehen. Aber da ich schon mal hier bin, können wir auch ein *ombra* darauf trinken, das ist das beste Mittel gegen Unglück«, meinte der Gondoliere und machte es sich auf der Bank neben der Feuerstelle gemütlich. »Komm, Luisa, ich habe begriffen, dass du die Osteria schon geschlossen hast, aber ihr könnt doch so weiterarbeiten wie vorher, und ich setze mich hier einen Augenblick hin und schaue euch zu, sieh mich nicht so angewidert an. Möchtest du noch eine Neuigkeit hören? Die Leute aus dem Gefolge des armen Herzogs haben mich rufen lassen: Sie sind alle noch in Venedig geblieben, und jetzt ist auch der Bruder des armen Herzogs angekommen, er heißt Bernardo, wegen des prunkvollen Begräbnisses, das der Rat der Zehn beschlossen hat. Sie bleiben noch eine Weile hier und bezahlen mich gut.«

»Da ist dein Gläschen, Memo. Ich bin ja immer bereit, dir entgegenzukommen und einem Freund wie dir einen Gefallen zu tun, aber du musst dich revanchieren. Halt die Ohren offen, wenn du bei diesen Leuten bist, versuch alles mitzuhören, was sie sagen und herauszufinden, ob der Bruder des Herzogs, der jetzt Herzog wird, am Tag des Turniers in der Stadt war; und ob er auch zum Fest ins Casìn dei Nobili gegangen ist und was er sonst in diesen Tagen getan hat. Dem hat der Tod seines Bruders doch ein schönes Einkommen verschafft. Wenn du schon den ganzen Tag mit ihnen zusammen bist und sowieso nichts tust als von morgens bis abends mit ihnen zu schwatzen, wirst du schon wissen, wie du das aus ihnen herausbekommst, was uns interessiert. Berichte mir alles haargenau, was du erfährst, und für dich wird hier zu jeder Tageszeit ein *ombra* bereitstehen.«

Nachdem er sein Glas hinuntergeschüttet hatte, stand Memo seufzend auf und verabschiedete sich von Luisa und Bortolo. Bevor er ging, sagte er noch: »Du kannst sicher sein, Luisa, ich werde bald zurückkommen, um dir alles zu erzählen, was ich gesehen und gehört habe. Halt mir den Platz frei! Ich begreife zwar nicht, was du vorhast, aber ich vertraue dir, und irgendwann wirst du mir alles erzählen, einverstanden?«

Luisa trocknete die letzten Gläser ab und ging dabei noch einmal alle Möglichkeiten durch, in dieser Sache irgendwie weiterzukommen. Die Informationen, die sie von Memo erwartete, konnten ebenfalls dazu beitragen, das Mosaik Stück für Stück zusammenzusetzen. Im Moment war sie noch weit davon entfernt, sein genaues Muster auch nur zu erahnen. In einem sich ständig verändernden Durcheinander türmten sich Tatsachen, Beweise und Klatsch wild aufeinander. Nur die Tatsache, dass sich die Zweifel an der Schuld ihrer Schützlinge bestätigt hatten, und Diedos Aussage auf dem Totenbett nährten ihre Hoffnung, es könne doch noch gelingen, den wahren Schuldigen zu finden und die jungen Männer zu entlasten.

Während sie weiter über die Fakten nachgrübelte, wandte sie sich an Bortolo: »Bepi hat mir erzählt, Lucieta hätte ihn an jenem Abend zum Fest begleitet – und zwar als Page verkleidet. Sie hat den Bugmann gespielt, anscheinend sehr gut, und hat wirklich wie ein Junge ausgesehen. Du hast doch mit dieser kleinen Dienerin Freundschaft geschlossen? Man hat mir gesagt, ihr geht immer gemeinsam von San Marco aus zurück. An einem der nächsten Tage musst du sie hierher bringen, am besten so schnell wie möglich. Vielleicht hat sie etwas gesehen und will es nur nicht sagen. Bepi hat mir erzählt, sie sei den ganzen Abend durch die oberen Räume gelaufen, weil sie sich nicht zeigen wollte. Sie schämte sich zu sehr, um bei den anderen Dienern zu bleiben, und hat sich versteckt, weil sie Angst hatte, erkannt und verspottet zu werden. Sie ist vielleicht die Einzige, die etwas Ungewöhnliches bemerkt haben könnte, und hat bestimmt geschwiegen, weil sie sich fürchtete oder die Bedeutung dessen, was sie gesehen hat, nicht erkennt. Ich glaube, es könnte nützlich sein, mit ihr zu reden.«

»Ich weiß nicht, ob ich sie dazu bringen kann, hierher zu kommen«, sagte Bortolo nachdenklich. »Und ich weiß auch nicht, ob sie über diesen Abend reden möchte. Sie ist verängstigt und verwirrt und muss immer weinen, wenn man davon anfängt. Leider hat sie jedoch nicht die leiseste Absicht, mir das alles zu erklären. Sie spricht generell wenig, ist schüchtern, aber ein gutes Mädchen. Und sie bewundert ihre Herrin, als wäre sie die Heilige Madonna. Ich kann versuchen, sie hierher zu bringen, aber du musst aufpassen, dass du sie nicht verschreckst, sonst wirst du nichts aus ihr herausbekommen.«

Als Luisa das Fenster in ihrem Zimmer über der Osteria öffnete, glänzte der Mond über den Dachpfannen und zog lange zitternde Silberstreifen über das Wasser der Kanäle. Sie schaute nach San Marco hin: In der Ferne, über den Dächern, sah sie in der klaren Abendluft den Campanile, der sich wie ein bleicher Schatten über die mit der Dunkelheit verschmolzenen Häuser erhob. Den riesigen Dogenpalast allerdings konnte sie nicht erkennen. Was wohl den Gefangenen durch den Kopf ging, die in den dunklen Zellen auf ihren Pritschen lagen? Sie musste jedenfalls immer öfter an einen von ihnen denken.

Im Zwielicht der Morgendämmerung verließ Bruder Pancrazio nach dem Gebet und der Messe die Kirche von San Michiel in Isola und lief ein wenig humpelnd durch das Kloster. Er war alt, und die Feuchtigkeit der Lagune machte sich in seinen armen Beinen bemerkbar. Er nahm den Spaten, den Rechen und ein Messer aus dem Abstellraum, in dem die Mönche ihre Gartengerätschaften aufbewahrten, legte sie in eine Schubkarre und lief ohne Eile auf die Reihen mit den Artischocken und den Bohnen zu, die üppig auf der Insel gediehen.

Der Himmel wurde immer heller, eine sanfte Brise ließ die bleichen Blätter der Pappeln rascheln, und die perlmuttfarbene Silhouette Venedigs tauchte wie eine Luftspiegelung über der unbewegten Wasseroberfläche der Lagune auf. Gegen das zarte Himmelblau des Horizonts zeichneten sich, deutlich wie in einem mit Miniaturen verzierten Kodex, Kuppeln, Schornsteine, Dächer, Dachterrassen und Glockentürme ab. Tauben und Möwen malten eigenwillige Muster zwischen ausgefranste Wolkenfetzen, die die Sonne langsam auflöste.

Fra' Pancrazio schob seine quietschende Schubkarre über den schmalen Weg, bis er beinahe die Stelle am Ufer der Insel erreicht hatte, wo die Boote anlegten, die Vorräte und Gegenstände für das Kloster brachten. Plötzlich blieb er stehen: Aus dem Augenwinkel hatte er hinter einem Weißdornstrauch in einer Ecke des Feldes einen Erdhaufen entdeckt, der tags zuvor noch nicht dort gewesen war. Der Mönch stellte die Schubkarre ab und ging nachsehen. Hinter dem Erdhaufen war eine längliche Grube ausgehoben, nicht sehr tief, und darin lag ein kleines Häufchen Kleider und Knochen, zusammengerollt wie ein Fötus. Aus diesem Bündel ragte ein Kopf hervor, an dem graue, zerzauste Strähnen klebten und dessen Gesicht mit seinen weit aufgerissenen, leeren Augen einem Totenschädel glich, mit der verschrumpelten Haut, die sich über den Schläfen spannte, und den gelblichen Zähnen, die sich zu einem schrecklichen Grinsen verzerrten.

Fra' Pancrazio schrie: »O mein Gott, Erbarmen!«, bekreuzigte sich rasch und lief, noch stärker hinkend, zum Kloster zurück, wo er mit lauter Stimme nach den Ordensbrüdern und dem Prior rief.

Alle Mönche versammelten sich um diese armselige Grube, die wie die Andeutung eines Grabes wirkte. Jemand erkannte die alte Zigeunerin wieder, über deren Herkunft und Glauben man nichts Genaues wusste, die sich jedoch am Abend des Festes in Murano an der Hauptanlegestelle der Insel San Michiel platziert und dort vorhergesagt hatte, dies würde das Reich der Toten werden.

Anscheinend war sie, als sie das Ende nahen fühlte, irgendwie hierher gelangt, hatte sich selbst ihr Grab ausgehoben und sich dann darin zusammengekauert, um auf den von ihr selbst vorhergesagten Tod zu warten. Bestimmt hatte sie nicht die heiligen Sakramente empfangen und befand sich also, so glaubten die Mönche, im Zustand der Todsünde, als sie sich in ihre letzte Ruhestätte geflüchtet hatte. Und was für einer Sünde: Hexerei war vielleicht die schlimmste von allen!

Der Prior beschloss, die Leiche, die sie auf der geweihten Erde des Klosters gefunden hatten, trotzdem zu segnen. Es schien ihm eine sinnlose Grausamkeit, sich der kläglichen Überreste einfach zu entledigen. Er besprengte sie ausgiebig mit Weihwasser und befahl, sie genau an dem Platz mit Erde zu bedecken, den sie sich selbst gesucht hatte und an dem sie sterben und begraben werden wollte.

Er zweifelte, ob es angebracht sei, ein Kreuz auf dem Grab aufzustellen, und nachdem er lange um eine Erleuchtung für dieses Problem gebetet hatte, beschloss er schließlich, es nicht zu tun.

Stattdessen pflanzte der für die Gartenarbeit zuständige Fra' Pancrazio, dessen christliche Frömmigkeit von einer kräftigen Dosis vorsichtigen Aberglaubens gewürzt wurde, auf dem Grab vorsichtshalber zwei in Kreuzform angelegte Reihen Knoblauch.

Checo betrat völlig außer Atem die Osteria della Cerva, bahnte sich einen Weg durch die morgendlichen Besucher – Gemüsehändler und Träger vom Markt, Straßenhändler, Zimmerleute und Schreiner – und fragte ganz laut: »Soll ich euch das Neueste erzählen? Es ist außergewöhnlich, wirklich unglaublich! Wisst ihr, was passiert ist?« Aber er erntete nur Ablehnung. Einige begannen sogar, ihn zu verhöhnen: »Hör bloß auf, du hast doch immer eine außergewöhnliche Neuigkeit zu verkünden! Was ist es denn diesmal? Ein Kalb mit drei Köpfen? Trink deinen Wein und sei still, Checo, das ist besser. Was glaubst du, wer du bist, ein Nachrichtenverkäufer?«

Aber Checo hatte nicht die geringste Absicht zu schweigen: Dazu war die Neuigkeit, die er diesmal zu verkünden hatte, einfach zu verlockend, und er konnte sie auf keinen Fall für sich behalten, sonst wäre er geplatzt. Er trank seinen Wein in einem Zug aus, bedankte sich bei Luisa, die ihm sofort eingegossen hatte, und nahm mit befeuchteter Kehle seine Erzählung wieder auf: »Das glaubt ihr mir nie im Leben! Heute Morgen bin ich mit meinem Boot erst nach Murano gefahren, wo ich meinen Freund Ménego abgeholt habe, der kann meinen Bericht Wort für Wort bestätigen, und dann ins Kloster San Michiel in Isola, um den Mönchen Fisch zu bringen, wie ich es jeden Freitag mache. Ich will gerade mit meinem Boot am Ufer hinter dem Kloster anlegen, lege das Ruder ab, und was sehe ich da? Eine große, schwarze Möwe, rabenschwarz war sie, die über den Garten der Mönche fliegt und sich mit langsamen Flügelschlägen über die Lagune entfernt, in Richtung aufs offene Meer. Sie schreit und jammert wie eine Seele im Fegefeuer. So ein Tier habe ich noch nie gesehen, also bin ich mit Ménego kurz stehen geblieben, um es anzuschauen, und wir haben uns beide bekreuzigt. Im selben Moment höre ich einen lauten Schrei: ›Heilige Muttergottes!‹, also greife ich schnell nach dem Tau und mache das Boot am Pfahl fest. Ich steige aus, laufe die Stufen, die zum Garten der Mönche führen, hinauf, und was sehe ich dann da? Die Zigeunerin, sie ist mausetot, ausgedörrt wie ein Stockfisch, liegt da in einer Grube im Garten. Sie sah aus, als sei sie schon hundert Jahre tot, wie die Heiligen in den Kirchen. Wenn ihr wüsstet, wie schrecklich das war! Die armen Mönche waren entsetzt, meiner Meinung nach hätten sie die Alte lieber verbrennen sollen, aber sie haben gesagt, sie sei auf dem Grund und Boden des Klosters gestorben, und sie wüssten nicht, ob sie im Stand der Sünde sei oder nicht, deshalb haben sie sie gesegnet und dort begraben, wo man sie gefunden hat. Wir werden sie also nie wieder sehen, genau, wie sie es gestern vorhergesagt hat.«

Seine Erzählung wurde mit dem Interesse aufgenommen, das sie zweifellos verdiente. Die Zigeunerin und ihre Prophezeiungen hatten die Fantasie der einfachen Leute stets beschäftigt und mehr als einen kritischen Kopf zum Nachdenken gebracht. Ihr Tod wurde nun nicht mit Erleichterung, sondern mit einem gewissen Unbehagen aufgenommen, als würde ihnen in Zukunft ein dunkler, aber notwendiger Teil ihrer Seelen fehlen.

Für Luisa hatte Tizians Zeichnung den Tod der Zigeunerin verursacht. Aber sie hütete sich, darüber zu reden, aus Angst, ihre Osteria würde so als ein Ort des Unglücks verschrien werden, und das wegen der Gestalt, die immer noch düster und lebensecht auf dem Tisch im Hintergrund des Raumes prangte.

Wie üblich war dieser Tisch als Einziger nicht besetzt, und alle schauten von Zeit zu Zeit verstohlen dorthin, als fühlten sie sich gleichzeitig angezogen und abgestoßen. Erklärungen, Vermutungen und Fragen schwirrten hin und her in einem Gespräch, das jetzt die Gäste an allen Tischen miteinbezog.

Als Bortolo hereinkam, erzählte man auch ihm sofort die Neuigkeit, aber wie immer beteiligte er sich nicht an dem Gerede, sondern nahm nur die Tatsache zur Kenntnis. Luisa warf ihm einen fragenden Blick zu, daraufhin – er wusste, worum es ging –, daraufhin berichtete er ihr eilig: »Lucieta wird später vorbeikommen, wenn sie mit der Arbeit im Haushalt fertig ist. Aber sie hat mir schon etwas erzählt, was wir noch nicht wussten: Einer der Herren, die sie regelmäßig besuchen, hat gestern mit dem Signor Condulmèr geredet, das war übrigens der Knabenschänder, der sie an jenem Abend im Casìn dei Nobili belästigt hatte, weil er glaubte, sie sei ein Knabe. Dieser Herr hat gesagt, zu der Zeit, als die Kerzen verloschen und der Herzog getötet wurde, war der Signor Giacomo aus Mantua bei ihm, in einem anderen Raum, sie unterhielten sich und tranken in aller Ruhe ein Glas Wein miteinander.«

Luisa registrierte die Neuigkeit und strich, mit ein wenig Bedauern, Giacomo von der Liste der Verdächtigen. Er wäre ein idealer Täter gewesen, einfacher anzuklagen und zu verfolgen als Bernardo Castriota, der jetzt ein wichtiger Mann geworden war, ein Mann, mit dem die Serenissima in Zukunft bestimmt freundschaftliche Beziehungen unterhalten wollte. Es würde unumstößlicher Beweise bedürfen, um ihn des Mordes zu beschuldigen und die Anklage vor dem Rat der Zehn auch aufrechtzuerhalten.

So mit ihren eigenen Gedanken beschäftigt, sah Luisa nicht, dass Checo ihr immer hektischer winkte. Er hatte sich mit Ménego an einen Tisch gesetzt. »Luisa, Luisa, komm schnell, hör mal, was mein Freund zu sagen hat, das wird dich sicher interessieren!«, rief er sie schließlich, und sie, immer noch in Gedanken, ging mit dem Weinkrug auf die beiden zu und fragte: »Möchtet ihr noch ein Glas? Da bin ich, niemand soll sagen, dass Luisa jemanden in ihrer Osteria verdursten lässt!«

»Aber nein, Luisa wir wollen nichts trinken, wir haben schon genug und sogar ein paar auf die alte Zigeunerin getrunken, Gott hab sie selig. Wir wollten mit dir reden, denn Ménego hier weiß etwas, das hat er noch niemandem erzählt, und ich glaube, das müsste dir gefallen. Komm Ménego, erzähl Luisa, was du im Casìn dei Nobili gesehen hast.«

»Wie?«, rief sie aus und war sofort ganz Ohr. »Du warst an jenem Abend auch bei dem Fest auf Murano, Ménego?«

»Natürlich, ich bin einer der Diener, ich lebe ständig dort, deshalb siehst du mich jetzt zum ersten Mal hier in deiner Osteria in Venedig, weil Checo mich hergebracht hat. Heute gab es dort nichts zu tun, denn seit der Tragödie kommt keiner mehr ins Casìn. Sicher war ich an jenem Abend dort, ich kann dir gar nicht sagen, wie anstrengend es war, das Ganze vorzubereiten, mit all diesen Leuten, und alles musste vollkommen sein! Und dann habe ich auch am anderen Morgen noch putzen und das ganze Durcheinander aufräumen müssen.«

Ménego schwieg unsicher. Er bereute es fast, seinem Freund erzählt zu haben, was er an jenem Morgen entdeckt hatte, und es war ihm schon gar nicht recht, das auch noch einer Frau zu erzählen. Man weiß ja, wie die sind, es gibt keinen besseren Weg, etwas weiterzuverbreiten, als es einer Venezianerin zu erzählen. Er sah Luisa finster an, und als Checo ihn bedrängte, brummte er nur, das sei alles, er habe nichts gesehen.

Luisa lächelte ihn an und ließ ihren ganzen Charme spielen. Sie goss den beiden noch ein Glas ein, setzte sich zu ihnen und fing an zu plaudern. Erkundigte sich nach Ménegos Arbeit, wie man ihn im Casìn behandelte, nach seinen Aufgaben, ob man ihn anständig bezahlte, bis sein Misstrauen langsam verschwand und er, fast ohne es zu merken, von jenem Morgen zu erzählen begann, als er das Waffenzimmer putzte.

»Also, ich bin durch die Tür hereingekommen, die zum Ballsaal führt, dort, wo das Unglück geschehen ist, und genau auf der Schwelle habe ich dunkle Flecke auf dem Boden gesehen, es hätte auch Wein sein können, das glaubte ich zumindest, aber als ich sie mit einem nassen Tuch aufgewischt habe, weil sie anders nicht weggingen, bin ich ihrer Spur bis in eine Ecke gefolgt, und dort lag ein Kurzschwert auf dem Boden, es hatte ebenfalls Flecken, und da habe ich begriffen, dass es Blut sein musste. Ich habe mich erschrocken und wusste nicht, was ich tun sollte. Dann habe ich an die Wand geguckt und gesehen, dass der Platz, wo das Kurzschwert gehangen hatte, leer war. Jemand hatte es dort abgenommen. Ich habe es mit einem Tuch gründlich saubergemacht und wieder an seinen Platz gehängt. Sagt um Gottes willen niemandem etwas davon, sonst komme ich in Schwierigkeiten. Ich habe es euch nur erzählt, weil wir Freunde sind. Ich will schließlich nicht zum Verhör in den Dogenpalast gerufen werden. Vor allem, weil ich die ganze Zeit geschwiegen habe. Die dort könnten ja glauben, ich hätte etwas zu verbergen, und mich ein wenig an den Seilen aufhängen, um es aus mir herauszuholen.«

Die Stimmung im Hause Franco war gereizt. Veronica dachte voller Unruhe an ihren geliebten Marco, der noch immer in einer Zelle im Dogenpalast saß, und während sie durch das Haus lief, hatte sie an allem etwas auszusetzen. Sie behandelte sogar Lucieta schlecht, weil diese ihrer Meinung nach zu lange für den Rückweg vom Gefängnis brauchte und zu wenig Ermutigendes von dort zu berichten hatte, und das Wenige musste sie diesem verdammten Mädchen dann noch einzeln aus der Nase ziehen. Bepi quälte sie, weil er auf seinen Runden durch die Stadt keine weiteren Fakten oder Gerüchte auftrieb, mit denen man die jungen Angeklagten entlasten konnte. Sogar ihre Mutter behandelte sie schlecht, die sich trotzdem immer in ihrer Nähe aufhielt und versuchte, sie zu beruhigen oder ihr Interesse auf etwas anderes zu lenken.

Veronica lebte nur auf, wenn ihre Freunde ihr Neuigkeiten mitbrachten – doch selbst die waren im Augenblick eher entmutigend, da sie nur einen der Hauptverdächtigen entlastet hatten, die an Marcos und Zorzis Stelle hätte treten können.

Schließlich ging Veronica in das Zimmer, das ihr zum Arbeiten diente, setzte sich an den Tisch und verarbeitete ihre Unruhe und ihre Unzufriedenheit in einem langen

Gedicht, in dem sich Liebe mit einer gewissen schmerzlichen Lust und einer Todesahnung vermischten. Doch auch dies war nichts als reine Rhetorik – in Wirklichkeit wollte sie keineswegs mit dem Geliebten in einem Grab vereint sein, nein, sie wollte gemeinsam mit ihm leben, lachen, singen und schlafen.

Als sie ihr Gedicht noch einmal las, merkte sie schnell, dass die traurige Gewissheit, die ihre Feder geführt hatte, sich auf dem Papier in einer unendlichen Reihe von Gemeinplätzen niederschlug, Bilder und Wendungen wie in den Liedern, die die Gondolieri abends von einem Ufer des Canale Grande zum anderen sangen. Lieder für die Liebenden und für die Einsamen gleichermaßen, Lieder, die Trost spenden sollten und das Gefühl vertreiben, man sei alleine auf der Welt. Ärgerlich warf sie die Gänsefeder auf den Boden und ging auf den Balkon, wo sie immer ungeduldiger hin und her lief. Darunter lag die schwarz glänzende Gondel regungslos auf dem grüngoldenen Wasser des Kanals. Eine Krabbe kroch die glitschigen, mit Algen bedeckten Stufen der Uferbefestigung hinauf, und durch die glatte, dunkle Oberfläche des Wassers erahnte man manchmal eine Meeräsche, die den Schlamm aufwühlte.

Alles blieb gleich, ein Tag folgte dem anderen, und indessen entfernte sie jeder dieser immer gleichen Tage von einer möglichen Wiedervereinigung mit Marco, prägte ihr winzige, unauslöschliche Spuren des Alterns in die junge, vollkommene Haut, brachte sie und Marco – auf unterschiedliche Weise – dem Tode näher.

Veronica rief nach Lucieta, die sofort herbeieilte, sich die Hände an der Schürze abtrocknend. Im Vorbeigehen hob sie die Gänsefeder auf, reinigte sie und legte sie an ihren Platz neben das Tintenfass aus Kristall und Silber zurück. Dann blieb sie stehen, sah Veronica an und wartete ab, was die von ihr wollte.

Veronica lief im Zimmer auf und ab, blieb kurz stehen, schleuderte die goldenen Pantoffeln von den Füßen, um sich besser bewegen zu können, und nahm ihr Hin und Her wieder auf.

»Warum stehst du nur da und siehst mich mit diesem verstörten Blick an, ohne ein einziges Wort zu sagen! Kann es wirklich sein, dass du mir nie etwas zu erzählen hast, obwohl du jeden Tag zum Gefängnis gehst und immer so lange unterwegs bist? Was tust du eigentlich da, niemand versteht das, wenn du mit keinem ein Wort redest … Du bist zu nichts zu gebrauchen, dein Anblick verursacht mir höchstens noch Magenschmerzen, wenn du mich ständig wie ein geprügelter Hund ansiehst. Du schaffst es ja nicht einmal, herauszubringen, was die beiden im Gefängnis sagen, wie es ihnen geht und ob sie noch irgendetwas benötigen. Stattdessen hast du dich mit diesem Jungen aus der Osteria angefreundet, das hat man mir erzählt, der wie du aus der Gosse kommt. Man sieht, Gleich und Gleich gesellt sich gern … hast du dich vielleicht in diesen Maronenfresser verliebt?«

Lucieta senkte wortlos den Kopf. Zu viel hatte sich zu schnell verändert, als dass sie noch etwas Vertrautes hätte entdecken können, das sie durch diesen Sturm der Gedanken, Gefühle, Ängste und unverständlichen Beziehungen hätte leiten können. Sie war verwirrt und verängstigt und wusste nicht einmal mehr, was sie in diesem quälenden Durcheinander, das in ihrem Kopf herrschte, wünschen oder hoffen, geschweige denn, wie sie all das, was in ihr vor sich ging, in Worte fassen und jemandem erklären sollte.

»Hör zu, Lucieta, und dann sag mir, ob es dir gefällt«, meinte Veronica mit einer ihrer typischen abrupten Stimmungsschwankungen und nahm die Blätter, die sie beschrieben hatte. Vielleicht konnte eine naive Seele besser als ihr erfahrener, kritischer Kopf erfassen, was an den Versen, die sie eben gedichtet hatte, echt und gelungen war. Sie las ihr vor.

In Lucietas klaren Augen wechselten sich Bewunderung und Befremden ab wie Sonne und Wolken. Sie hörte völlig gebannt zu, wie der in fließendem Lateinisch gehaltenen Messe in San Marco, meilenweit davon entfernt zu verstehen, was ihre geliebte Herrin eigentlich sagen wollte.

Doch eines war ihr nun noch klarer als zuvor: Es war Marco, den ihre Herrin jetzt leidenschaftlich und von ganzem Herzen liebte, und diese Liebe ließ keinen Raum für eine zweite Liebe, für ein wenig Gefühl in irgendeinem versteckten Winkel ihres Herzens oder auch nur für ein kleines Liebesspiel wie jenes, welches das Mädchen aus den Bergen so bezaubert und verändert hatte. Es hatte sie Lust, Freude und Schmerz erfahren lassen, die unendlichen Möglichkeiten ihres jungen Körpers ebenso wie die seelischen und geistigen Abgründe, die sie noch zu ergründen hatte.

»Was meinst du, Lucieta?«, fragte Veronica und unterbrach so Lucietas leidvolle Betrachtung. Die junge Frau wirkte wie versteinert, sie sah Veronica an, ohne ihr zu antworten, ohne auch nur einen Laut auszustoßen oder sich gar zu bewegen. Dann, plötzlich, drehte sie sich um und lief die Treppen hinunter wie ein von Hunden gehetzter Fuchs.

Luisa drehte sich um und sah nach, wer hereingekommen war. Sie begrüßte Pietro Aretino mit einem Lächeln und hoffte, er würde jetzt den beunruhigenden, leeren Tisch ganz hinten belegen. Und tatsächlich, er ging wirklich in diese Richtung, mit düsterem Blick Selbstgespräche führend. Heute wirkte er noch ungepflegter als sonst; er trug den gleichen langen, üppigen Brokatumhang wie immer, nur dass dieser nun noch staubiger und mit mehr Flecken übersät war als beim letzten Mal. Zudem hatte Aretino Krümel im Bart und lange schwarze Fingernägel. Am Hals glänzte die schwere Goldkette, das Geschenk Karls V., und bildete einen seltsamen Kontrast zu den angegrauten Spitzen seines Hemdes. Als Luisa eilends an seinen Tisch kam, um ihn nach seinen Wünschen zu fragen und ihn über die letzten Neuigkeiten zu informieren, knurrte er finster: »Bring mir viel Wein, Frau, und lass mich in Ruhe! Ich möchte eine ganze Weile lang keine Frau mehr sehen oder hören!«

Luisa erwiderte nichts, zuckte nur mit den Schultern und ging zu den anderen Gästen. Derweil schickte sie Bortolo mit einem großen Krug Wein und einem Korb Gebäck zu Pietro. Der trank das erste Glas in einem Zug aus, dann stieß er unvermittelt eine Schimpftirade gegen das weibliche Geschlecht aus und rief Bortolo zum Zeugen dafür an, der ihm unbewegt und gelassen zuhörte und nur darauf wartete, dass Pietro seinen Wortschwall beendete, damit er sich seinen anderen Verpflichtungen widmen konnte.

»Weiber, Weiber! Sie sind schlau wie Füchse, hinterlistig wie Katzen, wild wie Marder, grausam wie Hyänen, heimtückisch und falsch wie Schlangen! Du bist jung und kennst sie noch nicht gut genug, halt dich fern von diesen Bestien, die so freundlich aussehen. Das Aussehen ist auch das einzig Freundliche an ihnen, ihre Seele hingegen ist ein Schlangennest. Halte dich fern von den Frauen, solange noch Zeit ist, sie sind ein Volk von Feinden, immer auf der Lauer, um dir dein Blut auszusaugen und dich von hinten zu treffen!«, und er trank hastig ein zweites Glas aus, wobei er ein wenig Wein in seinen Bart verschüttete.

»Was ist dir denn zugestoßen, dass du dich so aufregst?«, fragte Maffio Venier. Er war in der Zwischenzeit hereingekommen und zum Tisch seines Freundes gegangen. Dort setzte er sich und goss sich ebenfalls Wein ein. Bortolo nutzte die Gelegenheit, um zu verschwinden.

»Erzähl mir alles! Es ist das erste Mal, dass ich dich so wütend gegen Frauen wettern höre, du bist doch immer ein Liebling und ein Liebhaber des schönen Geschlechts gewesen! Ich kann nicht glauben, dass dich irgendeine Frau in diesen Zustand versetzt hat. Nicht einmal diese wütende, dünkelhafte Katze Veronica hätte das bei einem Verführer vom Range eines Pietro Aretino geschafft!«

»Von wegen Veronica, es war diese dreckige Hure Zaffetta! Ich habe sie von der Straße aufgelesen, ihr alles gegeben, eine Wohnung, Kleider, Schmuck, Diener, ich habe sie mit Komplimenten und Geschenken überhäuft, ich habe sie behandelt wie eine Königin, habe Gedichte für sie geschrieben, und zum Dank dafür zögert sie nicht einen Moment, als sie jemand findet, der reicher und mächtiger ist als ich, und dann sagt sie es mir nicht etwa, o nein, sie trifft sich heimlich mit ihm, um sicher zu sein, dass alles zu ihren Gunsten geregelt ist, bevor sie den sicheren Spatz in der Hand für die Taube auf dem Dach verlässt, und ich, Pietro Aretino, von Königen und Herrschern gefürchtet und verehrt, stehe als Trottel da, um nichts Schlimmeres zu sagen!«

Maffio hörte Pietros Ausbruch mit viel Mitgefühl und einem gewissen, gut verborgenen Amüsement zu. Die lauten Schmähungen hatten auch die Aufmerksamkeit der Wirtin und der Gäste der Osteria erregt, die aufmerksam lauschten und dabei so taten, als bemerkten sie nichts. Pietro Aretino, der große Spötter, selbst ein Opfer des Spotts geworden und hinters Licht geführt von einem Nichts wie Angela, die man nicht einmal sehr schlau nennen konnte. Solch eine Neuigkeit durfte man nicht verpassen, konnte sie sich genüsslich auf der Zunge zergehen lassen und sie dann geziemend unter Freunden und Bekannten verbreiten.

»Ich kann es einfach nicht glauben«, sagte Maffio noch einmal neugierig, wollte Einzelheiten erfahren, mit denen er seine Erzählung ausschmücken konnte, und genoss schon die Vorfreude darauf, jedem, der bereit war, ihm zuzuhören, alles unter dem Siegel der Verschwiegenheit weiterzuerzählen. »Weißt du auch ganz bestimmt, was du da sagst? Wie hast du es herausbekommen? Und wie hat sie in Venedig jemanden finden können, der besser ist als du?«

Unter Pietro Aretinos Bart hörte man etwas, das wie das Knurren eines wütenden Raubtieres klang: »Du kannst sicher sein, diese Sau hat ein gutes Auskommen gefunden! Sie hat sich alles genau ausgerechnet, bevor sie ihre Sachen gepackt – und das waren viele, alles Geschenke von mir und meinen Freunden – und sich dann des Nachts davongeschlichen hat wie eine räudige Katze. Keine Ahnung, wo sie jetzt steckt, vielleicht ist sie schon in Ferrandina angekommen.«

»In Ferrandina! Sag jetzt nicht, sie ist mit Bernardo weggegangen! Den hat sie aber wirklich im Fluge gepackt, das muss ich sagen, ich hätte die Zaffetta nicht für so aufgeweckt gehalten! Und sie schien dir doch so zugetan zu sein. Natürlich, das ist ja ihr Beruf. Aber wie hat sie ihn überhaupt kennen gelernt?«

Pietro Aretino goss sich noch Wein ein und rief laut nach einem neuen Krug. »Ich muss die Demütigung und das Bedauern ertränken. Nicht, dass sie es verdient hätte, dieses kleine Nichts, die sich für wer weiß was hält, weil sie schöne Brüste hat und Pietro Aretino, der König der Poeten, Gedichte für sie schrieb! Ich müsste sie abschütteln wie Staub von einer Straße, auf der eine Herde Ochsen dahergegangen ist, um nichts Schlimmeres zu sagen, ich sollte meinem guten Schicksal danken, das sie mir ohne große Umstände aus dem Weg geschafft hat. Nur meine edle Seele beweint die unerwiderte Zuneigung, die sie großmütig gegeben hat! Nein, sicher bin nicht ich es, der erniedrigt wurde, sondern sie ist es, die sich erniedrigt, indem sie mehr Gewinn in einem jüngeren Mann sucht, der sie wegwerfen wird wie Dreck, wenn er ihrer müde ist.«

Pietro holte Luft und kippte noch ein Glas Wein hinunter. Maffio nutzte die Gelegenheit, um ihm eingehende Fragen nach weiteren Details zu stellen: »Aber wie hat sie denn Bernardos Bekanntschaft gemacht, wenn nicht einmal du ihn kennst und er, soweit ich weiß, nie bei dir zu Hause war? Hat jemand den Kuppler gespielt?«

»Sie hat ihn am Tag des Turniers kennen gelernt, als Bernardo ankam und sich unerkannt unter die Menge mischte, um den Ausgang des Kampfes zu sehen. Vielleicht hoffte er auf einen vorzeitigen Tod seines älteren Bruders, der dann ja auch durch einen seltsamen Zufall nicht lange auf sich warten ließ. In diesem Augenblick feierte man jedoch Antonios Triumph, und alle drängten sich um ihn und ließen ihn hochleben, so dass er nicht einmal die Anwesenheit seines Bruders bemerkte. Angela hatte mich begleitet, um das Turnier zu sehen, aber ich blieb hier und da stehen, um mit jemandem zu reden, du weißt ja, dies sind die besten Gelegenheiten, um Kontakte mit wichtigen Leuten zu knüpfen oder zu pflegen. Auch Angela spazierte derweil von einem Grüppchen zum nächsten, um zu kokettieren und belangloses Zeug mit ihren nichtsnutzigen Freundinnen zu schwatzen. Ich weiß nicht, wie der Kerl sich ihr genähert hat, ohne dass ich es bemerkt habe, oder wer ihn ihr vorgestellt haben könnte, auf jeden Fall verabredeten sie ein Wiedersehen auf dem Fest im Casìn dei Nobili. An diesem Abend war ich müde und hatte keine Lust, bis nach Murano zu fahren und die Nacht durchzufeiern, ich hatte mit allen Leuten gesprochen, die mich interessierten, aber die Zaffetta hörte nicht auf zu betteln und meinte, ihr läge so viel daran, auf das Fest zu gehen, dass ich sie mit einem Diener in einer Gondel hingeschickt habe und schlafen gegangen bin. Möchtest du etwas Schönes hören? Am nächsten Morgen redete ganz Venedig über die Tragödie, die auf dem Fest geschehen war, der Mord am Herzog, nur die Zaffetta wusste nichts davon! Sie hätte nichts bemerkt, sagte die blöde Gans, als würde ihr das irgendjemand glauben! Von dem Diener, der sie begleitet und den Bernardo gut für sein Schweigen bezahlt hatte, habe ich dann erfahren, dass die beiden sich auf dem Fest getroffen hatten und sofort gemeinsam verschwunden und irgendwo hingegangen sind, um ihre Schweinereien zu treiben. Dann ist Angela nach Hause gekommen und hat so getan, als sei sie auf dem Fest gewesen. Erst als sie erfahren hat, dass Antonio Castriota tot war und Bernardo nun der neue Herzog, da hat sie in Windeseile und heimlich ihre Sachen gepackt und ist ihm nachgereist. So schlagen Frauenherzen, mein Freund, wenn man diesen Muskel, den sie hinter ihren Brüsten verstecken, wirklich als Herz bezeichnen kann. Der Herr möge uns behüten, warum müssen wir uns nur immer nach ihrer Gesellschaft sehnen? Soll sie doch mit ihrem Herzog zum Teufel gehen, diese schmutzige, verlauste Schlampe!«

Bei allen Anwesenden war seine Erzählung auf großes Interesse und eine gewisse Anteilnahme gestoßen. Ohne ein Wort stellte Bortolo noch einen Krug Wein auf den Tisch, wo Tizians Zeichnung unter den nassen Rändern der Gläser verwischt wurde.

Luisa lief mit Platten und Krügen umher und grübelte über das Gehörte nach. Sie strich nur ungern ihren Hauptverdächtigen für den Mord am Herzog von der Liste und nahm sich vor, das, was sie von Pietros wütendem Ausbruch gehört hatte, mit den Nachrichten, die ihr Memo zweifellos bringen würde, zu vergleichen. Wenn auch er bestätigte, dass sich Bernardo in dem bewussten Moment die Zeit mit der Zaffetta vertrieben hatte, würde sie wieder von vorn anfangen müssen mit ihrer Suche nach einem möglichen Mörder.

Avogadòr Priuli lief in seinem Zimmer im Dogenpalast auf und ab und überdachte die neuesten Nachrichten. Sein Bote war aus Mantua zurück und hatte das Gespräch mit Giacomo d'Armer wortgetreu wiedergegeben. Der junge Mann behauptete, überhaupt nichts mit der Sache zu tun zu haben, obgleich er diese vielen Drohungen gegen den Ermordeten ausgestoßen habe. In dem Augenblick, als der Herzog angegriffen wurde, sei er zwar im Casìn dei Nobili gewesen, habe das Verbrechen aber nicht miterlebt, sondern habe in einem der Spielzimmer mit einem venezianischen Patrizier, einem gewissen Gilberto Condulmèr, Wein getrunken und sich mit ihm unterhalten. Der habe ihm Sympathie und Verständnis entgegengebracht.

Obwohl er sicher war, dass der alte Patrizier die Aussage des jungen Giacomo bestätigen würde, schickte der Avogadòr nach dem Fante dei cai, um Condulmèr in den Dogenpalast bestellen zu lassen. Priuli wollte nichts unversucht lassen, obwohl er allmählich daran zu zweifeln begann, dass man in diesem so komplizierten Fall je die Wahrheit herausfinden würde.

Als der Fante dei cai erschien, bat er respektvoll darum, der Avogadòr möge sich einige Gerüchte anhören, die in Venedig die Runde machten: Pietro Aretino behaupte,

Bernardo Castriota habe sich nicht im Casìn dei Nobili aufgehalten, als sein Bruder ermordet wurde, sondern im Bett der Zaffetta, einer bekannten Kurtisane und bis zu diesem Augenblick jedenfalls Aretinos Geliebte.

»Noch ein Verdächtiger, der nichts mit der Angelegenheit zu tun hat!«, dachte der Avogadòr. »Zum Glück, denn bei seinem Rang wäre es zu unangenehm gewesen, ihn dieses Verbrechens anzuklagen, nur um zwei unvorsichtige junge Männer freizulassen.«

Der Bote kam zurück, nachdem er im Palazzo Condulmèr die Botschaft hinterlassen hatte, der Patrizier solle so schnell wie möglich in den Dogenpalast kommen, um mit dem Avogadòr zu sprechen. Er war in Begleitung eines ungepflegten, abgerissenen Menschen, den er Priuli als regelmäßigen Informanten der Signori di Notte vorstellte.

»Verzeiht, aber ich glaube, Ihr hört ihn besser selbst, Euer Gnaden. Ich halte seine Aussage für wichtig, kann aber sie nicht allein bewerten, auch weil es sich um Wirtshaustratsch handelt und mir nicht klar ist, ob er alles genau verstanden oder auch etwas dazuerfunden hat«, sagte er und zog sich mit einer Verbeugung zurück. »Euer Gnaden kann mich rufen, wenn es Euch angezeigt scheint, ich stehe zu Eurer Verfügung.«

»Also los, was hast du zu erzählen?«, fragte der Avogadòr unvermittelt den Kerl, der nervös seine fettige, schmierige Kappe in den Händen drehte. Er erhoffte sich nicht viel von ihm, aber zu diesem Zeitpunkt der Ermittlungen war alles besser als nichts.

»Ich war in der Osteria della Cerva, hochverehrter Herr, in der Nähe von San Bortolomio, und trank in aller Ruhe einen Schoppen. Dabei hörte ich unbemerkt den Unterhaltungen an den benachbarten Tischen zu. Ich blieb für mich und lauschte still und heimlich, wie ich es meist tue. Oft hört man etwas Nützliches dabei, nicht für mich, sondern für die Justiz, ich bin ein guter Bürger und diene der Republik, und ich verlange nichts für die Informationen, die ich Euch bringe, es entspringt allein Eurer Güte, wenn Ihr mich manchmal mit ein paar Dukaten entschädigt, man muss ja leben …«

»Komm zur Sache«, unterbrach ihn der Avogadòr. »Durch dich habe ich schon zu viel Zeit verloren. Was hast du über den Mord an dem Herzog gehört? Darum geht es doch, oder?«

»Ja, auf gewisse Weise schon, ich weiß nicht, es kann auch sein, dass ich mich irre, aber ich wollte es Euch sofort mitteilen. In der Osteria saß ein Diener vom Casìn dei Nobili, der erzählte, am Morgen nach dem Mord hätte er mit den anderen den Palazzo geputzt. Als er allein das Waffenzimmer betrat, von dem aus eine Tür in den Ballsaal führt, zum Schauplatz des Verbrechens, habe er dort auf dem Boden ein blutbesudeltes Kurzschwert gefunden und es gesäubert und wieder an seinen Platz gehängt, denn es stammte von einem Harnisch aus diesem Raum. Das ist schon alles, was ich gehört habe, und Luisa, die Wirtin, sagte, sie sei schon vorher sicher gewesen, dass nicht der Giustinian oder der Contarini den Herzog umgebracht hätten, und das sei der Beweis dafür. Und dann habe ich noch gehört, dass sie den Mann Ménego nannte.«

Der Avogadòr rief sofort den Fante dei cai zu sich, der vor der Tür wartete, und erteilte ihm klare, knappe Befehle: »Wirf diesen Schwätzer hinaus und gib ihm zwei Scudi. Dann fahr sofort nach Murano zum Casìn dei Nobili und bring uns den Diener, der Ménego heißt. Wenn das nicht genügt, dann bestell auch noch diese faszinierende Wirtin her, die mehr über das Verbrechen, mit dem ich mich befasse, zu wissen scheint als ich. Diese beiden Hitzköpfe Giustinian und Contarini mögen unschuldig sein, aber sie bleiben hier, bis ich den wahren Schuldigen gefunden habe.«

Vor der Tür der Osteria della Cerva grenzte die Straße an einen *sotoportego* und hier, in einer Mauernische, stand Lucieta, verborgen in der Dunkelheit. Sie war zu aufgewühlt und verängstigt, um die Osteria zu betreten, solange noch viele Leute dort waren. In diesem Zustand wollte sie sich niemandem zeigen und versuchte erst, sich zu beruhigen und unter Kontrolle zu bekommen, bevor sie hineinging, um Bortolo zu suchen, der einzige Mensch, zu dem sie ein wenig Zutrauen gefasst hatte in dieser Stadt, die ihr auf einmal wieder fremd und unverständlich geworden war. Sie weinte leise, ohne zu schluchzen und presste sich an die grobe Mauer des Durchgangs, so dass es fast aussah, als wäre es die Mauer, aus der Feuchtigkeit tropfte.

Bortolo war einen Moment hinausgegangen, um einen Eimer schmutziges Wasser in den Kanal zu kippen. Er streifte sie, ohne es zu merken, und zuckte zusammen, als ihn eine kleine eiskalte Hand am Handgelenk packte: »Heilige Jungfrau Maria, was hast du mir für einen Schrecken eingejagt! Was machst du denn so allein hier draußen, komm doch herein. Aber warum weinst du? Was ist passiert, Lucieta, komm, beruhige dich, was auch geschehen sein mag, wir werden versuchen, eine Lösung zu finden, wir reden mit Luisa darüber. Das ist eine Frau mit Erfahrung, die kann alles wieder in Ordnung bringen, du wirst schon sehen, wir werden gemeinsam eine Möglichkeit finden, damit du ein wenig zur Ruhe kommst. Du kannst dich doch nicht ständig so quälen.«

Lucieta weigerte sich, auch nur einen Schritt zu tun, sie klammerte sich an die Wand und weinte noch heftiger und sagte, sie schäme sich, sie wolle niemanden sehen und auch mit keinem Menschen reden. Bortolo nahm sie zart an der Hand, beruhigte sie und flüsterte ihr süße Trostworte ins Ohr, wie man es mit einem verängstigten kleinen wilden Tier tut: »Sei brav, Lucieta, weine nicht, hab keine Angst. Ich lasse dich durch die Tür zur Speisekammer herein, dann kann dich keiner sehen. Du wartest in meinem Zimmer, bis alle gegangen sind. Inzwischen beruhigst du dich und wäscht dir das Gesicht, und wenn keine Leute mehr in der Osteria sind, dann komme ich mit Luisa, und wir reden in Ruhe, du wirst schon sehen, du wirst dich bei ihr wohl fühlen, sie versteht alles, und wenn sie helfen kann, dann tut sie es gern.«

Lucieta ließ sich ergeben wie ein Lamm auf dem Weg zur Schlachtbank zur Speisekammer führen. Als sie in dem kleinen Zimmer mit der niedrigen Decke ankamen, das nur mit einem Holzkasten und einem Strohlager ausgestattet war und in dem Bortolo des Nachts schlief, kauerte sich Lucieta in einem Winkel zusammen und schloss die Augen. Bortolo betrachtete sie mit einer Mischung aus Mitleid und Zuneigung, dann lief er hastig die Treppe in die Osteria hinauf, um sich wieder seiner Arbeit zu widmen. Er flüsterte Luisa zu: »Lucieta ist da. Ihr Zustand ist zum Fürchten, sie wollte nicht einmal hereinkommen, aber ich habe sie dazu überredet und in mein Zimmer gebracht. Man muss vorsichtig sein, wie man mit ihr redet, sie verschließt sich sonst wie eine Auster und sagt kein Wort mehr. Sie ist zu Tode erschrocken, und niemand weiß, warum.«

Luisa erstarrte: »Wir müssen sie zum Reden bringen, dieses Mädchen weiß etwas oder hat etwas gesehen, das sie bedrückt, und hat nicht den Mut, damit herauszurücken. Aber jetzt, wo wir wissen, dass weder Giacomo noch Bernardo diesen verfluchten Herzog ermordet haben können, müssen wir es aus ihr herausholen, wenn wir diesen beiden Dummköpfen den Hals retten wollen, die sich fangen und einsperren ließen wie zwei Einfaltspinsel. Und ich bin sicher, irgendetwas entgeht unserem Blick, und dieses Mädchen hat es gesehen oder gehört.« Bortolo war so klug, nichts darauf zu erwidern, aber er sorgte sich mehr um Lucieta als um die beiden Gefangenen, die schon viele auf ihrer Seite hatten. Er hoffte nur, Luisa würde nicht zu grob und beharrlich sein bei ihrem Vorhaben, Lucieta ihr Geheimnis zu entreißen, und stattdessen bemerken, dass das Mädchen vor allem Verständnis und Hilfe brauchte.

Allmählich leerte sich die Osteria. Bortolo hatte den großen Reisigbesen geholt und fegte eifrig zwischen den Füßen der Gäste, die noch nicht willens waren aufzustehen.

Luisa ging zum Tisch im Hintergrund des Raumes, wo Maffio Venier immer noch versuchte, seinen Freund, den großen Aretino, mit einer Mischung von Gemeinplätzen zu trösten. Der lag wie das stolze Wrack einer Galeone über dem Tisch, wo der verschüttete Wein in Wellenlinien hinunterlief.

»Verehrte Herren, ich weiß nicht, wie ich mich bei zwei Edelmännern wie euch entschuldigen soll, habt Geduld mit mir, aber wir schließen jetzt für die Nacht. Ich wäre sehr glücklich, euch morgen wieder hier bedienen zu dürfen, und das könnte ich auch viel besser als jetzt, denn ich habe alles verkauft, was ich für heute zubereitet hatte. Wenn ihr mir morgen wieder die Ehre geben wollt …«, und dann entließ sie sie mit einem perfekten Knicks.

Endlich allein sahen Luisa und Bortolo einander mit einem Seufzer der Erleichterung an. Bortolo dachte besorgt an Lucieta, wie ungeahnt zerbrechlich sie war. Und Luisa verspürte Skrupel, dass sie ein Mädchen befragen wollte, das so durcheinander und verängstigt war. Andererseits musste man diesen Zustand äußerster Schwäche ausnutzen, um alles aus ihr herauszubekommen, was sie wusste – wenn sie denn etwas wusste.

»Geh und ruf sie. Inzwischen bringe ich ein warmes Essen auf den Tisch«, sagte Luisa zu Bortolo und ging zur Feuerstelle.

Als der mit der zitternden Lucieta herunterkam, rührte das Mädchen Luisa trotz allem, deshalb ging sie wortlos auf es zu und umarmte es fest, als wäre es ihre Tochter oder ihre jüngere Schwester. Sie zog Lucieta näher ans Feuer, wo noch ein wenig Glut in der Asche war, und gab ihr einen Teller Nudeln mit Bohnen in die Hand. Dann nahm sie den Weinkrug, um ihr etwas einzugießen und sagte lächelnd: »Ganz ruhig, mein Mädchen, iss zuerst etwas und stärke dich, ein leerer Magen hält nichts aus, du musst keine Angst haben, hier sind wir alle deine Freunde, wir wollen dir nur helfen. Jetzt setz dich, und du musst auch gar nichts sagen, wenn dir nicht danach ist. Wenn es dir besser geht und du reden möchtest, kannst du uns erzählen, was dich so quält, wenn du glaubst, es hilft dir, und wenn du unseren Rat möchtest.«

Sie drehte sich um und begann, durch den Raum zu laufen, um Lucieta die Möglichkeit zu geben, sich in Gesellschaft ihres Freundes Bortolo langsam an diesen unbekannten Ort zu gewöhnen. Er hatte sich neben sie gesetzt und ihr schweigend eine Hand auf den Rücken gelegt. Erst als Lucieta ihre Schüssel geleert und den Wein getrunken hatte, kam Luisa wieder näher und setzte sich ihr gegenüber.

Die junge Frau war nicht mehr so blass wie vorher, aber ihre Augen waren immer noch geschwollen, und sie wirkte verängstigt wie ein Tier in der Falle. Bortolo hielt ihre Hand, als wollte er sie durch einen schwierigen Moment geleiten.

Luisa sprach streng, aber auch liebevoll mit ihr: »Du musst alles erzählen, Lucieta. Du kannst das nicht für dich behalten, du wirst noch verrückt, wenn du so weitermachst. Es gibt für alles eine Lösung, du wirst schon sehen, wir finden einen Weg, wie du da rauskommst und wir dir helfen können, aber wir müssen wissen, was dich ängstigt und was geschehen ist. Versuch dich zu besinnen und mir alles haarklein zu erzählen, woran du dich von diesem Abend im Casìn dei Nobili erinnerst: wo du hingegangen bist, was du gemacht hast, wo du im Moment warst, als das Unglück geschah, was du gehört und gesehen hast.«

Auf Luisas freundliche Aufforderung hin erstarrte Lucieta und schüttelte ihren Kopf. Dabei flüsterte sie kaum hörbar: »Ich kann nicht, ich kann nicht …« Dann blieb sie stumm und in sich gekehrt sitzen wie ein vor Furcht erstarrtes Tier, das sich nach einem Fluchtweg umsieht. Ein gespanntes Schweigen hing nun in dem Raum.

Luisa und Bortolo versuchten sich vorzustellen, was für ein schmerzliches Geheimnis Lucieta so hartnäckig verbergen könnte, und wussten nicht, wie sie das Mädchen dazu bringen konnten, sich ihnen anzuvertrauen.

»Lucieta, wenn wir nicht wissen, was dir so viel Angst einjagt, dann können wir dir überhaupt nicht helfen, das verstehst du doch, oder?«, begann Luisa wieder sanft. »Es kann nicht so schlimm und ausweglos sein, wie es dir jetzt scheint, und hier sind drei Köpfe, um darüber nachzudenken. Wir finden sicher eine Lösung.«

Lucieta zitterte und weinte, während die beiden anderen sie voller Liebe und Mitleid anschauten, und gerade wegen dieser Blicke, die ihr zeigten, dass sie nicht allein war, dass sich auf dieser Welt zwei Menschen um sie sorgten und ihr helfen wollten, gab sie plötzlich nach.

»Nein, es gibt keinen Ausweg, auch wenn ihr mir helfen wollt. Ihr ahnt ja nichts, es ist viel schlimmer, als ihr es euch vorstellt! Natürlich weiß ich, wer den Herzog getötet hat! Ich war es!«, platzte Lucieta heraus, sobald sie Atem geschöpft hatte. »Ich war es, Gott verzeih mir! Ich bin an allem schuld. Ich wollte nicht, dass diese beiden armen Herren ins Gefängnis kamen, dass man sie zum Tode verurteilte, aber ich konnte einfach nicht reden, ich brachte es nicht fertig, außerdem wusste ich nicht, wem ich es erzählen sollte, an wen ich mich wenden konnte. Ich hatte zu große Angst, dass, wenn ich redete, man mich sofort festnehmen und zum Tode verurteilen würde, ich bin ja nur ein armes Bauernmädchen, und vielleicht würde man mich sogar vierteilen. Ich habe dem Pfarrer gebeichtet, und er hat mir als Buße auferlegt, ich solle zum Avogadòr oder zum Missier grando gehen und alles erzählen, aber ich hatte nicht den Mut dazu. Ich habe gedacht, Bortolo wäre der Einzige, dem ich es sagen könnte, er würde mich vielleicht verstehen und mir sogar vergeben, und so bin ich endlich hergekommen und habe meine Seele von der Last befreit, mit der ich nicht länger leben kann.«

Schluchzend erzählte Lucieta von ihrer Odyssee, von dem Albtraum jenes Abends im Casìn dei Nobili. Wie heiter war sie dort hingefahren, hatte als Page verkleidet am Ruder gestanden zusammen mit Bepi, der ebenfalls sein bestes Gewand trug und stolz darauf war, die schönste und meistbeneidete Frau des Festes, seine geliebte Herrin, dorthin zu fahren. Luisa und Bortolo lauschten stumm und bestürzt, sie wussten nicht, was sie sagen sollten. Lucieta erzählte von dem prunkvollen Fest, wie sie geglaubt hatte, sie wäre durch eine unsichtbare Zauberpforte aus ihrem Alltagsleben in eine Märchenwelt getreten. Veronica, ihre heißgeliebte Veronica, sah wunderschön und zerbrechlich aus, sie tanzte wie die Königin aller Feen, wurde von allen bewundert und bekam Komplimente. Wie der Herzog, der König des Festes, sie bedrängte, er wollte unbedingt mit ihr tanzen, und dann hatte er sie plötzlich beleidigt und verhöhnt. Sie hatte Veronicas Wut und Schmerz gesehen, und machtvoll hatte es sie dazu gedrängt, ihre Herrin zu verteidigen und diesen Schurken zu bestrafen, der ihren Stolz so hart getroffen hatte. Lucieta erzählte von ihrer Kraft und ihrer Geschicklichkeit im Umgang mit der Waffe, die sie im Unterricht bei Bastiano Bellotto erworben hatte, und wie sie mit dem

Instinkt eines Tieres reagiert hatte, im Vertrauen auf ihre kämpferischen Fähigkeiten.

Als die Kerzen verloschen, war sie flink wie eine Katze hinter dem schweren Vorhang, der sie verbarg, hervorgeschlüpft, hatte den harten Schlag mit dem Kurzschwert gegen den Schurken geführt, der es gewagt hatte, ihre Göttin zu beschimpfen und zu demütigen, und war danach instinktiv, wie ein wildes Tier sich in seine Höhle verkriecht, in der Dunkelheit verschwunden.

Lucieta erzählte von dem Durcheinander, den Schreien, von Veronicas Schmerz, ihrer Fahrt mit der Gondel nach Hause, wie schrecklich die dunkle Nacht war, schwarze Tropfen regneten von den Rudern jedes Mal, wenn sie auftauchten, und sahen aus wie das Blut des Herzogs, und Veronicas Tränen zerrissen ihr das Herz. Die Nachricht, man habe zwei Unschuldige festgenommen, und ihre Furcht und Reue hatten sie in diesen langen Tagen des Wartens, der Zweifel und Ängste fast in den Wahnsinn getrieben.

Sie erzählte auch, sie habe jetzt die Gewissheit, dass sie Veronica nichts bedeute, dass sie für sie nur ein neues Spielzeug gewesen sei, mit dem sie sich eine Weile vergnügt hatte, während Veronica für Lucieta eine neue Welt bedeutet hatte, eine Welt, von der sich nun herausgestellt hatte, dass es sie gar nicht gab. Sie hatte auch feststellen müssen, dass alle Gedanken und Gefühle ihrer angebeteten Herrin, in denen sich Lucieta ein wenig Platz erhofft hatte, ausschließlich Marco Giustinian galten, zumindest, seitdem er sich in tödlicher Gefahr befand. Lucieta redete jetzt wie ein Wasserfall, wie ein unaufhaltsamer Fluss, der alle Dämme durchbrach, gegen die er schon so lange brandete. Als Lucieta fertig war, verbarg sie ihr Gesicht in den Händen und fing wieder an zu weinen.

»Jetzt weiß ich, was ich tun muss, es ist die einzige Möglichkeit: Es tut mir nur leid, dass ich nicht früher den Mut dazu hatte. Ich gehe sofort zum Gefängnis und erzähle der Wache, die mich kennt, alles. Man wird mich zum Fante dei cai bringen, und ich werde ein Geständnis ablegen, werde ihm alles ganz genau erzählen. Dann wird man den Herrn Giustinian und den Herrn Contarini freilassen, und Veronica wird sich freuen. Mir ist jetzt alles egal, man soll mir den Kopf abhacken, mich vierteilen, nach Belieben. Ich will nur noch sterben, so kann ich nicht weiterleben.«

Luisa zögerte keinen Moment. Sie hatte ihren Mörder gefunden, und es war dieses verzweifelte junge Mädchen. Aber alles in ihr lehnte sich gegen den Gedanken auf, sie der harten Justiz Venedigs auszuliefern.

»Hör auf zu weinen, Lucieta, du hast schon zu viele Tränen vergossen, jetzt musst du dich ausruhen, um wieder einen klaren Kopf zu bekommen. Du gehst nirgendwohin, du bleibst hier und rührst dich nicht von der Stelle, bis wir nachgedacht und eine Lösung gefunden haben. Du darfst mit niemandem reden als mit Bortolo und dich nirgendwo sehen lassen. In diesem Zustand bist du nicht in der Lage, irgendwohin zu gehen oder etwas zu tun. Am besten machst du nur, was wir dir sagen, wir können jetzt besser entscheiden, was dir nützt oder schadet. Vertrau uns, und du wirst sehen, wir finden eine Lösung.

Bortolo, du bereitest in der Mansarde ein Bett vor und gibst ihr eins meiner Nachthemden, sie muss sich sofort hinlegen, so erschöpft wie sie ist. Ich glaube, ich werde

Veronica Franco besuchen. Man muss mit ihr reden, sie hat ein Recht, die Wahrheit zu erfahren: Dann werden wir gemeinsam entscheiden, was zu tun ist, aber ich bin mir sicher, sie wird meiner Meinung sein. Wir müssen als Erstes ein Versteck für dieses arme Mädchen finden und dann einen Weg, den Avogadòr wissen zu lassen, was an jenem Abend wirklich vorgefallen ist, um diese beiden Dummköpfe zu entlasten und aus dem Gefängnis zu holen.«

Während Bortolo das schluchzende Mädchen ins obere Stockwerk brachte, sanft auf sie einredend und sie mit kleinen Liebkosungen beruhigend, warf sich Luisa ihr besticktes Schultertuch um und lief eilig hinaus.

Paola ging brummend zur Tür: »Wo ist nur dieses Mädchen hingekommen, dass sie nicht einmal mehr die Tür öffnet, diese Lucieta wird immer seltsamer, nie ist sie da, wenn man sie braucht, immer muss ich alles allein machen.«

Luisa schlüpfte hinein, nahm das Schultertuch ab, schüttelte die Haare aus und bat sehr freundlich darum, sogleich mit Veronica sprechen zu dürfen.

Paola sah sie misstrauisch an: »Wer seid Ihr und was wollt Ihr von meiner Tochter? Zu dieser Zeit stört man keinen Menschen im eigenen Heim. Wartet hier, ich werde Veronica fragen, ob sie Euch trotzdem sehen will.«

»Ich bitte Euch, Signora«, sagte Veronica, »ich bin Luisa, die Wirtin der Osteria della Cerva, und ich muss ihr wichtige Dinge über das Verbrechen im Casìn dei Nobili erzählen, Dinge, die sie und mich betreffen, und Ihr werdet merken, dass sie mich sofort sehen will.«

Paola verschwand besorgt. Sie hatte aufmerksam beobachtet, wie sich die Angelegenheit entwickelte, auch aus der Angst heraus, Veronica könnte noch weiter mit hineingezogen werden. Außerdem war sie nicht von der Unschuld der beiden Gefangenen überzeugt. Veronica verschwendete viel zu viel Zeit und Herzblut auf die Lösung des Falles, alles in der Hoffnung, Marco zu befreien.

Sogar die Hinrichtung der beiden Patrizier hätte für Paola eine Erleichterung bedeutet, so viel Schmerz sie ihrer Tochter auch bereiten würde. Man weiß ja, die Zeit heilt alle Wunden, Tote vergisst man und tröstet sich irgendwie. Die Welt ist voller Männer.

Sobald sie Luisa in Veronicas Arbeitszimmer geführt hatte, verabschiedete letztere Paola eilig. Sie wusste nur zu gut, wie sehr ihrer Mutter die Angelegenheit verhasst war, und fürchtete, sie würde etwas verraten und dadurch einen möglichen Weg gefährden, um die beiden zu befreien, die ihr so am Herzen lagen.

Paola ging, auch wenn sie sich darüber ärgerte, ausgeschlossen zu werden, wenn es etwas Interessantes zu erfahren gab: »Ich weiß, ich bin nur für die Arbeit gut, wenn es darum geht, hierhin und dorthin zu laufen, aber nie sagt man mir etwas. Nie fragt man mich um Rat, wenn es um wichtige Entscheidungen geht; dann zähle ich überhaupt nicht«, beklagte sie sich und ging hinaus, um an der Tür zu lauschen.

Veronica empfing Luisa begeistert, sie brannte darauf, zu erfahren, was die Frau für Neuigkeiten in der Angelegenheit hatte, die ihr nicht mehr aus dem Kopf ging. Sie kannte Luisa nur vom Hörensagen, wusste aber, dass es hieß, sie besäße gesunden Menschenverstand und einen flinken Kopf, obwohl sie aus dem Volk kam und ungebildet war.

»Setzt Euch hierher, Signora Luisa, und erzählt mir, was könnt Ihr mir Neues über das Verbrechen erzählen? Ich weiß, Ihr seid genauso interessiert wie ich am Schicksal der beiden jungen Männer, die im Gefängnis sitzen, obwohl sie zweifellos unschuldig sind. Meine Dienerin Lucieta hat mir erzählt, dass sie jeden Tag, wenn sie auf meinen Befehl einen Korb ins Gefängnis bringt, dort Euren Gehilfen trifft. Ich habe so viel herumgesucht und gefragt, und ich kenne viele Leute, auch wichtige Persönlichkeiten, aber bis jetzt habe ich nichts Nützliches herausgefunden. Als ich Euch gesehen habe, habe ich gehofft, Ihr bringt mir gute Nachrichten: zum Beispiel, dass man herausgefunden hat, dass in Wirklichkeit, wie viele glauben, Bernardo Castriota den Herzog umgebracht hat …«

Luisa atmete tief durch und ging ans Werk. Sie musste einfach auf Veronicas Hilfe vertrauen, sie hatte gar keine andere Wahl.

»Nein«, sagte sie, »Bernardo hat nichts damit zu tun, man hat festgestellt, dass er in jener Nacht bei der Zaffetta war; ich brauche Euch gar nicht zu erzählen, wie Pietro Aretino es aufgenommen hat, das könnt Ihr Euch selbst sicher gut vorstellen. Nein, es hat jemand getan, von dem es niemand erwartet hätte.«

Und dann berichtete sie ihr in allen Einzelheiten von Lucietas Geständnis und fügte hinzu, sie sei überzeugt, man müsse dem armen Mädchen helfen, das diese unglaubliche Tat bereue, die es in einem Augenblick des Wahnsinns begangen habe und nur aus Liebe zu Veronica, um sie zu verteidigen und zu rächen. Man dürfe sie keinesfalls den Schergen des Rats der Zehn ausliefern.

»Sie ist ein gutes Mädchen, sie hat es nur für Euch getan, weil sie Euch so sehr liebt, und als sie gemerkt hat, in welche schlimme Situation sie geraten ist, hatte sie nicht mehr den Mut, ihre Tat zu gestehen. Ihr müsst mir helfen, wir müssen eine Möglichkeit finden, sie zu retten und trotzdem den Avogadòr wissen zu lassen, wie sich die

Sache zugetragen hat, um die beiden anderen zu entlasten. Zuerst müssen wir ein Versteck für sie finden, möglichst weit von Venedig entfernt. Dann müssen wir dem Avogadòr ihr schriftliches Geständnis zukommen lassen, wir können doch das arme Mädchen nicht den Wachen übergeben, damit sie es verhören. Nur kann Lucieta nicht schreiben und auch ich nur ein wenig, ich weiß nur, wie man rechnet. Ihr müsst schreiben, ich werde Euch alles so erzählen, wie es mir Lucieta gesagt hat: Dann wird sie unterschreiben oder ein Kreuz machen, und Bortolo und ich werden als Zeugen unterschreiben. Verzeiht, aber in diesem Augenblick kann ich Lucieta leider nicht zu Euch bringen, damit Ihr die Geschichte aus ihrem eigenen Munde hört. Sie ist in einem schrecklichen Zustand, und es ist schon viel, dass sie es geschafft hat, uns beiden alles zu erzählen. Jetzt muss sie sich unbedingt ausschlafen und zur Ruhe kommen. Ihr müsst mir vertrauen.«

Ohne einen Augenblick zu zögern, nahm Veronica Feder und Tintenfass zur Hand und sagte: »Gott soll Euch für das belohnen, was Ihr getan habt, Luisa, und was Ihr jetzt tut. Ihr habt uns gerettet. Alle drei verdanken Euch ihr Leben, und ich bin sicher, alle drei Leben sind es wert, gerettet zu werden. Es tut mir leid, dass der Herzog sein Leben verloren hat, obwohl er arrogant und allzu sehr von sich überzeugt war, und dieser arme Fantino, der wirklich ein anständiger Mensch war. Diktiert mir, setzen wir sofort dieses Geständnis auf, dort sollen die Dinge genauso erzählt werden, wie sie geschehen sind. Danach lesen wir das Dokument noch einmal durch und sehen, ob alles so richtig ist, es überzeugend genug klingt und wir alles gut erklärt haben. Ich werde die geeignete Person finden, um dem Avogadòr oder dem Rat der Zehn das Dokument zu überbringen, aber erst nachdem wir einen sicheren Weg gefunden haben, um Lucieta aus Venedig zu schaffen, und sie weit genug entfernt ist, damit sie niemand mehr finden kann. Dieses arme Mädchen hat schon zu viel gelitten; Lucieta verdient es wirklich nicht, öffentlich zwischen den beiden Säulen der Gerechtigkeit hingerichtet zu werden, als wäre sie eine gemeine Verbrecherin.«

In der Mansarde der Osteria della Cerva wiegte Bortolo Lucieta sanft in seinen Armen und sprach leise auf sie ein, wie man es mit einem verängstigten Kind tut.

»Hab keine Angst mehr, Lucieta, du bist in guten Händen, bei Menschen, die dich gern haben. Versuch nicht mehr an das zu denken, was geschehen ist. Jetzt musst du fort aus Venedig, möglichst weit weg. Du kannst nicht mehr zu deiner Familie nach Hause gehen, dort werden sie dich zuerst suchen. Aber wir können gemeinsam weggehen, sogar schon morgen früh. Wenn du willst, komme ich mit dir. Dann bist du wenigstens nicht allein. Du musst daran denken, dass du morgen ein neues Leben beginnst, auch wenn es vielleicht einfacher und härter sein wird, ohne Feste und luxuriöse Häuser, ohne die Schönheiten Venedigs, aber auch ohne Ängste und Verbrechen. Morgen kommt Checo mit seinem Boot, und wir lassen uns bis Tessera bringen, dort steht das Haus meines Vaters. Ich werde ihm das Geld geben, das ich während meiner Arbeit hier in der Osteria gespart habe, und er soll uns dafür den Esel und einen kleinen Wagen verkaufen. Wenn du glaubst, du kannst es mit mir aushalten, wenn du das versuchen willst, dann kenne ich einen sicheren Ort. Wir können bis zum Wald im Gebirge gehen, außerhalb von Venedigs Grenzen, auf die Hochebene in Richtung Trento, dort wird uns niemand suchen. Dorthin kommen nur im Sommer die Holzfäller und die deutschen Köhler, die die Bäume zum Kohlemachen schlagen. Ich weiß, bis vor wenigen Jahren gehörte das noch zum Gebiet von Venedig, deshalb reden die Leute so ähnlich wie wir, und man kann sich mit fast allen Menschen verständigen, die dort leben. Jetzt gehört das Land dem Bischof von Trento, und niemand hat uns dort etwas zu sagen, im Gegenteil, die sind froh, wenn jemand kommt, um dort zu arbeiten und die Gegend zu bevölkern, dort leben nur sehr wenige Leute. Wenn wir wollen, das heißt, wenn du willst, können wir auch heiraten und Kinder bekommen, mir würde das gefallen, das sage ich dir gleich, aber vielleicht ist es für dich noch zu früh, um darüber zu reden, das sehen wir dann, wenn du ruhiger geworden bist und wir in Sicherheit sind. Mach dir keine Sorgen, ich werde warten, bis du dazu bereit bist. Wenn es dir gefällt und wenn nicht, auch gut, ich gehe jetzt trotzdem mit dir fort und bleibe, solange du jemanden brauchst, der dir hilft und bei dir ist. Dort oben auf dem Gipfel, weitab von der Welt, wohnt mein Onkel, ein alter, verrückter Kerl, aber ein anständiger Mensch. Er hat eine Frau von den Slaghenaufi geheiratet, so heißt die Familie dort, es sind Deutsche, und er ist mit ihnen in den Wald gezogen. Ihm gefällt es, er wohnt in einer Hütte aus Baumstämmen dort im dichten Wald, hat einen kleinen Garten, vier Ziegen und ein Dutzend Hühner. Er trifft nie Leute außer diesen Slaghenaufi, das sind viele, ein ganzer Stamm, und sie brauchen immer Arbeiter, die ihnen helfen, Holz zu schlagen und Kohle zu brennen, die sie dann im ganzen Land und in Deutschland verkaufen. Er wäre froh, nicht mehr allein zu sein, jemanden zu haben, mit dem er abends reden kann, und noch vier Hände mehr bei der Arbeit. Er kennt jeden Winkel des Waldes wie sein eigenes Zuhause, mit ihm sind wir so sicher wie in der Kirche. Du wirst sehen, dort oben ist es schön. Mein Vater hat mich manchmal im Sommer dort hinaufgebracht, als ich ein Kind war. Dort gibt es einen Bach, dessen Wasser so klar und durchsichtig ist, dass es wie Glas aussieht, nicht so grün wie hier in Venedig. Dort springen die Forellen aus dem Wasser, und abends kann man die Krebse mit der Hand fangen. Hasen und Steinböcke kommen, um vor dem Haus zu grasen …«

Während Bortolo sprach – und das war die längste Rede, die er je in seinem Leben gehalten hatte –, war Lucieta eingeschlummert wie ein Kind, erschöpft vom vielen Weinen. Jetzt schlief sie ruhig, mit einem leichten Lächeln auf den angeschwollenen Lippen, vielleicht träumte sie von dem dichten Wald, dem hellen Plätschern des Baches und den Tieren in diesem irdischen Paradies.

Bortolo legte sie vorsichtig auf das Lager, das er vorbereitet hatte, deckte sie zu und ging hinunter, um in der Nähe der Feuerstelle auf Luisa zu warten. Dabei grübelte er über den Fluchtplan nach, den er sich ausgedacht und sorgfältig überlegt hatte.

Natürlich würde Luisa nicht begeistert darüber sein, dass ihre rechte Hand sie ganz plötzlich verließ. Aber er hatte auch das bedacht und schon eine Lösung im Kopf: Wenn sie nach Tessera kamen, würde er einen seiner jüngeren Brüder als Ersatz für ihn schicken. Es tat ihm leid, Luisa und Venedig verlassen zu müssen, aber in diesem Augenblick galten seine Gedanken nur Lucietas Rettung und der Hoffnung, das Mädchen würde ihm Dankbarkeit und Freundschaft entgegenbringen, die sich dann mit der Zeit durch das enge Beieinandersein und die gemeinsam durchlebten Gefahren in ein anderes Gefühl verwandeln würden. Dort oben würden sie ein hartes Leben führen, aber es hatte auch seine guten Seiten: Sie hätten nichts mehr zu befürchten, wären ihre eigenen Herren und würden sich ihr Leben mit ihren eigenen Händen aufbauen, im Einklang mit der Natur und auch oft im Kampf gegen sie, denn sosehr sie manchmal ein Freund sein konnte, sosehr konnte sie auch zu einem unerbittlichen Gegner werden.

Er war völlig in seinen Gedanken und Plänen versunken, als Luisa freudestrahlend hereinkam, ein Blatt Papier schwenkend. Sie warf ihr Schultertuch auf einen Stuhl, legte das Bündel, in dem Veronica hastig Lucietas wenige Habe zusammengepackt hatte, vorsichtig auf den Tisch und fügte ein Säckchen Dukaten hinzu.

»Wir haben es geschafft, Bortolo! Schau her, Lucieta muss nur noch unterschreiben oder ein Kreuz machen, und danach noch wir beide, und dann bedeutet dieses Stück Papier Freiheit und Leben für die beiden jungen Männer! Jetzt müssen wir nur noch einen sicheren Ort für das Mädchen suchen, an dem niemand sie finden wird.«

Mit einem zufriedenen Lächeln erklärte Bortolo Luisa seinen Plan, und die stimmte schweren Herzens zu.

»Natürlich tut es mir leid, dass du nicht bei mir bleibst, Bortolo, ich weiß nicht, wie ich die Osteria ohne deine Hilfe weiterführen soll, aber ich verstehe, dass dies jetzt wohl das Beste ist. Du hast dieses verrückte Mädchen sehr gern, nicht? Hoffen wir mal, sie will dich auch, du hast es verdient. Ja gut, wir machen alles, wie du gesagt hast, aber denk daran, schick mir sofort deinen Bruder. Wer weiß, vielleicht werde ich euch einmal im Gebirge besuchen, das würde mir gefallen, ich habe Venedig noch nie verlassen. Und jetzt geh los und pack die Sachen, die du mitnehmen willst, und dann versuchen wir, ein wenig zu schlafen, bis Checo mit dem Boot kommt.«

Sie verriegelten die Eingangstür der Osteria, lächelten einander zufrieden an und machten sich auf den Weg in ihre Betten, um noch ein wenig Schlaf zu bekommen.

Am nächsten Tag blieb die Tür der Osteria della Cerva zum großen Bedauern der Stammgäste geschlossen. Viele versuchten es mit Klopfen und Rufen, aber ohne Erfolg, und fluchend mussten sie in den Sturiòn oder den Leon Bianco gehen.

Luisa oder Bortolo schienen verschwunden und so auch ihr Stammlieferant Checo, den man angewiesen hatte, er solle sich von niemandem sehen lassen, wenn er mit dem Boot um die Kanalbiegung fuhr. Luisa hatte seit dem frühen Morgen auf der Dachterrasse Ausschau gehalten. Die Stadt schien wie eine Luftspiegelung aus dem Perlmuttbauch der Lagune aufzutauchen und nur langsam ihre Form anzunehmen, modelliert vom ersten schwachen Morgenlicht.

Sobald Luisa den Bug von Checos Boot erspäht hatte, war sie auf ihn zugerannt und hatte ihm gesagt, er solle es am Ufer hinter dem Haus vertäuen, wo ihn niemand sehen konnte. Dann hatte sie ihn eilig die Kisten Fisch ausladen und die wenigen Habseligkeiten der beiden jungen Leute einladen lassen. Er hatte die schlaftrunkene Lucieta in einen weiten, schwarzen Umhang gehüllt, sie mit dem Gepäck unter der Ruderbank im hinteren Teil des Bootes untergebracht und dann über alles eine alte Decke geworfen. Anschließend hatten sie sofort abgelegt.

»Kommt, beeilt euch, ihr müsst aus der Stadt verschwunden sein, bevor es hell wird. Niemand darf euch sehen. Während ihr nach Tessera rudert, wird dir Bortolo alles erklären, aber es ist ganz wichtig, dass du mit niemandem darüber redest. Checo, du willst doch immer tratschen und deinen Freunden das Neueste erzählen. Wenn ich aber erfahre, dass du auch nur ein einziges Wort gesagt hast, will ich dich hier nicht mehr sehen, keine Schoppen mehr in der Osteria della Cerva bis an dein Lebensende! Viel Glück, meine Kinder, Gott soll seine schützende Hand über euch halten und euch Mut und Kraft verleihen!«, hatte Luisa erklärt.

Ein wenig später, die Sonne war gerade aufgegangen, kam Bepi und war ebenfalls erstaunt, die Tür der Osteria verschlossen zu finden. Auch er klopfte laut und rief nach Bortolo, aber auch er bekam keine Antwort.

Luisa stand gelassen auf der Dachterrasse, kämmte in der Sonne die Haare, die sie wieder einmal mit Henna gewaschen hatte, feilte und polierte ihre von der Arbeit mitgenommenen Nägel, rieb sich Gesicht und Körper mit Süßmandelöl und Rosenwasser aus der Türkei ein. Sie hatte heute nicht vor, die Osteria zu fegen und sich am Herd nützlich zu machen, besonders ohne Bortolos Hilfe. Dies war ein richtiger Feiertag für sie, und den wollte sie nur sich selbst widmen. Sie räkelte sich wie eine Katze in der Sonne, freute sich darüber, sich so jung und gesund zu fühlen, ließ ihre Hände über die weiche Haut und durch die dichten, lebendigen Haare gleiten.

Eine halbe Stunde später kam auch Memo, der Neuigkeiten und jede Menge aktuellen Klatsch über das Liebesleben des neuen Herzogs Bernardo zu erzählen hatte, ohne zu wissen, dass seine Informationen schon überholt waren. Er stutzte ebenfalls und hämmerte vergebens gegen die Tür. Luisa schaute unbemerkt durch die Vorhänge, um zu sehen, wer da war, hütete sich aber zu öffnen. Sie hatte überhaupt keine Lust auf nutzlosen Klatsch und darauf, weitere Schoppen und Erklärungen zu servieren.

Später, sie hatte sich gerade hingelegt, kam Veronica zu ihr. Sie war sehr aufgeregt. Bepi hatte ihr berichtet, die Osteria sei geschlossen und anscheinend verlassen. Daraufhin hatte Veronica sofort ihre Gondel vorfahren und sich, hinter den *felze* gut vor neugierigen Blicken geschützt, hierher bringen lassen. Sie hatte nicht die Geduld, auf eine Nachricht zu warten, ihr ging es nur darum, dass Marco und Zorzi so schnell wie möglich freigelassen würden. Bepi lief um das Haus herum und rief, bis Luisa sich mit in der Sonne glänzenden, gelösten Haaren am Fenster zeigte und sofort Veronicas Gondel bemerkte.

»Kein Wort, ich komme sofort, um zu öffnen«, kam Luisa allen Fragen zuvor, die sie auf Veronicas Lippen gesehen hatte. Sie ging hinunter, öffnete die Tür, ließ die beiden in den leeren Gastraum der Osteria eintreten und schloss hinter ihnen schnell wieder ab.

»Das Geständnis!«, rief Veronica ungeduldig. »Hat sie es unterschrieben? Wo ist es? Gebt es mir, ich habe jemanden gefunden, der es sofort dem Avogadòr bringen kann.«

Luisa erstarrte auf der Stelle im Gedanken an Lucieta, aber auch an Bortolo, der sicher nicht ungeschoren davongekommen wäre, wenn man ihn dabei erwischt hätte, dass er der Mörderin des Herzogs zur Flucht verhalf.

»Aber nein, meine Liebe, wir müssen den armen beiden wenigstens noch einen Tag Vorsprung geben, damit sie an einen sicheren Ort gelangen, wo niemand sie finden kann. Ich habe das Geständnis, es ist von Lucieta, Bortolo und mir unterschrieben, aber ich werde es Euch nicht vor morgen Abend geben. Wir haben alles gut arrangiert, haben einen sicheren Ort gefunden, aber erst müssen sie dorthin kommen und nicht schon auf dem Weg verhaftet werden. Morgen könnt Ihr dann das Geständnis zum Avogadòr bringen lassen, und Ihr werdet sehen, dass man Marco und Zorzi sofort freilassen wird, zumindest aus Respekt für ihre Familien. Aber heute müssen wir noch ein wenig Geduld haben.«

Veronica drängte Luisa nicht weiter, sie machte gute Miene zum bösen Spiel. Ihr war wohl bewusst, dass die Wirtin Recht hatte, und gleich bekam sie ein schlechtes Gewissen, weil sie nicht zuerst an Lucietas Rettung gedacht hatte. Sie dankte Luisa noch einmal mit größtmöglicher Freundlichkeit und fuhr dann nach Hause, um dort einen würdigen Empfang für den Heimkehrer vorzubereiten, den sie so herbeisehnte, den jungen Marco, der bald aus den düsteren venezianischen Kerkern in ihre offenen Arme zurückkehren würde.

Am nächsten Tag lief alles gemäß dem präzise ausgetüftelten Plan ab: Veronica übergab das wichtige Dokument an jemanden, der es Bartolomeo Gradenigo in die Hände spielte, und dieser brachte es sofort zu seinem Onkel, dem Avogadòr, der sich wiederum beeilte, es einem Kollegen zu lesen zu geben, der sich mit dem Fall beschäftigte, und dann dem Rat der Zehn. Es herrschte große Erleichterung, dass der Mord im Casìn dei Nobili aufgeklärt war – auch weil Personen von Adel und andere bedeutende Persönlichkeiten makellos aus der Sache hervorgingen und die Mörderin nur ein einfaches Mädchen aus dem Volk war, das man ohne viel Federlesens, ohne diplomatische Verwicklungen befürchten zu müssen, hart anpacken konnte. Man rief sofort den Fante dei cai und schickte ihn zum Hause Franco, um die Dienerin Lucieta zu verhaften.

Wie vorauszusehen war seine Mission erfolglos. Lucieta war verschwunden, und auch die Durchsuchung des Hauses erbrachte nichts. Paola, Veronica und Bepi sagten alle das Gleiche aus: Sie hatten die Dienerin seit zwei Tagen nicht gesehen, sie schien verschwunden, und niemand hatte auch nur die leiseste Ahnung, wo sie sein könnte. Widerwillig nannte Paola den Namen des kleinen Dorfes im Friaul, aus dem Lucieta kam, und so brachen zwei

Knappen auf, um sie dort zu suchen, aber ohne große Hoffnung. Die Menschen im Friaul waren hart und wild, ihre Sprache war kaum zu verstehen, und auf jeden Fall hatten sie keine Lust, sich mit den Schergen Venedigs zu unterhalten, die normalerweise nur dorthin kamen, um Zoll einzutreiben oder Leute mitzunehmen für die Ruder der Galeeren.

Luisa und Bortolo, die beiden Zeugen des Geständnisses, wurden in den Dogenpalast einbestellt. Die schöne Wirtin war sehr überzeugend, sie erzählte, wie das Mädchen auf der Flucht zufällig in der Nähe ihrer Osteria gelandet, wenn nicht sogar gestrandet sei, wie sie es aus Mitleid aufgenommen und ihr etwas zu essen gegeben und sie dann zum Reden gebracht hatte. Sie habe es als ihre Pflicht empfunden, die Behörden so schnell wie möglich über die unerwartete Lösung eines so verwickelten Falles zu informieren. Aber in der Nacht sei das Mädchen auch aus ihrem Haus geflohen, wer weiß, wohin, wahrscheinlich in ihr Heimatdorf. Bortolo habe sie entlassen, weil er ein Nichtsnutz und Faulenzer sei und sie mehr kostete, als er einbrachte. Der sei gegangen und habe die Tür hinter sich zugeknallt. Wo er hin sei? Luisa hatte keine Ahnung.

Als Nächstes ließ man zur Freude aller, sogar der Inquisitoren, die Verhafteten frei, die durch Lucietas Geständnis von jedem Verdacht befreit waren.

Die Nachricht verbreitete sich sofort in ganz Venedig und erfreute die Patrizier. Giovanni Da Mosto brachte sie als Erster ins Haus Veniero, wo Modesta sie mit Freude aufnahm. Auch für sie war damit ein Albtraum zu Ende. Wie sie dem Freund gestand, hatte der Gedanke an die beiden jungen Männer, die im Gefängnis ihr Urteil erwarteten, sie nachts nicht schlafen lassen. Und als sie Giovanni mit ihren sanften, von dunklen Rändern umgebenen Augen ansah, bemerkte er tatsächlich erste Anzeichen von Müdigkeit.

»Du musst mir alles erzählen, Nane. Wie hat man denn herausgefunden, dass Marco und Zorzi unschuldig waren und dieses Mädchen den Herzog ermordet hat? Und warum hat sie so etwas Schreckliches getan? Beginn ganz von vorn, mir kommt alles vor wie ein Traum, etwas Unglaubliches. Bleib bei mir, wir haben jede Menge Zeit, Daniele ist wie immer auf seinem Landgut, um die Arbeiten dort zu überwachen, das kostet ihn sehr viel Zeit und er lässt mich immer allein …«, und sie berührte ihn sanft mit ihrer kleinen, duftenden Hand. »Ich kann es kaum erwarten, alle Einzelheiten zu erfahren, wie sie es herausgefunden haben, wie Veronica reagiert hat, das Mädchen war doch in ihren Diensten, oder … Außerdem erzählst du so gut und kannst mir alles erklären, ich finde es so schön, wenn wir uns unterhalten.«

Nane ließ sich nicht bitten, setzte sich möglichst nahe neben die schöne Dame und begann seinen Bericht, den er mit interessanten Details ausschmückte. In der Hitze des Erzählens rutschte er immer näher an sie heran, bis sich ihre Knie berührten. Und obwohl dazwischen mehrere Schichten Seidenstoff lagen, lief den beiden jungen Leuten ein Schauer über die Haut. Giovanni bemerkte dies mit Freude, aber auch mit Angst: Seine Augen suchten in denen Modestas dieses unmerkliche, bestätigende Lächeln, dass sein Gefühl richtig war … oder irrte er sich?

Als Marco Giustinian die Eingangstür seines Elternhauses erreichte, hätte ihn der Diener, der ihm öffnete, fast nicht wiedererkannt, so schmutzig und abgerissen war er, das Gesicht versteckt unter dem neu gewachsenen Bart, die Haare zerzaust und verkrustet. Der Diener wollte ihn schon wie einen unwillkommenen Bettler wegschicken, als jemand vom Kanal aus fröhlich rief: »Signor Giustinian, ich warte hier auf Euch. Da ist jemand, der Euch unbedingt sehen will und nicht die Absicht hat, damit zu warten! Sie zählt die Minuten und ist so nervös wie ein wildes Tier im Käfig. Beeilt Euch, oder sie wird es an mir auslassen.«

Marco drehte sich um und erkannte Bepi, der im hinteren Teil von Veronicas Gondel hockte, die er am Ufer direkt vor dem Eingang des Palazzos festgemacht hatte. Der Diener aus dem Haus Giustinian erging sich in Entschuldigungen und Verbeugungen, riss die Eingangstür weit auf und verkündete sofort lauthals die Rückkehr des erstgeborenen Sohnes, während Marco einen Moment zögernd stehen blieb, Bepi anblickte und dann an sich heruntersah.

»Ich kann doch nicht in diesem Zustand zu deiner Herrin kommen, Bepi, was meinst du? Lass mir die Zeit, mich gründlich zu waschen und mich umzuziehen, warte hier auf mich, und sobald ich ein wenig präsentabler bin, eile ich zu ihr!« Und mit diesen Worten verschwand er in der dunklen, kühlen Eingangshalle des Palazzos und rief: »Ich bin da, man hat mich freigelassen, es hat sich alles aufgeklärt, alles ist in Ordnung, es geht mir gut!«

Dann lief er blitzschnell die große Treppe hinauf, rannte in seine Zimmer, rief die Diener, sie sollten ihm warmes Wasser und Seife bringen und den Barbier mit seinem Werkzeug holen.

Seine Leute liefen herbei, bestürmten ihn mit tausend Fragen und Freudenrufen. Alle umarmten ihn, schmutzig wie er war, und Marco versuchte sich bewegt und freudestrahlend all diesen Freudenbekundungen zu entziehen. Nur der alte Giustinian brummte, nachdem er sich davon überzeugt hatte, dass es wirklich sein Sohn und er unverletzt war, im Gehen: »Er ist wieder da und genauso verrückt wie vorher. Er hat nichts aus dieser Lektion gelernt. Er kann es kaum erwarten, zu dieser Hure zu verschwinden. Auch diesmal werde ich keine Ruhe haben.«

Marco tauchte in den Bottich mit dem warmen Wasser, während ihm ein Diener mit einer Bürste den Rücken einseifte und der Barbier ihm den Kopf mit Pyrethumpulver einrieb, um die Flöhe zu vertreiben.

Unten am Kai hörte er Bepi pfeifen, der darauf wartete, ihn zu Veronica zu fahren, der einzigen Frau, die es für ihn auf dieser Welt gab. Und noch nie hatte er sich so lebendig und so glücklich gefühlt.

Zorzi Contarini hatte das Gefängnis ebenfalls verlassen. Vor dem Portal des Dogenpalastes war er einen Moment am Ufer stehen geblieben. Weil ihn das Licht blendete, kniff er die Augen zusammen angesichts der unzähligen Lichtpunkte, die auf der Lagune gegenüber der Insel San Giorgio tanzten. Auch er war schmutzig, abgerissen und zerzaust. Tief atmete er die salzig-süße Luft der Freiheit ein und schaute sich einen Augenblick um, bevor er nach Hause ging.

Schnell umzingelte ihn eine Gruppe Straßenjungen, die ihn mit einem Kinderlied verspotteten:

Kleine Schnecke, kleine Schnecke,
strecke deine Hörner raus,
dein Vater steckt dort im Loch,
deine Mutter sitzt hier im Gefängnis,
beide mit den Hintern auf dem Boden.

Zorzi schritt durch die schreiende Horde, fast ohne zu bemerken, dass er das Ziel ihres Spottes war, und ging unsicheren Schrittes vorwärts, als wüsste er nicht wohin und müsste auch die Technik des Laufens erst wieder erlernen.

Die Kinder hatten bald genug von ihrem Spiel, auch da

ihr Opfer nicht reagierte, und entfernten sich auf der Suche nach einem anderen Angriffsziel.

Zorzi stieg langsam, wie im Schlaf, die Brücke hinauf und hinunter, schritt am Geländer eines Kais entlang, durch die tiefe Dunkelheit einer schmalen Gasse, um dann wieder in die strahlende Helligkeit eines kleinen Platzes einzutauchen, in dessen Mitte ein Brunnen aus gemeißeltem Stein stand. Auf der schmiedeeisernen Abdeckung schliefen zwei gefleckte Katzen in der milden Sonne des Frühsommertages den Schlaf des Gerechten. Zorzi ging langsam und schaute sich um. Jedes kleine Detail, das in sein Blickfeld kam, erschien ihm wie etwas völlig Neues: die Weinranken, die von einer abgebröckelten Mauer hingen. Das Wappen mit dem eingemeißelten Kran über einer Haustür, die Frau, die, in ihren Schal gehüllt, an ihm vorüberlief und einen Korb mit Früchten trug. Das war das Leben, so normal und doch so außergewöhnlich.

Seine Schritte führten ihn unmerklich auf langen Umwegen, über Brücken, Straßen und Kais in eine wohlbekannte Gasse bis zur Tür der Osteria della Cerva. Sie war verriegelt.

Zorzi lehnte sich an einen Türflügel und wusste nicht, was er tun sollte, er war in seine Gedanken versunken und enttäuscht.

Da gab der Türflügel nach, und eine zarte, aber energische Hand packte sein Handgelenk und zog ihn hinein.

Hinter ihm schloss sich die Tür sofort wieder, er hörte einen dumpfen Knall und das Quietschen von Riegeln. Im Halbdunkel der Osteria sah er Luisa vor sich stehen, in ihren funkelnden Augen lag ein zärtliches, strahlendes Lächeln, ihre schönen Arme waren nackt und die Haare fielen ihr in weichen, glänzenden Strähnen aus dem wie üblich halb aufgelösten Knoten. Sie wirkte wie ein wunderschönes, geheimnisvolles Traumbild und war trotzdem in der Lage, ihn in die Wirklichkeit zurückzubringen.

»Luisa!«, seufzte er, als wüsste er nicht, was er sonst sagen könnte, und als wäre dies ein Zauberwort, sein Sesam-öffne-dich.

»Komm, Zorzi«, flüsterte Luisa sanft, nahm ihn an der Hand wie ein Kind und führte ihn zur Feuerstelle, wo schon ein Zuber mit warmem Wasser und ein Teller mit Seife auf ihn warteten und daneben Leinentücher auf einem Stuhl.

»Zieh dich aus«, befahl Luisa liebevoll. Er gehorchte, ohne zu protestieren, dankbar, dass jemand für ihn die Entscheidungen traf, und das, ohne Zeit damit zu vergeuden, ihn Dinge zu fragen, die er vielleicht später erzählen würde, auf keinen Fall aber jetzt. Jetzt war der Moment für Schweigen, Halbdunkel, Frieden und die Versöhnung mit der Welt gekommen.

Er streifte seine Jacke ab: Luisa nahm sie mit spitzen Fingern und warf sie in einen Eimer mit Seifenwasser. Dann zog er die Hosen aus und die Beinlinge, die das gleiche Schicksal erlitten. Als er nur noch sein grau gewordenes Hemd trug, zögerte er einen Moment und fragte: »Was soll ich denn nachher anziehen, Luisa?«

»Hast du es wirklich so eilig, dich wieder anzuziehen?«, antwortete sie mit einem ansteckenden Lächeln, das Zorzi glücklich erwiderte, bevor er sich in den Zuber setzte und sich abzuschrubben begann. Luisa wusch ihm mit einer Bürste den Rücken, seifte ihm gründlich den Kopf ein, und fuhr mit einem dichten Kamm durch seine Haare, die Flöhe, die sie dabei fand, mit ihren Nägeln knackend. Im warmen Wasser und durch Luisas Berührungen löste sich die ganze Anspannung, die sich in den Tagen der Gefangenschaft in Zorzis Muskeln angesammelt hatte, in einen Zustand des Wohlbehagens auf, der jede Faser seines Körpers durchzog. Es gelang ihm nicht, an das Danach zu denken, und er tauchte in die angenehme Gegenwart ein wie in das erfrischende Bad.

Als er gründlich gewaschen aus dem Zuber stieg, hatte sich sein Glied schon aufgerichtet. Luisa hüllte Zorzi fürsorglich in ein großes weißes Leinentuch, und ohne ein einziges Wort führte sie ihn sanft die Treppe hinauf in ihr Zimmer bis zu dem Bett, das sie mit ihren besten bestickten Laken frisch bezogen hatte. Dann schloss sie die Vorhänge und breitete die Arme aus.

# SCHLUSSBEMERKUNG

Ich möchte mich bei all jenen, die so freundlich waren, dieses Buch zu lesen, besonders aber bei denen, die ernsthaft die Geschichte und die Kultur der wunderbaren Republik Venedig erforschen, wegen einiger Anachronismen – sowohl, was die generellen Ereignisse angeht, als auch bezüglich der handelnden Personen – entschuldigen. Nicht, dass mir keine entsprechende Literatur vorgelegen hätte, aber um das Spiel – und etwas anderes ist dieser Roman nicht – glaubwürdiger erscheinen zu lassen, habe ich mir hier und da ein paar Freiheiten mit Daten und der chronologischen Abfolge von Ereignissen erlaubt und habe so historische Fakten und Erfindung gemischt.

# DIE REZEPTE AUS DER OSTERIA DELLA CERVA

## Sardele in saòr (Sardinen in Zwiebelsud)

Pro Kilo Sardinen benötigt man ein Kilo Zwiebeln, ein Glas Essig, 100 Gramm Rosinen, 50 Gramm Pinienkerne sowie reichlich Olivenöl zum Braten der Sardinen. Sardinen gründlich säubern: Köpfe und Flossen entfernen, ausnehmen und waschen. Zwiebeln in feine Streifen schneiden. Rosinen in lauwarmem Wasser einweichen. Luisa wendet die Sardinen vor dem Braten in Mehl, und so schreibt es auch das Originalrezept vor. Wenn das Gericht etwas leichter sein soll, sollte man auf das Mehl verzichten und die Sardinen nach dem Waschen gut mit Küchenpapier abtrocknen, bevor man sie brät. Wenn sie gar sind, lässt man sie auf Küchenkrepp erneut gut abtropfen und gibt ein wenig Salz darüber.

Danach brät man die Zwiebeln langsam im Olivenöl (auch hier weicht man etwas vom Originalrezept ab und verwendet frisches Öl, nicht das der Sardinen), bis sie glasig und weich sind. Dann fügt man den Essig hinzu und bringt alles zum Kochen. Man nimmt einen Tontopf und füllt eine Lage Sardinen hinein, bedeckt diese mit einer Schicht Zwiebeln, verteilt Rosinen und Pinienkerne darauf und fährt so fort, bis alle Zutaten aufgebraucht sind. Auch die letzte Lage Sardinen sollte dabei noch mit genügend Zwiebeln in Essig bedeckt sein. Vor dem Servieren mindestens einen Tag ziehen lassen.

## Folpeti (Moschuskraken)

Diese sehr kleinen, zarten Kraken isst man in Venedig gekocht und mit Olivenöl als Vorspeise oder als kleinen Imbiss zum *ombra,* dem typischen kleinen Glas (Weiß)Wein. Man säubert die Tiere, ohne sie auszunehmen, entfernt nur Augen und Kauwerkzeuge. Dann nimmt man sie nacheinander am Kopf, taucht die Fangarme ein paar Mal ins kochende Salzwasser, bis sie sich ringeln, gibt sie dann ganz ins Wasser und lässt sie etwa zwanzig Minuten kochen. Abkühlen lassen. Vor dem Servieren schneidet man sie der Länge nach durch und würzt sie mit Salz, Pfeffer, Öl und Zitrone.

## Cannochie (Heuschreckenkrebse)

Die *cannochie* oder *pannochie* heißen mit lateinischem Namen *squilla mantis.* Auch sie stellen einen klassischen venezianischen Imbiss dar. Man kocht sie höchstens zehn Minuten in Wasser, das man zuvor mit Zwiebeln, Bleichsellerie, Möhren und Lorbeerblättern zum Kochen gebracht hat. Dann lässt man sie abkühlen und entfernt den oberen Teil des Panzers, indem man ihn an beiden Seiten mit einer Schere einschneidet. Ein wenig Olivenöl und Zitronensaft darüberträufeln.

### Sepoline roste (Kleine Tintenfische vom Grill)

Kleine Tintenfische von etwa zehn Zentimetern Länge bereitet man auf dem Grill zu. Sie werden gesäubert und ausgenommen, der Tintenbeutel wird entfernt, dann füllt man sie mit gehackter Petersilie und gehacktem Knoblauch, beträufelt sie mit Öl und legt sie auf den Grill.

### Castraure (Artischocken)

Diese kleinen, zarten Artischocken sind die ersten Triebe, die an der Spitze der Pflanze entstehen und sofort abgeschnitten werden, damit sich an den seitlichen Trieben viele andere Artischocken entwickeln können. Man bereitet sie im Ganzen zu und entfernt auch nicht die kleinen Blätter an der Unterseite. Mit Knoblauch und gehackter Petersilie, Öl, Salz und ein wenig Wasser werden sie höchstens zwanzig Minuten geschmort. Castraure kann man als Beilage oder Vorspeise essen, aber sie ergeben auch eine optimale Grundlage für einen Risotto.

### Moleche (Butterkrebse)

heißen die Strandkrabben, die gefangen werden, wenn sie den alten Panzer abgestreift haben und die neue Haut zart und weich ist. Die Krabben muss man lebend kaufen und sie einige Stunden in eine Flüssigkeit aus verquirlten Eiern, Salz, Pfeffer und Petersilie setzen. Die Tiere nehmen die Eier vollständig auf. Danach wälzt man sie in Mehl und wirft sie in kochendes Öl, bis sie goldgelb sind. Man isst sie heiß, im Ganzen, mit ein wenig Zitronensaft.

## Marsioni (Groppen)

im hochsprachlichen Italienisch *latterini,* sind kleine, silbrig glänzende Fische, die man in Mehl wälzt, frittiert und im Ganzen isst. Man muss sie nicht säubern, sondern nur waschen, trocknet sie ab und gibt sie in einen Beutel mit Mehl, am besten Auszugsmehl oder Maismehl. Diesen schüttelt man gründlich, nimmt die bemehlten *marsioni* heraus und gibt sie ins kochende Öl. Sehr heiß und knusprig servieren.

## Asià (Glatthai)

Glatthai verkauft man in Venedig bereits gesäubert, gehäutet und in ziemlich große Scheiben oder Stücke geschnitten. Man kann ihn einfach kochen, mit Olivenöl und Zitrone beträufeln und mit Mayonnaise servieren oder im Ofen zubereiten. Dazu fettet man eine ofenfeste Form mit Butter ein und bedeckt den Boden mit einer Schicht Lorbeerblätter, wälzt den Fisch in geriebenem Brot und legt ihn in die Form. Dann fügt man ein wenig Salz, Pfeffer und eine Knoblauchzehe hinzu, bedeckt den Glatthai mit weiteren Lorbeerblättern und Zitronenscheiben, verteilt Butterflöckchen darauf und stellt ihn in den Ofen. Wenn der Fisch zu trocken wird, fügt man ein wenig Weißwein hinzu.

## Zuppa di fagioli (Suppe aus weißen Bohnen)

Am besten bereitet man dieses Rezept mit den zu Recht berühmten Bohnen aus Lamòn, einem kleinen Dorf in den Voralpen von Belluno, zu, die eine sehr zarte Haut und einen unnachahmlichen Geschmack haben. Getrocknete Bohnen legt man am Vorabend in Wasser ein. Außer den Bohnen braucht man für die Suppe Schweineschwarten, einen Schweinefuß, und – nach dem traditionellen Rezept – auch die Ohren und den Schwanz des Schweins. Man hackt Speck und Rosmarin fein und gibt beides in einen Topf. Sobald der Speck ein wenig Farbe annimmt, gibt man auch die Bohnen in den Topf, fügt einen Liter Wasser und eine ganze, gehäutete, mit einigen Nelken gespickte Zwiebel hinzu. Dann den Schweinefuß, die Ohren, den Schwanz und die Schwarten, die man vorher abgebrüht und von denen man den Speck abgekratzt hat. Das alles lässt man ein paar Stunden kochen. Sobald die Suppe fertig ist, kann man Tagliatelle aus Hartweizen darin kochen – dabei handelt es sich dann um das klassische Gericht »pasta e fagioli« – oder Reis hinzufügen. Beide Gerichte werden lauwarm serviert.

### Acqua e mistrà

*Mistrà* ist ein Anisschnaps, der, wenn man ein wenig davon in sehr kaltes Wasser gibt, es weiß und milchig macht und ihm seinen typischen Duft verleiht. Früher trank man diese Mischung in Venedig besonders im Sommer als Erfrischungsgetränk. Oft gibt man auch zusätzlich Zucker oder eine Zitronenscheibe hinein.

Minestra di zucca (Kürbissuppe)

Zu dieser Suppe benötigt man ein Kilo venezianischen Riesenkürbis, drei Kartoffeln, eine Zwiebel, eine Knoblauchzehe, 50 Gramm Speck, ein wenig Olivenöl erster Pressung, etwas Butter und 50 Gramm Parmesan. Zuerst werden die gehackte Zwiebel, der Knoblauch und der Speck in Butter und Olivenöl angeröstet, dann gibt man den Kürbis und die Kartoffeln hinzu, beides in sehr dünne Scheiben geschnitten oder grob gehackt. Das Ganze wird mit Wasser bedeckt, gesalzen und für vierzig Minuten gekocht. Zuletzt bestreut man die Suppe mit dem geriebenen Parmesan.

Sopa coada (Überbackene Taubensuppe)

Dazu benötigt man vier ausgenommene Tauben, acht Scheiben Bauchspeck oder Schinken, 100 Gramm Parmesan, Olivenöl, Butter und Brühe nach Bedarf, altbackenes Brot, einige Salbeiblätter, Salz und Pfeffer. Man flämmt die Tauben ab, wickelt sie in die Speckscheiben, salzt sie außen und innen, gibt Salbei und Butter hinein, bräunt in einer Backform ein wenig Öl an und lässt die Tiere kochen, indem man immer wieder etwas Brühe hinzugibt. Dann löst man das Fleisch von den Knochen, teilt es in handliche Stücke und lässt es im eigenen Saft ziehen. Man buttert die Brotscheiben, legt eine ofenfeste Form damit aus und schichtet abwechselnd Taubenfleisch, Taubensaft und geriebenen Parmesankäse ein. Alles wird mit Brühe aufgegossen und in den vorgeheizten Ofen gestellt, bis sich oben eine braune Kruste bildet.

## Oseleti (Kleine Vögel)

Bei *oseleti* handelt es sich um Spatzen, Drosseln und Buchfinken, die man traditionell mit Polenta isst. Inzwischen sind sie so gut wie gar nicht mehr zu finden, außerdem verbietet es das wachsende ökologische Bewusstsein, dieses Gericht zuzubereiten. Stattdessen kann man auf die gleiche Weise sehr gute »falsche *oseleti*« zubereiten: Statt der Vögel nimmt man gewürfeltes Kalbs- oder Schweinefleisch, steckt es auf einen großen oder mehrere kleinere Spieße, immer abwechselnd mit Speck und Salbeiblättern. Diese Spieße brät man auf kleiner Flamme und ölt sie öfters ein; den Saft fängt man in einer Fettpfanne oder einer anderen Form auf. Dazu sollte man unbedingt Polenta essen.

## Capesante (Jakobsmuscheln)

Man öffnet die Muscheln, löst das Fleisch aus der Schale und wäscht alles sehr gründlich, denn die *capesante* sind meist sehr sandig. Dann nimmt man die hohle Muschelschale, legt das gesäuberte Fleisch hinein, bedeckt es mit etwas gehacktem Knoblauch und gibt wenig Öl und eine Prise Pfeffer hinzu. Die Jakobsmuscheln bleiben etwa fünfzehn Minuten im Ofen.

## Baccalà mantecato (Stockfischpüree)

Für dieses Gericht benötigt man Stockfisch, der in Venedig *baccalà* heißt, und zwar möglichst die beste Qualität, den *ragno*, mit sehr weißem, manchmal rot geädertem

Fleisch. Der Stockfisch wird vor der Zubereitung mit einem Holzstock mürbe geklopft. Außerdem braucht man ein wenig Knoblauch und reichlich Olivenöl erster Pressung. Man bringt den Stockfisch in etwas Wasser zum Kochen, schaltet den Herd ab und lässt ihn abkühlen. Dann lässt man ihn abtropfen und entgrätet ihn, wobei die Haut nicht entfernt wird. Den Fisch zerdrückt man und schlägt ihn zu einer cremig leichten, weißen Masse auf, indem man immer weiter Öl und den zerdrückten oder gehackten Knoblauch zugibt. Man kann auch Milch hinzufügen, allerdings besser nur, wenn der Stockfisch zu salzig ist. Stockfischpüree isst man kalt zu Polenta.

Fagiano arrosto (Gebratener Fasan)

Für dieses Gericht benötigt man einen gut abgehangenen Fasan, zehn kleine, dünne Scheiben Speck, einen Zweig Salbei, einen Zweig Rosmarin, grobes Salz, Butter, ein Glas Marzemino (Rotwein), ein Glas Cognac. Man reibt den Fasan mit dem groben Salz, Salbei und Rosmarin ein und gibt einen Teil der Kräuter in den Bauch des Tieres, den man mit Speckscheiben eng umwickelt. Dann wird der Fasan in eine Form mit Butter gelegt und gebraten, wobei man ihn ab und zu mit Wein begießt. Wenn er gar und rundum braun ist, besprengt man ihn mit dem Cognac.

Bisato su l'ara (Aal auf Lorbeer)

In Venedig heißt Aal *bisato*. Dieses Gericht stammt von der Insel Murano, wo die Glasbläser die in Stücke zerteilten Aale im Brennofen auf einem Bett aus Lorbeerblättern mit der Resthitze des Brennvorgangs kochten – und zwar auf der gleichen Platte, *ara* genannt, auf der die Glasgefäße langsam abkühlten. Der Aal kochte im eigenen Fett, wurde dadurch trockener und nahm den Geschmack des Lorbeers an.

### Cassiopipa (Muschelsoße)

Die *cassiopipa* ist eine Soße mit verschiedenen Muschelarten, die man vorher gründlich säubern muss, um sie ganz vom Sand zu befreien. Dann lässt man die Muscheln zusammen mit einer Knoblauchzehe, Olivenöl erster Pressung und gehackter Petersilie in einem Topf langsam bei kleiner Hitze köcheln (Damals stellte man sie nahe an die Glut auf die Steinplatte der Feuerstelle oder in schlichteren Küchen auf die seitliche Kachel.) Früher aß man die *cassiopipa* mit Polenta. Heute verwendet man sie in den Trattorien Venedigs meist als Sugo für die Spaghetti.

### Grancevole (Seespinnen)

Man kocht die Seespinnen etwa eine halbe Stunde in Wasser, in das man ein Kräutersträußchen gelegt hat, oder in Gemüsebrühe. Wenn sich an der Wasseroberfläche ein grauer Schaum bildet, nimmt man den Topf vom Feuer und lässt sie abkühlen. Man öffnet die Seespinnen, entfernt die Eier und die schwärzlichen behaarten Teile, löst das Fleisch und die weichen Teile aus dem Körper und den Beinen heraus und stellt sie beiseite. Wenn man die

Schale gründlich gesäubert hat, füllt man sie mit dem zerbröckelten Fleisch, das man mit etwas Salz und Pfeffer, Olivenöl erster Pressung, Zitronensaft und gehackter Petersilie vermischt hat. Seespinnen haben einen feinen Geschmack, deshalb sollte man sie nicht mit Mayonnaise bedecken, wie es manche Leute tun.

### Articiochi in tecia (Artischocken in der Pfanne)

Die Artischocken, die auf den Inseln in der Lagune gezogen werden, sind klein, violett und haben einen typischen, intensiven und ins Bittere gehenden Geschmack. Man entfernt die äußeren Blätter und schneidet die Spitzen der Artischocken ab, dann werden sie mit ein wenig gehacktem Knoblauch, Petersilie, Salz und Pfeffer gefüllt. Man setzt sie nebeneinander mit der Spitze nach oben in eine Pfanne (*tecia*) und gibt reichlich Öl hinzu, außerdem noch eine Schöpfkelle Wasser. Dann legt man einen Deckel auf die Pfanne und lässt die Artischocken garen, bis das Wasser vollständig verschwunden ist.

# VENEZIANISCH – EIN GLOSSAR

*Asià:* Kleiner, zarter Glatthai, der in Venedig oft gehäutet und in Stücken verkauft wird.

*Avogadòr:* Beamter der Republik Venedig. Diese Position wurde im Jahre 864 geschaffen. Es gab immer drei Avogadòri, und sie hatten große Macht.

*Baùta:* Schwarze venezianische Karnevalsmaske.

*Bisato:* Aal.

*Bussolai:* Süße Kringel aus Zwiebackteig.

*Campo:* Piazza heißen in Venedig ausschließlich die Piazza San Marco und die angrenzende Piazzetta. Als *campo* bezeichnet man meist den Platz vor einer Kirche, der zu der Zeit, in der dieser Roman spielt, ungepflastert war. *Campiello* ist ein kleinerer Platz.

*Canestreli:* Kammmuscheln, kleinere Verwandte der Jakobsmuscheln, die genauso zubereitet werden.

*Caorlina:* Ein Lastenboot, das mit Rudern angetrieben und vor allem zum Transport von Obst und Gemüse benutzt wird. Benannt nach der Stadt Caorle.

*Caparozzoli:* Muschelart mit runder, geriffelter Schale.

*Casìn:* Club, Haus, in dem sich Patrizier trafen, um zu spielen, zu lesen, sich zu unterhalten oder prunkvolle Feste zu feiern.

*Cassiopipa*: Traditionelles venezianisches Rezept für eine Soße mit verschiedenen Muschelarten.

*Cheba:* Käfig, in dem in Venedig Verbrecher öffentlich ihre Strafe verbüßten.

*Ciàcole:* Klatsch, der auf den Straßen, Höfen und Plätzen verbreitet wurde.

*Comarò:* Treffen, zu denen (nicht nur) Frauen zusammenkamen, um die Ereignisse des Tages zu bereden (*far comarò*).

*Compagnia della Calza:* Exklusiver Patrizierclub, der durch seine Tracht, grellfarbige Beinkleider und bunte Wappen auffiel. Dort sollten die jungen Edelleute den Umgang mit ihren Standesgenossen pflegen. Der Club organisierte auch Aufführungen bei Festen und verfügte über eigene Musiker.

*Fante dei cai:* Scherge, der ausschließlich den drei Oberhäuptern des Rates der Zehn unterstand. Es gab sechs Schergen, sie trugen einen schwarzen Talar und eine Perücke. Einer von ihnen arbeitete insbesondere für die staatlichen Inquisitoren.

*Farsora:* Schwere, schwarze Bratpfanne aus Eisen. Sie wurde nie abgewaschen, sondern nur mit Tüchern ausgewischt.

*Felze:* Geschlossener Aufbau in der Mitte der Gondel, bestand anfänglich aus Zweigen oder Stoff, später aus kunstvoll geschnitzten, schwarzen Holzbalken und gleichfarbigen Vorhängen.

*Fondamenta:* Befestigte Uferstraße, die an einem Kanal entlangführt.

*Fontego:* Handelshaus, Warenlager, die ausländische Kaufleute in fremden Handelszentren errichten durften.

*Furlana:* Aus dem Friaul stammend.

*Ganzèr:* Ein älterer Mann, normalerweise ein ehemaliger

Gondoliere, der mit einem Bootshaken Gondeln und Boote heranzieht und festhält, während die Passagiere ein- und aussteigen.

*Gazeta:* Münze, entspricht etwa dem Wert von zwei Soldi. Soviel kostete die erste Zeitung, die in Venedig erschien.

*Listòn:* Diese Bezeichnung bezieht sich auf die gepflasterten Straßen auf und um die Piazza San Marco und auf die anderen Plätze, auf denen die Masken promenierten. Im übertragenen Sinn bedeutet es Flanieren, Spazierengehen, um gesehen zu werden und Freunde und Bekannte zu treffen.

*Magnareto:* Ein kleiner Imbiss, ein Happen als Begleitung zum kleinen Glas Wein, dem *ombra.* Das kann ein Krebs sein, ein Tintenfischchen, aber auch ein Käsewürfel, eine Scheibe Wurst oder eine Anchovis mit Zwiebeln.

*Marsioni:* Kleine Fische, die man ausbäckt und im Ganzen isst.

*Mercerie:* Einige Hauptstraßen Venedigs mit vielen Läden heißen so nach den *merzari*, den Händlern.

*Missier grando:* Leiter des Stadtgefängnisses oder der Polizei der Republik. Er trug ein langes rotes Gewand und begleitete den Dogen bei seinen offiziellen Auftritten.

*Ombra:* In Venedig und dem gesamten Veneto bezeichnet *ombra* ein kleines Glas unvermischten Weins, fast immer Weißwein, das den Tagesablauf begleitet. Man trinkt es, wenn man Freunde trifft, in einer Arbeitspause oder wenn man sich unterwegs einen Moment ausruht. Es handelt sich um ein kleines Glas, da man öfter am Tag ein *ombra* trinkt und oft einen Happen dazu isst, um nicht auf leeren Magen zu trinken. Bei diesem Imbiss, dem *magnareto,* kann es sich um ein halbes hartgekochtes Ei handeln, zwei in eine Anchovis gerollte Zwiebelchen, einen Käsewürfel, eine halbe gekochte Moschuskrake, eine gebratene Sardine. Auch heute gibt es diese Sitte noch, aber der klassische *magnareto* wurde fast überall durch *tramezzini,* dreieckige Sandwichs mit Fantasienamen, ersetzt. Der Name *ombra* versucht, das Ganze herunterzuspielen. Man trinkt Wein, aber nur ganz wenig, ein *ombra*, einen »Hauch«, der nur den Boden des Glases bedeckt.

*Oseleti:* Kleine Vögel.

*Pastelòn:* Eine typische venezianische Terazzoart aus dem Pulver alter Ziegel, das mit Öl vermischt wird.

*Peata:* Großes Transportboot, heute nicht mehr in Gebrauch, das mit langen Rudern fortbewegt wurde, die in den Grund der Wasserstraßen gestoßen wurden.

*Pèrgolo:* Balkon oder kleine Terrasse mit Geländer und Säulen, meist aus Marmor.

*Sacca:* Grundstück, das durch Ablagerung von Schlamm oder anderen Materialien in der Lagune entstand, z.B. *Sacca della Misericordia.*

*Sanpierota:* Transportboot, das vor allem innerhalb der Lagune und zum Transport leichter Lasten eingesetzt wird. Benannt nach der Insel San Piero in Volta, auf der vor allem Fischer und Gemüsebauern leben.

*Saòr:* Zubereitungsart auf Essigbasis. In diesem Sud hielt sich Fisch mehrere Tage lang.

*Signori di Notte:* Staatsbeamte mit Polizeiaufgaben, die für die Aufrechterhaltung der öffentlichen Ordnung zuständig waren, aber auch als Sittenwächter dienten.

*Sopa coada:* Rezept aus der bäuerlichen Küche des Veneto. Hauptzutaten sind Brot, Brühe und Taubenfleisch (siehe Die Rezepte aus der Osteria della Cerva).

*Sotoportego:* Kurzer, schmaler überdachter Durchgang, der öffentlich zugänglich ist.

*Vignole, San Piero in Volta, Mazorbo:* Inseln in der Lagune von Venedig.

*Zendàl:* Eine Schürze oder auch ein breiter, bestickter Schleier, der über dem Kleid getragen wird.